साहसिक कहानियाँ

रस्किन बॉण्ड की पुस्तकें

साहसिक कहानियाँ

संपादक

रस्किन बॉण्ड

प्रकाशक • **प्रभात प्रकाशन प्रा. लि**
4/19 आसफ अली रोड,
नई दिल्ली-110002

संस्करण • 2024
अनुवाद • भविष्य कुमार सिन्हा
मूल्य • चार सौ रुपए
मुद्रक • जयलक्ष्मी प्रिंटिंग प्रेस, दिल्ली

SAHASIK KAHANIYAN *Ed.* Ruskin Bond ₹ 400.00
Published by Prabhat Prakashan Pvt. Ltd., 4/19 Asaf Ali Road, New Delhi-2
e-mail: prabhatbooks@gmail.com ISBN 978-93-5048-016-8

प्रस्तावना

मेरे विख्यात अंकल केन को किसी-न-किसी प्रकार के रहस्य को प्रकट करने में महारत हासिल थी। उन्हीं दिनों की एक घटना है, जब हम दोनों लखनऊ के निकट गोमती नदी में गिर गए थे। मैं उसके बारे में विस्तार से लिखना तो चाहता हूँ, परंतु इतना ही काफी होगा कि इसमें पूरी उनकी गलती थी। वह खुद को एक अच्छा केवट अर्थात् नाविक समझते थे और शेखी बघारते थे कि नाव चलाने में उन्हें 'ऑक्सफोर्ड ब्लू' मिलते-मिलते रह गया। बाद में मुझे पता चला कि वह वास्तव में नौकाशाला के प्रभारी थे।

खैर, वह नाव खेते हुए हमें गोमती के बीचोबीच ले गए, जहाँ नाव डूब गई और कुछ कृपालु मछुआरों ने हमारी जान बचाई। लखनऊ में गोमती नदी कुछ अधिक स्वच्छ नहीं है। और मैं उसमें डुबकी लगाने की सलाह नहीं दूँगा, क्योंकि जब आप डुबकी लेकर बाहर आएँगे, आपके बदन से फूलों की खुशबू नहीं आएगी, बल्कि आपके बदन को अच्छी तरह रगड़कर साफ करने की जरूरत होगी। बाहर आकर अगर मैं कीचड़ में नहाया हुआ लग रहा था तो अंकल केन उस भूत की तरह दिख रहे थे, जो मानो अभी जमीन के नीचे भरे हुए गंदे नाले से निकलकर आए हों।

मेरी सलाह है कि हमेशा पहाड़ से गिरते झरनों या उमड़कर आती स्वच्छ नदियों में नहाने का आनंद उठाएँ। इस कहानी-संग्रह (अधिकतर अकाल्पनिक) में वर्णित रहस्य एवं रोमांचपूर्ण किस्सों में उतना गड़बड़झाला नहीं है जितना रोमांच है। इन कहानियों के पात्र अकसर खतरों को न्योता देते हैं, लेकिन वे आशावादी और दिलेर हैं, और यही कारण है कि उनके मूर्खतापूर्ण कारनामों में भी सामान्यत: उनका उज्ज्वल पक्ष सामने आता है, उनकी जिंदादिली नजर आती है।

यह कहानी-संग्रह दु:साहसी एवं बेधड़क लोगों के कारनामों को बड़े ही रोचक ढंग से आपके सामने प्रस्तुत करता है। सभी पात्र एक-से-एक बढ़कर हैं—चाहे वह एक 'कलाबाज' पायलट एवं छतरी सैनिक हो, कोई हलक में तलवार उतारने में माहिर हो (हाँ, यह सच है), शेर को वश में करनेवाली कोई निर्भीक महिला हो, कोई युवा गुब्बारेबाज हो, अल केपोन गैंग का कोई बंदूकची हो, या वह औरत हो, जो मशहूर 'होप डायमंड' लेकर आई और जो शाप उसके साथ आया।

ये सभी सच्ची कहानियाँ हैं और इनका वर्णन साहित्यिक कौशल एवं परिष्कार के साथ प्रथम पुरुष में किया गया है। विशुद्ध रूप से काल्पनिक कथाएँ सिर्फ ये है—'द पिकविकियंस ऑन दि आइस', जो मुझे बहुत पसंद है; मेरी अपनी कहानी 'एस्केप फ्रॉम जावा' (अंशत: सच) और 'क्रिकेट हेरॅन' की कहानी, जो एक उपन्यास से ली गई है।

इन साहित्यिक रचनाओं का संकलन करते हुए मुझे प्राय: ऐसे साहित्यिक हीरे मिले हैं, जिन्हें भुला दिया गया है या अतीत में जिनको अनदेखा किया गया। इनमें से एक आर.डी. ब्लैकमूर द्वारा लिखी गई मछली पकड़ने की रोचक कहानी है। ब्लैकमूर को 'लोर्ना डून' के लेखक के रूप में अधिक जाना जाता है। बंसी से मछली पकड़नेवाले एक उत्साही व्यक्ति की इस कहानी में वह नए-नए शब्दों की सृष्टि करते हैं और प्राचीन शब्दों को पुनर्जीवित करते हैं तथा हमेशा उनका प्रयोग वह अपनी कहानी को सजाने-सँवारने या सजीव बनाने के लिए करते हैं। हालाँकि यह कहानी सौ वर्ष से भी अधिक समय पहले की लिखी हुई है, फिर भी उनकी सुंदर गद्य शैली आज भी तरोताजा एवं मौलिक लगती है।

एक और खोज (जहाँ तक मेरा संबंध है) 'क्रिकेट हेरॅन' की कहानी थी। जिस पुस्तक से यह कहानी ली गई है, लगता है, उस देश ने ही उसे भुला दिया! जहाँ उसकी रचना हुई थी, वह देश है अमेरिका। फिर भी इसकी लेखन-शैली इतनी सशक्त है कि यह कहीं भी अपने बलबूते पर ही महान् कृतियों के बीच अपना स्थान प्राप्त कर सकती है। क्रिकेट हेरॅन और उसके संगी-साथियों की तुलना हकिलबरो फिन या चैपलिन के 'ट्रैंप' से की जा सकती है।

युवा क्रिकेट हेरॅन किसी रोजगार, साहसिक कार्य, संभवत: सौभाग्य की तलाश में निकल पड़ता है। पहले दिन की समाप्ति पर उसने सबसे पहला सबक एक उद्यमी के रूप में सीखा है—

'इस प्रकार मेरे पहले जीवन से मुझे व्यावहारिक अनुभव प्राप्त हुआ। इसने

मुझे किसी काम के बारे में जानने की समझ दी और उसके बारे में निश्चिंत होना सिखाया। और इसके अलावा मैंने यह भी जाना कि व्यक्ति को संसार में अपने हिस्से की जगह से अधिक लेने की कोशिश नहीं करनी चाहिए।'

इस विवेकपूर्ण एवं सुखद टिप्पणी पर मैं अपनी बात समाप्त करते हुए आशा करता हूँ कि पाठकगण विविध कहानियों के इस संकलन का आनंद उठाएँगे, क्योंकि इन कहानियों से आपका मनोरंजन तो होगा ही, जीवन के बारे में भी बहुत कुछ ज्ञान प्राप्त होगा।

—रस्किन बॉण्ड

अनुक्रम

एक निर्भीक कर्मा..न स्त्री एक खतरनाक पेशा अपनाती है। क्या वह आरंभिक कठिनाइयों को पार कर पाएगी?

एक शेर प्रशिक्षक के जीवन में पहला दिन

✍ पोट्रिशिया बुअॅर्न

'मैं आपको एक नौसिखुआ के रूप में प्रति सप्ताह 20 पौंड देने के लिए तैयार हूँ। बशर्ते कि आप पेरिस आ सकें, जहाँ मेरा शिशिर निवास है और मेरे वन्य-जीव हैं। मुझे देखने दें कि क्या मैं आपको शेरों को वश में करने और उनके साथ एक अच्छा खेल दिखाने की शिक्षा दे सकता हूँ।' यह आवाज श्री अल्फ्रेड कोर्ट की थी, जो विश्वविख्यात वन्य-प्राणी प्रशिक्षक थे और समस्त यूरोप में जिनका नाम साहसिक कार्यों के लिए मशहूर था।

'लेकिन अगर मैं उस काबिल नहीं हो पाई तो?' मैंने पूछा।

वह फिर हँसे—'तब बिलकुल भी समय व्यर्थ नहीं जाएगा, क्योंकि मैं समझता हूँ कि शेर के पिंजरे में पहली बार आपके दाखिल होने के दस पल के अंदर ही हमें उसका पता चल जाएगा। मुझे आपकी माँ से बात करनी होगी। क्या आप कल उनसे मेरी बात करा सकती हैं? मुझे कल रात बर्लिन के लिए निकलना होगा, इसलिए बहुत जल्दी कोई निर्णय लेना होगा। आप शायद इस शाम अपने परिवार के साथ इस बारे में चर्चा करेंगी, ताकि वे आपको भेजने के लिए तैयार हो जाएँ। लेकिन यह तभी संभव है, जब आप स्वयं इच्छुक हों।'

'हाँ, मैं इच्छुक हूँ।' मैंने कहा, 'मुझे आपके प्रस्ताव में बहुत दिलचस्पी है।'

मैंने तुरंत अपनी माँ को टेलीफोन किया। और चूँकि वह मुझे सलाह देने तथा मेरी मदद करने के लिए हमेशा तैयार रहती थीं, मेरी माँ यह जानने के लिए अविलंब सर्कस में आ गईं कि मैं किस बात से इतनी उत्साहित हूँ। अब मेरे परिवार में किसी अन्य को सर्कस से कुछ भी लेना-देना नहीं था। मेरे पिता का एक अच्छा-खासा विदेश-आयात का कारोबार था। वह एक बहुत अच्छे खिलाड़ी भी थे। मेरा लालन-पालन अधिकतर एक आया ने किया था, जो मुझ पर जान छिड़कती थी। कभी-कभार ही ऐसा हुआ होगा कि मैंने अपनी छुट्टियाँ अपने माता-पिता के घर में रहकर बिताई हों। छुट्टियों के दौरान मैं अधिकतर अपनी आया के घर में रहती थी, जो बिलथेरो के निकट देहात में था। पास में ही एक बहुत बड़ा फार्म था, जहाँ मैं और मेरे दोस्त बड़ी-बड़ी घोड़ा-गाड़ियों के साथ 'कौतुक' किया करते थे। स्कूल की छुट्टियों के दौरान मेरा अधिकांश समय घुड़सवारी करते बीतता था।

मैंने नाट्यशाला में काम करना इसलिए स्वीकार कर लिया, क्योंकि मैं जब ग्यारह वर्ष की थी, तभी मेरे पिता की मृत्यु हो गई थी, और जैसे-जैसे मैं बड़ी हुई, मैंने देखा कि मेरी माँ के लिए सबकुछ करना और सारे खर्चों को पूरा करना बहुत मुश्किल होता जा रहा है।

मैं समझती हूँ, मैंने पहला सदमा उसे तब दिया जब मैंने ब्लैकपूल टॉवर बैले में काम करना शुरू कर दिया। वहाँ से निकलकर मैंने टॉवर सर्कस में नौकरी कर ली। मैं जानती थी कि मैं जब उसे अपनी नई नौकरी के बारे में बताऊँगी तो वह स्तब्ध रह जाएगी। वह कर्नल लिंड्से और उसके चाबुक का खेल देखने की अभ्यस्त हो गई थी, जिसमें मेरी भी भागीदारी थी। इसके अलावा मैं घुड़सवारी और तैराकी में भी हिस्सा लेती थी।

अब यहाँ मैं अपने शृंगार-कक्ष में खड़ी थी, फीके हरित रंगवाली घुटनों तक की मखमली स्कर्ट, साटन का ब्लाउज पहने हुए, सिर पर एक बड़ा सा चौड़े किनारे का टोप रखे घेरे में दाखिल होने के लिए एक एकदम तैयार मैं, अपनी माँ की खुशामद कर रही थी कि वह मुझे एक शेर प्रशिक्षक बनने की परीक्षा देने के लिए पेरिस जाने की इजाजत दे दे। वह बहुत समझदार थी। उसने मंजूरी तो दे दी, साथ में यह भी कहा कि वह अगले दिन श्री कोर्ट के प्रस्ताव पर उनसे बात करेगी; क्योंकि वह बहुत डरी हुई थी, यह सोचकर कि ऐसा काम मेरे लिए बहुत जोखिमपूर्ण होगा। उसे यह भी डर था कि अगर वह मुझे इस काम के लिए जाने देती है तो लोग क्या कहेंगे ?

मैंने तर्क किया, 'हाँ, लेकिन माँ, मैं कभी भी एक बहुत अच्छी नर्तकी या बिना जीन कसे एक बहुत अच्छी घुड़सवार नहीं बन सकूँगी।'

उसने सोचा, मैं ठीक कह रही हूँ। 'किंतु मेरी बच्ची, क्या तुम्हें कोई एक भला व सम्मानजनक काम नहीं मिल सकता, जो सुरक्षित भी हो और दुरुस्त भी?'

अगले दिन सुबह मेल-मुलाकात हुई। और मुख्यतः मेरी सुरक्षा को लेकर अनेक सवालों पर चर्चा करने के बाद मुझे पेरिस जाने की अनुमति मिल गई।

और अब मैं यहाँ, लूना पार्क, बोइस डि बूलोन, पेरिस में एक भयानक मटमैली इमारत के अंदर पहुँच गई थी और मुझे बहुत डर लग रहा था।

मैंने घुड़सवारी के लिए उपयुक्त चूड़ीदार जोधपुरी पाजामा और नीले रंग की एक सूती कमीज पहनी हुई थी, जो शिकारी पहनते हैं।

'कुछ ऐसा पहनें, जो भड़कीला न हो', कोर्ट महोदय ने मुझे चेताया था, 'जो अहानिकारक हो—स्कर्ट न हो, अगर आप वाकई चाहती हैं कि आपकी भड़कीली ड्रेस से ललचाकर वे उसे आपसे छीन न लें।'

साईसों ने अभी-अभी जानवरों के लिए प्रवेश-पथ (रनवे) तैयार किया था—लोहे की छड़ों का एक ढाँचा, जो एक लंबे घुमावदार तोशगीर जैसा होता है—जो शेर के डिब्बे को पिंजरे से जोड़ता है। लोहे की छड़ों से बनी इस पगडंडी पर चलकर जानवर नीचे आते हैं।

शेर का पिंजरा खाली था। उसमें सिर्फ पाँच स्टूल थे—लकड़ी के बने हुए लाल रंग के। शेरों को उनपर बैठना था। पेरिस दिवस सर्द था, लेकिन कुछ भी इतना ठंडा नहीं था जितनी ठंड मेरे पेट में समा गई थी। मैं अपने पेट के अंदर भय से उत्पन्न बर्फीली लताएँ महसूस कर सकती थी। शीशे के झाड़फानूस की तरह हिलोरें खाती हुईं पिंजरे के अंदर अपनी पहली परीक्षा के लिए प्रतीक्षा में खड़े हुए मुझे ऐसा ही लग रहा था। यह परीक्षा मेरी हिम्मत की थी, मेरी इच्छा-शक्ति की थी और इस बात की थी कि क्या मैं उन पाँच शेरों को सँभाल सकती हूँ, जो पिंजरे के बगल में खड़े नीले और सफेद रंग के बड़े-बड़े चौपहिया डिब्बों में अभी बड़े सुकून से सोए हुए थे?

अचानक एक बड़े शेर की आँख खुली और वह उठ खड़ा हुआ। फिर उसने मुँह चौड़ा कर जँभाई ली और बड़े-बड़े पैने दाँत दिखाए, जैसे मुझे जताना चाहता हो कि 'प्रिय, जरा पास तो आओ, मैं इन्हीं दाँतों से तुम्हें चबा जाऊँगा।' इसके साथ ही उसने डिब्बे की सलाखों से अपनी बगलें रगड़ीं, जैसे बकरे रगड़ते हैं। फिर वह नीचे बैठ गया—एकदम सामने टकटकी लगाए हुए।

और मैं प्रतीक्षारत, मन-ही-मन सोचने लगी, 'जल्दी, बहुत जल्दी मुझे लोहे के उस बड़े पिंजरे के अंदर जाना होगा और तुम्हारा एवं तुम्हारे साथियों का सामना करना होगा और हमारे बीच में सलाखों की कोई दीवार भी नहीं होगी। तब तुम मुझे किस तरह देखोगे?' और मेरी पक्की इच्छा हुई कि मैं उन झरीदार सलाखों के दूसरी तरफ चली जाऊँ।

अकस्मात् कोर्ट महोदय वहाँ धमक पड़े। मुझे यह समझने में अधिक देर नहीं लगी कि जल्दी धमक पड़ना और एकदम गायब हो जाना उनकी एक चाल है। उन्होंने भी घुड़सवारोंवाला घुटन्ना और खिलाड़ियोंवाली कमीज पहनी हुई थी। वह योग्य एवं विशिष्ट दिखते थे।

एक रुक्ष 'गुड मॉर्निंग' के साथ उन्होंने कहा, 'यह एक हलका सा चाबुक है, स्पेनिश केन का बना हुआ। एक अच्छा सिंह-चाबुक बनाने के लिए दुनिया भर में इससे बढ़िया कोई चीज नहीं है।'

मैंने चाबुक पकड़ लिया। यह वाकई बहुत हलका था।

'इसके अलावा।' श्री कोर्ट ने कहा, 'आप अपने बाएँ हाथ में एक छड़ी भी पकड़े रहेंगी, जो मैं चाहता हूँ, आप अपने पास रखें। तैयार!' उन्होंने पशु-पाल से कहा।

पिंजरों के बीच एक लंबी लौह-छड़ ने दरवाजे खोल दिए। और अपने चेहरों पर बोरियत का भाव लिये पाँच शेर धीरे-धीरे उठे और उनके लिए जो रास्ता बनाया गया था, उससे उतरकर वे बड़े पिंजरे में दाखिल हो गए। उन्हें अपने-अपने लाल स्टूल पर बैठने का इशारा किया गया। आज्ञा का पालन करते हुए वे अपने-अपने स्थान पर चले गए।

अभी तक तो सिर्फ सर्कस के जानवरों का कोई खेल देखने जैसा था। ऐसा लग रहा था जैसे उस सारे तमाशे से मेरा कोई वास्ता न हो। तभी ऐरिक नाम का साईस मेरे पास आकर खड़ा हो गया।

'तैयार!' उसने कहा, जो एक सवाल नहीं बल्कि एक हुक्म था। इसके साथ ही उसने वह रस्सी खोल दी, जिससे पिंजरे का दरवाजा ढीला सा बँधा हुआ था और कोर्ट महोदय ने मुझे अंदर जाने का इशारा किया। मेरे अंदर कदम रखते ही पिंजरे का कपाट पीछे से बंद कर दिए जाने की आवाज मैंने सुनी।

अब उन्होंने धीरे से कहा, 'मैं दरवाजे के पास से तुमसे कुछ बात करूँगा। इससे उन जानवरों को भी तुम पर एक निगाह डालने का मौका मिल जाएगा।'

पिंजरे के अंदर पशु-विष्टा अर्थात् लीद और अमोनिया की तेज दुर्गंध थी और

अचानक मुझे यह भी भान हुआ कि पाँच जोड़ा जलती हुई आँखें बिना पलक झपकाए मुझे घूर रही हैं और हर आँख की पुतली एक-एक पेनी जितनी बड़ी है। जब तक मैंने उनको इतने करीब से नहीं देखा था, तब तक मुझे कतई पता नहीं था कि सर्कस के स्टूल पर बैठा शेर कितना ऊँचा और विकराल लगता है। फिर भी मुझे डर नहीं लग रहा था। मन में एक प्रकार की सकुचाहट का भाव था। ऐसा लग रहा था जैसे मैं गलती से प्रथम श्रेणी के डिब्बे में दाखिल हो गई हूँ और वहाँ अपनी आँखों पर शानदार चश्मे चढ़ाकर बैठी हुई महारानियाँ अपने-अपने महाराजाओं के साथ मुझे गुस्से से घूर रही हैं। उनकी पीली जंगली आँखों में मेरे लिए तिरस्कार—विरक्ति, उदासीनता, दूरी और अमानुषिक होने का भाव था। मैं सिहर गई, लेकिन फिर भी मैं शांत स्थिर खड़ी रही। कोर्ट, जिनकी आँखें लगातार शेरों पर लगी हुई थीं, मेरे और नजदीक आ गए।

मेरे शिक्षक ने कहा, 'अब, अगर आप मुसीबत में पड़ जाएँ—ध्यान रखें, तभी जब आपको लगे कि आप मुसीबत में हैं—इस चाबुक को घुमाएँ और हत्थे का इस्तेमाल करें, अन्यथा आक्रामक जानवर कोड़े पर पंजा मार देगा और आपका चाबुक आपके हाथ से छूटकर कहीं दूर जा पड़ेगा। अगर कोई जानवर आपके ऊपर हमला करे, अपनी छड़ी सामने रखें और हमलावर की नाक पर जोरदार प्रहार करें। अगर आपकी किस्मत ने साथ दिया तो आपकी छड़ी को बुरी तरह चबाने के बाद शायद वह दूर चला जाए। उसे ऐसा करने दें। वह सोचता है कि व्यक्ति के हाथ में कोई छड़ी या कोड़ा उस व्यक्ति के बदन का ही हिस्सा है और छड़ी को चबाने का मतलब वह समझता है कि वह असल में आपको खा रहा है। और जब वह देखता है कि इससे आपको कोई तकलीफ नहीं पहुँच रही है तो वह निरुत्साहित हो जाता है। हमला करनेवाले जानवर पर चाबुक चलाने का कोई फायदा नहीं। यह तो किसी पागल को कोंचने जैसा होगा।'

'क्या इससे उसे चोट नहीं लगेगी?' मैंने पूछा।

'देखो,' कोर्ट महोदय ने कहा, 'शेर के पास पाप-पुण्य को समझने की बुद्धि नहीं होती है। वह जिसे पसंद करता है, उसे अगर वह जान से मार डाले या बुरी तरह घायल कर दे, तब भी उसे कोई फर्क नहीं पड़ता है। वह सारी रात इस चिंता में नहीं गुजारेगा कि उससे कोई पाप हुआ है। लेकिन जब आप उसके सामने रहते हैं तो वह यह जरूर समझ जाता है कि आप उस्ताद हैं, उसके मालिक हैं। हमेशा आगे-आगे जाएँ, पीछे कभी नहीं—यह बात आपको गाँठ बाँध लेनी चाहिए। अगर आप शेर के प्रति क्रूरता का व्यवहार करते हैं तो वह आपसे घृणा करेगा। ऐसा होगा,

तो किसी दिन वह आपको जान से मार डालेगा। लेकिन अगर वह आपको पसंद करता है, तब भी इस बात की कोई गारंटी नहीं है कि एक दिन वह आपको मारने की कोशिश नहीं करेगा। इसका कोई भी तर्कसंगत कारण मानव की समझ के बाहर है। हो सकता है, आपके अँगूठे के नाखून पर पड़नेवाली धूप की चमक या पसीने की गंध इसका कारण हो सकती है—मेरा यकीन मानें। खूबसूरत शेर-प्रशिक्षक को भी पसीना आता है। या हवा के झोंके से आपके बालों का हिलना अथवा किसी दिन सिरदर्द होने की वजह से आपकी आवाज की चिड़चिड़ाहट या फिर इसके अलावा कोई कारण न हो कि वह एक शेर है और आप शेर नहीं हैं। इसलिए, जब वह दिन आए तो यह कहने का कोई फायदा नहीं है—'शेर, याद कर, मैं वही हूँ जो तुझे खिलाता है।' नाक पर या चूतड़ पर एक तड़ाकदार प्रहार की भाषा ही वह ठीक से समझता है।'

'और क्या यह क्रूरता नहीं होगी?' मैंने सकुचाते हुए पूछा।

मुझे बताया गया था—'एक सिंहनी अपने बच्चे के कानों पर इतना जोरदार थप्पड़ मारती है कि आपके सिर के टुकड़े हो जाएँ। कृपया याद रखें, एक शेर का अगली टाँग का वजन लगभग उतना होता है जितना तुम्हारे बदन का वजन होगा। शेर कोई म्याऊँ या खरगोश नहीं है। और अगर कोई शेर तुम पर प्रहार कर देता है तो तुम सारी जिंदगी याद रखोगी—बशर्ते कि तुम्हारी जान बची रहे।'

मैंने अपने मन में सोचा, ये सारी बातें बड़े विस्तार से बता रहा है और मुझे लगता है, मैं यहाँ बहुत बड़ी मूर्ख हूँ, अतः मुझे पूरा प्रयत्न करना होगा, यह जताने के लिए कि मैं इतनी भी बेवकूफ नहीं हूँ। अगर मैंने ऐसा न किया तो सेंट ऐन के लोग बड़े चटखारे लेकर कहेंगे—'मैंने आपको बताया था न ! बेशक वह वापस आएगी। हमें पता था, वह सब कर पाना उसके वश का नहीं है।'

'थोड़ा मेरी तरफ और करीब आएँ।' कोर्ट महोदय ने कहा।

'हम उधर जाएँगे और उनसे बातें करेंगे।'

हम दोनों साथ-साथ शेरों की तरफ बढ़े, जो बराबर घूर रहे थे—कोर्ट को नहीं, बल्कि मुझे। एक शेर ने बेचैनी से एक बड़ा पंजा हिलाया।

मुझे कहा गया, 'जाओ और अपने चाबुक से उनकी नाक पर हलकी गुदगुदी करो, उनका नाम लेकर उनसे प्यार से बात करो। वह जो शेरनी है, उसका नाम जुल्टान है।'

श्री कोर्ट ने मुझे पहले बताया था कि फ्रांस की एक महिला, जिसका नाम कु. वायलेटा डि आरजेंट था और जो उनके साथ शेर साधने का काम करती थी,

को हाल ही में जुल्टान नामक शेरनी ने इतनी बुरी तरह घायल कर दिया कि उसकी हिम्मत ही टूट गई।

मुझे जैसा कहा गया, मैंने वैसा ही किया, यह सोचते हुए कि तुम वही शेरनी हो, जिसे वायलेट डि आरजेंट से नफरत थी। जाहिर था, मैं भी उसे पसंद नहीं आई, क्योंकि उसने बदले की भावना से सिसकारी भरी और मेरे चाबुक पर झपट्टा मारा। उस झपट्टे में जबरदस्त ताकत थी। मैंने फिर कोशिश की। मैंने उसके सिर पर हलकी गुदगुदी की और कहा, 'अच्छी लड़की, जुल्टान।'

उसने मुझे सिर से पाँव तक इस तरह घूरा, जैसे वह कोई गंभीर स्वभाव की अनुभवी प्रधानाध्यापिका हो, जो वह सच में नहीं थी। जुल्टान ने कभी मुझसे प्यार भरा व्यवहार नहीं किया, हालाँकि मैंने उसे प्यार से समझाने की बहुत कोशिश की। वह सिर्फ ऐल्फ्रेड कोर्ट से प्यार करती थी। उसके लिए तो वह लोट लगाती और घुर-घुर करती।

अगले स्टूल पर बेलमोंट बड़ी शान से बैठा था। वह एक विशाल अफ्रीकी शेर था और उसकी गरदन के लंबे बाल काले थे तथा उसका चेहरा असामान्य रूप से लंबोतरा था। इन विशेषताओं के कारण वह शानदार और बिलकुल अलग दिखता था। उसकी आँखें लाल जैसे रंग के बजाय हरी अधिक थीं और उसने भारी मन से उत्सुकता भरी निगाह मुझ पर डाली।

मैं हिचकिचाते हुए उसके नजदीक गई और उसकी मूँछ को गुदगुदाया, जैसे आप बिल्ली के गलमुच्छ को गुदगुदाते हैं। उसने धीरे-धीरे अपने दाँत दिखाए, फिर अपना विकराल मुँह खोला और 'ऊह-आह' जैसी घुरघुर की। यह आवाज ऐसी थी जैसे कोई भारी-भरकम आवाजवाला व्यक्ति अपना गला साफ कर रहा हो। किसी तरह मुझे ऐसा महसूस हुआ जैसे उसने अचानक कुछ कहा हो और मैं निश्चित तौर पर कह सकती हूँ कि उसने खुशी प्रकट की थी।

अकस्मात् कुछ खलबली हुई। सेविला नाम की छोटी, पिंगल शेरनी बुरादे का गुबार उठाते हुए अपने भारी स्टूल से उछल पड़ी थी और अपने पंजे चौड़े कर तेजी से मेरी तरफ आती लग रही थी। यही क्षण था, जब मैंने समझा कि व्यक्ति को चारों तरफ नजर रखनी चाहिए।

'दूसरों पर निगाह रखें!' कोर्ट महोदय चिल्लाए।

अब मेरी समझ में आया कि वह कितने अच्छे गुरु हैं, क्योंकि वह अपनी बाँहें फैलाकर मेरे और उस हमलावर शेरनी के बीच आ गए थे और अपने हाथों से एक तेज ताली बजाकर—जो एक चाल है, जिसे केवल प्रशिक्षक जानते हैं—उन्होंने

शेरनी को एकदम वहीं रोक दिया। एक तीखा शोर विनाश पर उतारू किसी भी हिंसक प्राणी को रोकने में अकसर कामयाब हो सकता है। बजाय इसके कि उसपर पलटवार किया जाए। अगर ऐसा न होता तो वह पल मेरी जिंदगी का आखिरी पल होता। कहा जाता है कि जंगली जानवरों के पिंजरे में किसी भी अजनबी की खैर नहीं। और यही बात उस तीव्र कुतूहल को जन्म देती है, जो व्यक्ति को अकसर इन तेज आक्रमणों तक पहुँचा देती है।

सेविला ने अपनी चमकती द्वेषपूर्ण आँखों से कुछ क्षण कोर्ट महोदय को देखा, फिर मुझ पर एक लंबी खामोश नजर डाली और सरसर करती पूँछ के साथ अपने स्टूल की तरफ चली गई।

मुझे लगा था, मैं डर गई हूँ। लेकिन मैं चकित हो गई, जब मैंने यह जाना कि डरने के बजाय मुझे क्रोध आ गया था। मैं सीधे उस शेरनी के करीब गई और उससे गुस्से से बोली, 'ऐ शैतान लड़की! तूने कैसे हिम्मत की?'

मैं सोचती हूँ, वह मेरा गुस्सा भाँप गई। और मुझे अचानक यह महसूस हुआ कि ये जानवर किसी भी अन्य प्राणी की तरह हैं। वे सिर्फ थोड़े अधिक खतरनाक हैं। आप अगर उन्हें जताते हैं कि आप डरे हुए हैं तो वे उसे अवश्य भाँप लेंगे और उसका फायदा उठाएँगे। मैं बिलकुल उसके सामने जाकर खड़ी हो गई, उसकी आँखों में आँखें डालकर और यह सोचते हुए, 'हाँ, अब तुम दुबारा कोशिश तो करके देखो!'

और धीरे-धीरे उसके कान लटक गए तथा उसका बड़ा चेहरा शर्म से झुक गया और फिर उसने अपनी नाक बजाई, जाहिर है—घबराहट में। बाद में उसे मेरी सबसे अच्छा खेल दिखानेवाली शेरनी बनना था। मैंने यह जताने का साहस नहीं किया, लेकिन अपनी हार के बाद वह बहुत प्यार से पेश आने लगी।

फिर मैंने पिंजरे में चारों तरफ नजर घुमाई और उन दूसरे चारों शेरों को देखा, जिनकी लाल-पीली आँखें मुझ पर गड़ी हुई थीं। उन्होंने अपने चेहरे उठा रखे थे, जैसे वे चौंक गए हों। वे सभी अवश्य ही सकते में थे। मुझे लगा, सेविला के बड़े-बड़े पंजे वास्तव में काँप रहे थे।

मुझे तब यह पता नहीं था कि शेर में कभी-कभी उस समय सिहरन होती है, जब वह किसी दुष्टता के बारे में सोच रहा होता है। उसके अलावा एक सच यह भी है कि वह गुस्से में होने पर कभी नहीं दहाड़ता है। वह तभी दहाड़ मारता है जब वह भूखा होता है या ऊब जाता है मुझे पता नहीं था, कुछ ही महीनों में मुझे यह देखना पड़ेगा कि ग्रनाडा ने मेरी आँखों के सामने एक दूसरी शेरनी को मार

डाला, स्पेन में मेरी टाँग चीर डाली। और लीरो नाम के एक और शेर के साथ मुझे हिम्मत की लड़ाई लड़नी पड़ेगी तथा उसकी आँखों में आँखें डालकर उसे खामोश रहने के लिए बाध्य करना पड़ेगा। वह भी तब, जब उसका पंजा असलियत में मेरी उँगली में फँसा होगा।

'गाइटो और ग्रनाडा को आदर देना न भूलें।' कोर्ट महोदय ने कहा।

ज्यों ही मैंने गाइटो की ओर धीरे-धीरे कदम बढ़ाए, उसने इस तरह मुँह खोला कि एक-एक दाँत दिख जाए, लेकिन जब मैंने अपने कोड़े की मूठ से उसकी गरदन के लंबे बालों को सहलाया तो वह अपना सिर इधर से उधर हिलाने लगा। ग्रनाडा एकदम शांत बैठी थी। वह कुछ विचित्र थी। उसके बाल और खाल बहुत ही साफ-सुथरी थी—किसी अस्पताल की अधीक्षिका (मेट्रन) के कोट की तरह—उसके सिर पर सिर्फ वह टोपी नहीं थी, जो मेट्रन पहने रहती है।

कोर्ट महोदय की हिदायतों के मुताबिक एक नुकीली छड़ी से मैंने प्रत्येक शेर को गोश्त के टुकड़े खिलाए और ऐसा करते समय—थोड़ा-बहुत उनका विश्वास जीतने की कोशिश में—उनसे मैं बातें भी करती रही। और जब यह काम समाप्त हो गया, हम दरवाजे की तरफ पीछे लौट गए। ऐरिक ने दरवाजा इतना ही खोला कि मैं दब-दबाकर बाहर निकल सकूँ।

कोर्ट महोदय ने मेरे पाँचों दोस्तों की छोटी मंडली को वापस उनके अपने-अपने घर में भेज दिया। लोहे की छड़ों से बनी पगडंडी पर चढ़कर वे चले गए, इस बात से खुश कि हमसे उन्हें छुटकारा मिला और फिर उनके लंच का समय भी हो रहा था।

'अब तक तो सब ठीक हुआ।' कोर्ट महोदय ने कहा, 'अब कुछ झंझट वाला काम करना होगा। आखिरी डिब्बे की तरफ आओ जरा।' 'मार्टिन!' उन्होंने दूसरे पशुपाल को पुकारा, 'गोश्त लाओ और इस महिला को पूरा गोश्त तथा चाकू दे दो।'

मार्टिन ने वैसा ही किया।

'कोट पहन लो, चाकू पकड़ो और मुझे देखने दो कि क्या तुम अच्छे बड़े टुकड़े काट सकती हो!' मुझसे कहा गया—'और सभी छोटी हड्डियों को भी काट देना।'

'कितना बड़ा टुकड़ा?' मैंने पूछा।

'ओह! इस जैसा, इतना बड़ा।' कोर्ट महोदय ने अपने हाथों के इशारे से बताया। 'असल में, इनमें से हर एक रोजाना करीब 15 पौंड मांस खाता है; लेकिन हम उसकी नाप-तौल नहीं करते हैं, अपने अनुमान से देते हैं। पहला जुल्टान के

लिए है; उसे सारा मांसल हिस्सा पसंद है। बोलमोंट को मांस और एक हड्डी चाहिए, इसलिए तुम्हें शायद कुल्हाड़ी की भी जरूरत होगी।'

मुझे लगा, साईस खामोश, लेकिन थोड़ा हँस रहा है। मैं उन्हें दिखा दूँगी! मैंने पैना चाकू उठाया और काटना शुरू कर दिया। मांस बहुत फिसलनेवाला था और मैं कबूल करती हूँ, उसे पकड़े रखना मुझे बिलकुल पसंद नहीं था।

कोर्ट महोदय ने कहा, 'तुम्हें मालूम है, एक शेर-प्रशिक्षक को अनेक काम करने होते हैं और अनेक जिम्मेदारियाँ भी निभानी पड़ती हैं। जानवरों, विशेषकर जंगली जानवरों को नियंत्रित करने और उनकी देखभाल करने का काम इतना आसान नहीं है, जितना आसान लोग समझते हैं।'

यह बात सच है, मेरी समझ में तब आया जब मैंने साईस की मदद से पाँच बढ़िया थक्के काटे और तख्ते पर साथ-साथ रखे। इस समय तक चौपहिया डिब्बों में कुछ अजीब सी हलचल होने लगी थी, क्योंकि भूखे जानवर बेचैनी से हिल-डुल रहे थे—भोजन परोसे जाने के इंतजार में।

अब मेरे शिक्षक ने कहा, 'तुम लोहे की छड़ लेकर बारी-बारी से प्रत्येक डिब्बे के सामने का छोटा द्वार खोलोगी। हमेशा यह जरूर देख लें कि सुरक्षा-जंजीर ठीक-ठाक है, ताकि दरवाजा इतना ही खुले, इससे ज्यादा नहीं। बस, इतना ही काफी होगा एक साईस द्वारा काँटे से मांस का टुकड़ा अंदर डाले जाने के लिए। और थोड़ी दूरी बनाकर रखें, कहीं ऐसा न हो कि गोश्त की बजाय वे तुम्हारी बाँह पर झपट्टा मार दें।'

मैंने छोटे हुकवाली छड़ पकड़ी और हम पहले पिंजरे के पास गए। जैसे-जैसे हम नजदीक बढ़ रहे थे, पिंजरे के अंदर खड़खड़ाहट बढ़ती जा रही थी—खाना मिलने की उम्मीद से उत्पन्न जोश के साथ। तथापि, जैसा मुझे सिखाया गया था, उसके मुताबिक मैंने छड़ का सिरा पहले दरवाजे के अंदर डाल दिया और 'उठाओ' शब्द के साथ ही मैंने दरवाजा ऊपर उठाने के लिए जोर लगाया। दरवाजा एकदम ऊपर उठ गया। उसी क्षण साईस ने काँटे में अटका मांस का टुकड़ा अंदर डाल दिया, जिसे शेर ने पूरी ताकत से झटक लिया और फिर उसे जाँचा-परखा।

यह सारा काम बड़े सही ढंग से हुआ। मुझे अचानक एक खयाल आया कि मैं एक रेलगाड़ी में प्रथम श्रेणी की पाकशाला में हूँ, जहाँ हम बैरे का काम कर रहे हैं तथा रात के भोजन का इंतजार कर रहे लोगों को जल्द-से-जल्द भोजन देने के काम में लगे हुए हैं।

इसके बाद मैं अपनी किस्मत के बारे में फैसला सुनने के लिए बड़ी उत्सुक

थी। और मुझे बताया गया, 'अब तक जो हुआ, ठीक हुआ।' और इस दोपहर बाद मेरी यह परीक्षा ली जाएगी कि मुझे कोड़े का सही और सुरक्षित ढंग से प्रयोग करना सीखने में कितना समय लगेगा। मुझे यह भी पता चला कि अगर सबकुछ योजनानुसार चलता रहा, तो मैं तीन सप्ताह में लोगों के सामने अपना पहला प्रदर्शन कर सकूँगी।

मैं इतनी खुश हुई, मेरा मन किया कि मैं जाकर अपने पाँचों नए दोस्तों को गले लगा लूँ। लेकिन इसके बजाय मुझे साईसों को रात के लिए सूखा भूसा अंदर डालते देखकर ही संतोष करना पड़ा।

□

एक लेखक, मशहूर छतरी-सैनिक (पैराशूटिस्ट) और 'करतबी' हवाबाज अर्थात् विमान चालक की रहस्य-रोमांचपूर्ण कहानी

दो खूबसूरत काली आँखें

✍ जॉन ट्रैनम

यह उस समय की बात है, जब मैं लॉन्ग बीच में था। वहाँ ऐलन नाम के एक व्यक्ति से मेरी भेंट हुई और हमारी यह मुलाकात जल्दी ही एक साझेदारी में बदल गई। पहले यह व्यक्ति एक 'गुब्बारा-उड़ाका' (बैलूनिस्ट) रह चुका था। और उस दौरान उसने हवाबाजी में काफी ज्ञान एवं तजुरबा हासिल कर लिया था; अब वह फिल्म-कार्य के लिए करतब दिखानेवाले लोगों के एजेंट के रूप में अच्छा बड़ा कारोबार करने लगा था। बदकिस्मती से उसके अंदर भी कुछ ऐसे छोटे-मोटे दोष थे, जो बहुत से अच्छे कारोबारियों में होते हैं, और उन्हीं दोषों के कारण अंततः अमेरिकी सरकार द्वारा उसपर प्रतिबंध लगा दिया गया।

उसका मुख्य दोष यह था कि वह अति-उत्सुक युवकों को बहुत ही घटिया किस्म के उपकरण बेच रहा था। उन दिनों हवाई-छतरियाँ (पैराशूट) प्राप्त करना बड़ा मुश्किल हो गया था और जब ऐलन ने उन्हें अपेक्षाकृत आसान शर्तों पर देने का प्रस्ताव किया तो उन तजुरबेकार कलाबाजों को पैराशूट प्राप्त करने का सुनहरा अवसर मिल गया।

नतीजा यह हुआ कि हवाई-छतरी से करतब दिखानेवालों की मृत्यु दर में बहुत अधिक बढ़ोतरी हो गई। और अगर मैं अधिक सावधान एवं अनुभवी न होता तो अवश्य ही मेरी गिनती भी उन मरनेवालों में होती, जिन्होंने ऐलन से पैराशूट खरीदे थे।

मैं कबूल करता हूँ कि इस आदमी के साथ मेरी पहली बड़ी दुर्घटना का कारण मेरा अपना दु:साहस ही था। उसके पास अन्य कुतूहलपूर्ण वस्तुओं के बीच, लगभग 45 फीट व्यास का एक विशाल पैराशूट था, जिसकी चौड़ाई सामान्य से करीब दो गुनी थी। इस उपकरण की अवर्णनीय पथभ्रष्टता एवं असंगति के कारण ही शायद इसका नाम 'ऐलन का हूडू' रखा गया था। अपनी उड़ान के कुछ मार्ग में तो इसकी चाल स्वाभाविक रहती थी, फिर यह अपनी रफ्तार को अचानक दुलत्ती मारता है और अपनी प्रच्छन्न बदमाशी को प्रकट करने लगता है। कई लोगों ने इस पैराशूट में 'घुसने' की कोशिश की थी। उन सभी के साथ भीषण दुर्घटना घटी।

एक दिन मैं ऐलन के पास गया और उससे बोला, 'मैं उस पुराने हूडू में एक तफरी करूँगा।'

'क्या ऐसा है!' उसने जवाब दिया।

'पक्का।' मैंने कहा। 'मैं किसी समय उसे लेकर कूद जाऊँगा।' उसने अपने कंधे उचकाए, 'बहुत अच्छा, अपने अगले करतब पर आप इसे हवा दे सकते हैं।'

मेरा अगला करतब एक फिल्म के लिए डायसर के हवाई अड्डे पर होने वाला था। जहाँ मुझे उस नायक का किरदार निभाना था, जो किसी मशीन से निकल भागता है। कारण क्या था, मुझे पता नहीं। इस स्टंट के लिए मैं उसका 24 फीट का सामान्य पैराशूट भी इस्तेमाल कर सकता था, क्योंकि काम बहुत आसान था। लेकिन जैसाकि मैं पहले ही 'हूडू' के साथ कूदने का इरादा पक्का कर चुका था, यह मौका मेरे हाथ लग गया।

मैंने बड़ी शांति से चलना शुरू किया। छतरी बड़े सही ढंग से खुली और सबकुछ ठीक-ठाक लगा। तत्पश्चात् मैंने झूलना शुरू किया। हर पैराशूट आपको थोड़ा-बहुत झुलाता है। लेकिन उसने मुझे बहुत झुलाया। समस्या असल में यह थी कि मेरा वजन पैराशूट के असामान्य वजन को सँभालने के लिए पर्याप्त तो क्या, उसके आस-पास भी नहीं था, न ही मुझमें इतनी ताकत थी कि मैं रस्सियों को खींचकर झूल के प्रभाव को विफल कर सकूँ, जैसाकि किसी आपातस्थिति में सामान्यत: किया जाता है।

मेरा झूलना अधिकाधिक उग्र होता चला गया और बाद में बहुत खतरनाक भी। स्थिति इस हद तक पहुँच गई कि कुछ मौकों पर मैंने खुद को पैराशूट में उस छेद से नीचे झाँकते पाया, जो मेरे सिर से करीब 30 फीट ऊपर रहा होगा। इतना होने पर भी मैंने अधिक कठिनाई महसूस नहीं की होती, अगर मुझे वापस उसी ढंग में झुलाया गया होता, जिस तरह ऊपर की ओर जाते समय हुआ था। लेकिन

सच यह है कि अपकेंद्री बल ने बिलकुल ऊँचाई पर पहुँचकर मुझे धोखा दे दिया। और मैं लगभग लंबवत् अर्थात् बिलकुल खड़ी अवस्था में नीचे गिरने लगा तथा 30 फुटी रस्सियों के अंत में जबरदस्त झटके के साथ फिर ऊपर उठ गया।

लेकिन यह कोई बड़ी चिंता की बात नहीं थी। इससे अधिक गंभीर संकट तो अभी आने वाला था, और वह तब आया जब मैं जमीन छू चुका था। रस्सियों के छोर पर लटका मैं चारों ओर इस तरह तेजी से घूम रहा था, जैसे किसी बहुत बड़ी गुलेल में पत्थर के एक टुकड़े को घुमाया जा रहा हो। और इसमें जरा भी शक नहीं रह गया था कि मैं इतने जोर से जमीन से टकराऊँगा कि मेरे शरीर की लुगदी बनकर रह जाएगी।

इसे कुदरत का करिश्मा ही कहना होगा कि मैं बच गया—अधिकांशतः बच गया। ऊर्ध्वगामी झूम पर कुछ फीट से मैं जमीन से दूर रह गया और भूमि से मेरा संपर्क करनेवाला गुरुत्वाकर्षण के अलावा कोई नहीं था। नीचे आने की अंतिम कूद में अभी 20 से 30 फीट की दूरी थी। और मैं वास्तव में बैठने की मुद्रा में जमीन से टकराया, जिसके कारण मेरी रीढ़ की पुच्छ हड्डी टूट गई और चोट से मेरी आँखें बुरी तरह काली पड़ गईं।

आँखें काली कैसे पड़ीं, मैं नहीं बता सकता। इसका जवाब तो कोई डॉक्टर ही दे सकता है। लेकिन ऐसा लगता था जैसे मेरा माथा रेत भरी बोरी से टकराया हो।

जब उन्होंने धूल-मिट्टी में से मुझे बाहर निकाला, उन्होंने देखा कि मेरे अंदर अभी कुछ जान बाकी है; अतः उन लोगों ने मुझे एक मोटर गाड़ी में डालकर मैदान में चारों ओर घुमाया—लोगों को दिखाने के लिए कि मैं मरा नहीं हूँ। विजय की इस पूरी परेड में मुझे पूरा होश था कि क्या हो रहा है। लेकिन जब हम विमान घर के पीछे एक आरामदेह जगह पर पहुँचे, मैं एक गहरी नींद में खो गया और एक सप्ताह तक मुझे होश नहीं आया।

बिस्तर पर पड़े-पड़े स्वास्थ्य-लाभ करने के दौरान मैंने एक ऐसे लड़के की मौत के बारे में पढ़ा, जिसे ऐलन ने एक छोटा, बोगस पैराशूट बेचा था। यह वही पैराशूट था, जिसे मैंने कुछ समय पहले देखा और जाँचा-परखा था। उसका रेशमी कपड़ा तो ठीक-ठीक था, लेकिन उसका साज-सामान, मैं एक निगाह में बता सकता था, बिलकुल बेकार था।

यह लड़का पूर्व का रहनेवाला था। उड़ान-कला में उसने अभी-अभी कदम रखा था और उसके दिमाग में यह बात घर कर गई थी कि कोई भी विमान-चालक

तब तक अपने नाम को सार्थक नहीं कर सकता, जब तक कि उसने पैराशूट से उतरना न सीखा हो। अतः उसने ऐलन से किट खरीद ली और उसकी जाँच किए बिना ही छलाँग लगा दी।

कपड़ा खुल गया और उसमें तत्काल हवा भर गई। वास्तव में, बहुत जल्दी और उसके कारण फीता-पट्टी आदि साज-सामान पर औसत से अधिक खिंचाव पड़ गया। लेकिन वह फीता-पट्टी एक रुमाल का खिंचाव भी सहने काबिल नहीं थी। नतीजा यह हुआ कि फीता-पट्टी टूटकर अलग हो गई और अगले ही क्षण उस जवान लड़के की देह 120 मील प्रति घंटा की रफ्तार से नीचे गिर रही थी। वह हवाई अड्डे के निकट दो विशाल टैंकों के बीच आकर गिरा और उसके शरीर को तलाशने में करीब एक घंटा लग गया।

लेकिन ऐलन ने परवाह नहीं की। इस दुर्घटना के कुछ समय बाद ही उसने एक और खराब पैराशूट किराए पर दे दिया। इस बार फीता-पट्टी आदि काफी ठीक दशा में थी। ऐलन कभी भी अपनी उड़न छतरियों को एक ही जगह पर दो बार कमजोर बनाने की गलती नहीं करता था। लेकिन रस्सियाँ बहुत ही घटिया थीं—मछली पकड़ने में काम आनेवाली साधारण डोरी। उसकी जगह जूतों के तसमे भी लगे होते, तब भी लड़का बच जाता।

जब उसने कूद लगाई, कपड़ा हवा भरने से इतना खुल गया कि उसे झटके के साथ सीधा ऊपर की ओर ले उड़े। फिर डोरियाँ ऐंठने लग गईं। अगर आप ऐंठी हुई डोरी किसी बालटी में बाँधते हैं, उसमें कुछ वजन रख देते हैं और उसे एक हाथ की दूरी पर ऊपर उठाते हैं तो आप देखेंगे कि बालटी धीरे-धीरे घूमना शुरू कर देती है। उस लड़के के साथ भी वही हुआ। जैसे ही डोरियों पर उसका भार पड़ा, वे ऐंठने लगीं और एक-दूसरे से लिपट गईं। सारी रस्सियाँ मरोड़ खाने के बाद एक तार में बदल गईं और पैराशूट, जिसे खुलकर एक छतरी की तरह तन जाना चाहिए था, एक गठरी में तब्दील हो गया। इस तरह पैराशूट हवा का प्रतिरोध उस बेचारे लड़के से अधिक नहीं कर पाया और वे दोनों किसी धूमकेतु की भाँति एक साथ नीचे आ गिरे और तबाह हो गए।

इस वृत्तांत ने मुझे चौंका दिया। एक साथ दो-दो मौत की घटनाएँ और दोनों के पीछे ऐलन की घटिया करतूत होने का पक्का संदेह—मैं सोचने पर मजबूर हो गया। फिर भी, मैंने उसके साथ अपनी साझेदारी एकदम नहीं तोड़ी, क्योंकि आखिरकार वह एक अच्छा एजेंट था। और घटिया पैराशूट बनाने में मैंने उसकी कोई मदद नहीं की थी। लेकिन एक दिन ऐसा कुछ हुआ कि मैंने तुरंत उससे कोई नाता

न रखने का निश्चय कर लिया। यह कोई जीवन और मृत्यु का सवाल नहीं था, बल्कि उससे भी कहीं अधिक महत्त्वपूर्ण कारण था—पैसा।

मेरे एजेंट के रूप में उसने एक फिल्म कंपनी में मेरे लिए काम का जुगाड़ किया था। करतब (स्टंट) इतना साधारण किस्म का था कि उसका उल्लेख करना आवश्यक नहीं है। जब काम खत्म हो गया और अपना पैसा लेने का समय आया तो मैं ऐलन के पास गया। कंपनी ने उसे पहले ही भुगतान कर दिया था—और मैंने अपना पारिश्रमिक माँगा।

'तुम्हें उसके लिए इंतजार करना पड़ेगा।' उसने जवाब दिया।

'मुझे अभी चाहिए।' मैंने कहा और अपना पैसा माँगा।

'अभी तो नहीं मिल सकता। अच्छा, समय आने पर मैं तुम्हें भुगतान कर दूँगा।'

'यानी, जब तुम देना चाहोगे, तब दोगे, क्यों?'

'ऐसा ही है।'

'तो ठीक है,' मैंने कहा, 'मुझे वह मंजूर नहीं, इसलिए मैंने छोड़ दिया।' चूँकि उसने मेरा पैसा नहीं दिया, मैंने उसके एक पैराशूट में छेद कर दिया।

लेकिन ऐलन और उसका सबकुछ अंदर तक निकृष्ट एवं निहायत घटिया था। वह पैराशूट नकली था।

इस बीच सर्कस को देशों के एक और दौरे पर जाना था, लेकिन इस बार पूर्वी राज्यों में। इस यात्रा पर जाने के लिए मेरे पास एक तेज नायूपोर्ट लड़ाकू विमान था, जो उन पुराने विमानों से बिलकुल नए प्रकार का था, जिनका मैं अभ्यस्त हो चुका था। बाद में किस्मत ने अगर साथ न दिया होता तो इस नायूपोर्ट ने मुझे मार ही डाला था।

जब हम सैन एंटोनियो, टेक्सास पहुँचे, एक साथी ने मुझे इर्विन पैराशूट दिखाया, जो एक मायने में उन हवाई-छतरियों से बहुत भिन्न था, जिनका मैं प्रयोग किया करता था। पहलेवाला पैराशूट जहाँ स्थिर-डोरी को खींचने से खुलता था, इर्विन पैराशूट को रिप-कॉर्ड से खोला जाता था।

इस पैराशूट की जाँच करने के बाद मैंने पाया कि रिप-कॉर्ड को खींचने से स्टील के दो लंबे पतले पिन भी बाहर आ जाते हैं। ये पिन पैराशूट के परदों को बंद रखते हैं। जब रिप-कॉर्ड को खींचा जाता, पिन झटके से बाहर निकल जाते, परदे चिड़िया के पंखों की तरह खुल जाते और एक बहुत छोटा कर्णिक पैराशूट प्रकट होता, जो तुरंत खुल जाता और फिर मुख्य पैराशूट को धक्के से खोल देता।

मजेदार बात यह थी कि यह सब पलक झपकते ही हो जाता।

मैं स्वीकार करता हूँ कि अब तक मुझे रिप-कॉर्ड के आविष्कार पर संदेह था, लेकिन इर्विन पैराशूट को आजमाने के बाद मुझे मानना पड़ा कि यह उन पैराशूटों से बहुत बेहतर था, जिनका मैं प्रयोग करता था।

इन पैराशूटों को हासिल करने के बाद हमारे साथ केवल दो हादसे हुए; लेकिन इन हादसों का स्टंट से कोई संबंध नहीं था। पहली दुर्घटना तो तब हुई, जब उड़ान के दौरान हम रेतीले तूफान में फँस गए और हमारे टैंकों में दो-तीन घंटों तक का ही पेट्रोल बचा था। रेत की आँधी का सामना करना तब भी कोई खेल नहीं होता है, जब आप जमीन पर होते हैं। और जब एक तेज रफ्तार गाड़ी की गति से हवाई यात्रा कर रहे हों, तब ऐसे में कुछ भी हो सकता है। इसके अलावा एक हवाई जहाज में जमीन के नजदीक उड़ते हुए दृश्यता का होना अत्यावश्यक है।

हम एक रेलमार्ग के साथ-साथ जा रहे थे, क्योंकि इस जिले में जबरन उतरने का मतलब था—कई दिनों या सप्ताहों तक किसी के आने का इंतजार करना। और रेलमार्ग का अनुसरण करते हुए ही हम बस्ती तक पहुँच सकते थे। चूँकि कहीं-न-कहीं तो हमें उतरना ही था, इसलिए हम रेलमार्ग के जितना नजदीक पहुँच सकते थे, उतने नजदीक पहुँचकर नीचे आ गए।

जमीन को छूते ही विमान को झटका लगा, लेकिन हमें उसकी चिंता नहीं थी। जमीन पर थोड़ी देर चलने के बाद हमारा विमान अचानक, लेकिन संतोषजनक ढंग से ठहर गया। और सुरक्षित उतरने पर हमने एक-दूसरे को बधाई दी।

अपने चेहरे से रेत साफ करते हुए अचानक मैंने देखा कि विमान के दोनों पंख गायब हैं। यह देखकर मैं बहुत खीझ गया।

उतरने पर विमान का इस तरह ढह जाने का कोई मतलब नहीं है। बेशक वह दिन दूर नहीं, जब हमारे पास पंख समेटते जहाज भी हों, लेकिन हमारे विमान के बारे में फिलहाल ऐसे कल्पना भी नहीं की जा सकती थी। लेकिन हमने यह भी नहीं सोचा था कि हमारा विमान जमीन पर सुरक्षित उतार लिये जाने के बावजूद हमारे साथ इस तरह का धोखा करेगा—अपने महत्त्वपूर्ण अंगों से हाथ धो बैठेगा।

गुस्से से अधिक दुःख का अनुभव करते हुए मैंने विमान के ढाँचे को दोनों तरफ से अच्छी तरह से देखा और रेत के थपेड़ों के बीच पंखों की निशानी खोजने का प्रयास किया। हालाँकि हमें कुछ भी समझ नहीं आ रहा था और तभी मैंने देखा कि क्या हुआ होगा।

हमारा विमान जब नीचे उतरा, विमान के पहिए कैक्टस के दो झुरमुटों के

बीच घिरी जमीन की तंग पट्टी से लग गए थे—उसपर आगे बढ़ते हुए। विमान के पंख दोनों ओर उगी झाड़ियों से उलझते रहे, जिसका परिणाम यह हुआ कि कैक्टस एवं जंगली झाड़-झंखाड़ से टकरा-टकराकर पंखों के परखच्चे उड़ गए।

हमने उसे वहीं सड़ने के लिए छोड़ दिया और चार घंटे तक रेल पटरी पर बैठे रहे। इस दौरान अंधड़ शांत हो गया और हम अगली गाड़ी को रोकने में कामयाब हो गए। रेल पदाधिकारियों ने यह देखकर कि हमारे पास और कोई चारा नहीं है, हमें गाड़ी में चढ़ा लिया। और हमारा वह हवाई जहाज, मैं समझता हूँ, अभी तक रेगिस्तान में ही धँसा पड़ा है।

दूसरी दुर्घटना कुछ वैयक्तिक अधिक थी। और इसका कारण भी फिर वही दुराचारी और मानव द्वेषी कैक्टस की झाड़ी थी, जिसे कुछ लोग दिल का बहुत अच्छा मानते हैं। लेकिन देखने में तो वह बहुत डरावनी लगती है। मैं इस बार पैराशूट के जरिए काफी स्वाभाविक ढंग से नीचे आ रहा था। लेकिन हवा के झोंके ने सीधे-सादे रास्ते से मुझे कुछ दूर कर दिया।

मैंने कभी भी उलटी रखी संगीनों में छलाँग नहीं मारी है। लेकिन मैं समझता हूँ ऐसे ही एक अनुभव से गुजरने के बारे में बताने का मुझे पूरा अधिकार है। मेरा पैराशूट उत्तरी अमरीका के कैक्टस से भरे सबसे बड़े झुरमुट में जाकर धँस गया। मुझे पक्का यकीन है कि इस झुरमुट को विशेष रूप से इसी प्रयोजन के लिए चुना गया होगा—और मेरा बदन दर्द से चीखते एक मानवीय पिनकुशन में बदल गया। और वे पिन भी ऐसे-वैसे नहीं थे, बुनाई करनेवाली सुइयों के आकार के थे।

मेरे बदन में चुभे इन काँटों को निकालने में उन्हें कुछ समय लगा और यह मेरे लिए वास्तव में कोई छुट्टी का दिन भी नहीं था।

□

एक प्रसिद्ध निबंधकार की कलम से एक मुक्केबाजी प्रतियोगिता का ब्योरेवार वर्णन, जिसमें दोनों मुक्केबाज हाथों पर बिना कुछ पहने मुष्टि प्रहार कर रहे थे।

बिल नीटे बनाम गैसमैन

✍ विलियम हैजलिट

प्रिय पाठक, क्या आपने कोई मुठभेड़ देखी है ? यदि नहीं तो आप गैसमैन और बिल नीटे के बीच युद्ध का मजा लेने में शामिल हो सकते हैं।

हम जब यह मुकाबला देखने के लिए पहुँचे, भीड़ उमड़ी पड़ रही थी; लोग खुली गाड़ियों में भर-भरकर आ रहे थे—पताकाएँ फहराते और गाना बजाते हुए। और गाँव-देहात के अहाते की घेराबंदी एवं खाई के पार लोग हर तरफ इकट्ठे हो रहे थे। सभी को यह देखने की भारी उत्सुकता थी कि उनका हीरो मुकाबले में अपने प्रतिद्वंद्वी को पछाड़ता है या पिट जाता है।

मुझे खड़े होने के लिए ठीक-ठाक जगह मिल गई थी। भीड़ में बड़ी हलचल और भनभनाहट थी। सामने से नीटे अंदर आया, अपने दो पृष्ठों के बीच। उसने एक बड़ा ढीला-ढाला कोट पहना हुआ था और उसके भारी वजन को सँभाले उसके घुटने चलते हुए आपस में टकराते थे। उसने शालीनता से चेहरे पर प्रसन्नता का भाव लिये अपना हैट अखाड़े में फेंक दिया। फिर उसने चारों तरफ देखा और चुपचाप अपने कपड़े उतारने लगा। दूसरी तरफ भी ऐसी ही भीड़ थी और भीड़ के बीच बनाई गई जगह से होता हुआ गैसमैन (टॉम हिकमैन) आगे आया—कुछ ऐसे हाव-भाव के साथ जैसे वह पहले ही जीत चुका हो। वह हीरो से भी बड़े हीरो की तरह इठला रहा था। बड़े घमंड के साथ उसने संतरे चूसे और उनका

छिलका सिर से झटका मारकर दूर फेंक दिया। फिर वह अखाड़े में आया और नीटे को देखने लगा। इस तरह शायद वह खुद को बड़ा और बेहतर दिखाने का नाटक कर रहा था। उसने बस एक ही ढंग की बात की, जब वह आधुनिक ऐजाक्स से लंबे कदम बढ़ाकर आगे चला गया। उसने अपनी बाँहें इस तरह झटकीं जैसे वह देखना चाहता हो कि उसकी बाँहें अपना काम कर पाएँगी या नहीं!

अब तक उन्होंने कपड़े उतार दिए थे और देखने में वे दोनों एक-दूसरे से बिलकुल विपरीत थे। नीटे की तुलना ऐजाक्स से की जा सकती थी। उसके कंधे एटलस पर्वत जैसे थे, जो किसी भी प्रकार के प्रहार को सह सकने की ताकत रखते थे और मुक्केबाजी का खरा हीरा होने की प्रतिष्ठा का दावा कर सकते थे; जबकि हिकमैन की तुलना डायोमिड से की जा सकती थी, जो हलका, तंदरुस्त, लचीला था। और जब वह चलता था, उसकी पीठ धूप में ऐसे चमकती जैसे तेंदुए की खाल। अब वहाँ पूरी खामोशी छा गई। सभी लोग डरे-सहमे थे। ऐसे बड़े मुकाबले को देखनेवालों में कौन ऐसा था, जिसकी साँस नहीं रुक गई—जिसे अपने दिल की धड़कन महसूस नहीं हुई? सबकुछ तैयार था। उन्होंने सिक्का उछाला और गैसमैन जीत गया। उन दोनों को ऊपर मुकाबले के लिए निर्धारित स्थान तक ले जाया गया, जहाँ उन्होंने हाथ मिलाए और फिर भिड़ गए।

सबने सोचा कि पहले चक्र में ही खेल खत्म हुआ। कुछ समय तक क्रीड़ा करने, एक-दूसरे को आजमाने के बाद गैसमैन एक चीते जैसी फुरती के साथ अपने दुश्मन पर चढ़ गया। पाँच सेकंड में उसने पाँच मुक्के जड़ दिए और जैसे ही वह पीछे की ओर लड़खड़ाया, दो और लगा दिए—दाएँ एवं बाएँ और फिर वह धड़ाम से गिर गया—एक बड़ा झटका खाकर। एक शोर उठा और मैंने कहा, 'यह कोई मुकाबला नहीं है।'

'वे फिर भिड़े और नीटे, डरा नहीं बल्कि विशेष रूप से सावधान एवं चौकन्ना था। मैंने देखा, वह दाँत जकड़े हुए है और उसकी त्योरियों में बल पड़े हैं। उसने अपनी दोनों बाँहें पूरी लंबी करके उसके अर्थात् अपने विरोधी के सामने घन की तरह फैला दीं और अपनी बाईं भुजा एक या दो इंच ऊपर उठाई। गैसमैन बचाव की इस मुद्रा से निपटने में नाकाम रहा। उन्होंने परस्पर प्रहार किया और गिर पड़े। किसी को भी कोई अंक नहीं मिला।

यही वह क्षण था जब मतभेद हो गया; क्योंकि अगले प्रहार में गैसमैन ने अपने सीधे हाथ से अपने विरोधी की गरदन पर जोरदार मुक्का जमाने की कोशिश की, लेकिन हाथ उतनी लंबाई तक जब नहीं पहुँच सका, दूसरे ने अपने बाएँ हाथ

के पूरे झटके से एक तगड़ा मुक्का उसके जबड़े तथा भौंह पर जमा दिया और उस प्रचंड वार से उसके चेहरे का वह हिस्सा लहूलुहान हो गया। गैसमैन गिर पड़ा और इसके साथ ही एक ओर शोर उठा—जीत का शोर! क्योंकि इस बार भाग्य का पलड़ा कभी इधर, कभी उधर भारी हो जाता था। इस बार भाग्य का यह निर्णायक फेर था।

हिकमैन खड़ा हो गया और एक विकट डरावनी हँसी उसके चेहरे पर नजर आई। फिर भी साफ जाहिर था कि उसके अहं को भारी चोट पहुँची है। पहली बार उसे इस तरह की मुँह की खानी पड़ी थी। उसका चेहरा एक तरफ लाल-लोहित हो गया था और उसकी दाईं आँख बाहर चारों ओर से काली और सूजी हुई थी; फिर भी वह लड़ने के लिए आगे बढ़ा। हालाँकि उसका आत्मविश्वास हिला हुआ था, किंतु पीछे हटने का उसका कोई इरादा नहीं था।

उन्होंने सँभल-सँभलकर मुक्केबाजी की। कोई आधे-अधूरे प्रहार नहीं, कोई थपकी और हलकी-फुलकी छेड़छाड़ नहीं, घूँसेबाजी की कला का दिखावा मात्र नहीं—वे असल में मरने-मारनेवाले मुक्के थे; यह लड़ाई असल की लड़ाई थी। प्रत्येक राउंड के बीच आधा मिनट का अंतराल कुछ भी नहीं था। अगर एक मिनट या उससे अधिक समय दिया जाता तो समझनेवाली बात थी कि वे कैसे अपनी ताकत व अपनी दृढ़ता शनैः-शनैः पुनः प्राप्त करते हैं; लेकिन दो लोगों को चकनाचूर होकर जमीन पर गिर पड़े, खून से लथपथ, भौंचक, होश-हवास खोए हुए ऐसी हालत में देखना, जैसे उनमें साँस बाकी न हो और फिर उनका सदमे से उभरना, नई शक्ति और हिम्मत से फिर खड़े होना मर जाने या मार डालने के इरादे से एक-दूसरे पर ऐसे चढ़ाई करना, जैसे 'कैस्पियन के ऊपर दो बादल आपस में टकराते हैं'—यह सब देखकर अत्यंत हैरानी होती है; ऐसी दशा में व्यक्ति वीरोचित नजर आने लगता है।

इसके बाद मुक्केबाजी का मुकाबला हर राउंड के पश्चात् अधिकाधिक निश्चित होता चला गया और बारहवें राउंड तक आकर लगा कि मुकाबला समाप्त हुआ। हिकमैन अधिकतर मेरी ओर पीठ करके खड़ा होता था; लेकिन हाथापाई में उसने जगह बदल ली थी। नीटे ने तभी उसपर जोर का झपट्टा मारा और उसके चेहरे पर भरपूर प्रहार किया।

उसके गिरने से पहले मैंने उसका इससे अधिक भीषलू कभी नहीं देखा। जीवन की स्वाभाविक अभिव्यक्ति के सभी संकेत उससे जा चुके थे। उसका चेहरा एक मानव खोपड़ी जैसा था—मौत का सिर था, जिससे खून का फुहारा फूट रहा

था। आँखों में खून भरा था, नाक से खून बह रहा था और मुँह से भी खून भरे झाग निकल रहे थे। वह वास्तविक मनुष्य नहीं, बल्कि एक असाधारण प्राणी या दांते की कृति 'इन्फर्नो' में वर्णित किसी पात्र जैसा दिख रहा था।

फिर भी वह इसके बाद कई राउंड तक लड़ा। वह अब भी प्रहार करने का दुःसाहस कर रहा था और नीटे बचाव की मुद्रा में खड़ा था। अपनी रक्षा करने के लिए सावधानी से उसी तरीके का इस्तेमाल कर रहा था जैसे कि अभी भी उसे बहुत कुछ करना था; और गैसमैन सत्रहवें या अठारहवें राउंड में जब तक इस कदर अचेत एवं स्तंभित नहीं हो गया कि उसके सारे होश जाते रहे और वह समय रहते खड़ा नहीं हो सका, तब तक मुकाबला समाप्त घोषित नहीं किया गया।

संदेशवाहक कबूतर अब हकबाज हो गए और उनमें से एक कबूतर श्रीमती नीटे के पति की विजय का संदेश उन तक पहुँचाने के लिए भी उड़ चला था। काश, श्रीमती हिकमैन के लिए!

□

यह सन् 1868 में जनमे एक ऐसे व्यक्ति के जीवन से लिया गया एक प्रसंग है, जिसने विज्ञान-विशेषकर गतिशीलता–के क्षेत्र में तेजी से हुई प्रगति को अपनी आँखों से देखा। इस प्रसंग में वैमानिकी की संभावनाओं की खोजबीन का वर्णन है।

वायुपोत के साथ साहसिक अनुभव

एच.के. हेल्स

आधुनिक कार के आविष्कार से पहले सड़क–यात्रा में बदन की सारी हड्डियाँ हिल जाती थीं। वैमानिकी के क्षेत्र में भी आज जो तरक्की दिखाई देती है, उसे भी विभिन्न जोखिमपूर्ण पड़ावों से होकर गुजरना पड़ा है और मैं उसका साक्षी रहा हूँ। मुझे लगता है, लोगों को उड़ान के इतिहास की बहुत कम जानकारी है और आज के विशाल वायुयानों को देखनेवाली युवा पीढ़ी को विरले ही यह एहसास होता होगा कि तीस साल पहले जमीन छोड़कर हवा में उड़ना एक बड़ी चामत्कारिक एवं हैरानी वाली बात समझी जाती थी।

अनेक वर्षों तक मेरे विचार आकाश में विचरण करने की ओर ही पलटते रहे। मैंने देखा है कि लोग जिस कल्पना की खिल्ली उड़ाया करते थे, मोटर–कार ने किस तरह उनकी जुबान बंद कर दी और मुझे विश्वास था कि हवाई जहाज भी ऐसा ही करिश्मा कर दिखाएगा। मैंने राइट बंधुओं के अनुभवों के बारे में पढ़ा और बार–बार यह सवाल किया कि इंग्लैंड में कोई उनके कार्य को आगे बढ़ाने के विषय में क्यों नहीं सोच रहा है!

मैं मिडलैंड काउंटी में साइकिल, विमानों और मोटर आदि बेचने का धंधा करता था तथा प्रयोगों पर खर्च करने के लिए मेरे पास कोई धन नहीं था। लेकिन

उड़ान के खेल में कोई-न-कोई भूमिका निभाने के लिए मैं कटिबद्ध था। अपने इसी उत्साह को बनाए रखने के उद्देश्य से मैंने हैनले पार्क उत्सवों में हिस्सा लिया। हैनले पार्क उत्सव अन्य उत्सवों जैसे ही थे—आतिशबाजी, पुष्प-प्रदर्शनी, गोल-घूम घोड़ा-कूद और सभी तरह का खेल-तमाशा, जो मेले में होता है। लेकिन उस साल कुछ नया था। कैप्टन स्पेंसर मशहूर विमान-चालक अपने वायुपोत (एयरशिप) में आया था।

मैं उसकी यांत्रिकी को करीब से जाँचना-परखना और उड़ान की समस्याओं के बारे में कैप्टन स्पेंसर से कुछ पूछना चाहता था—विशेषकर उस विमान के संदर्भ में, जिसकी चर्चा बार-बार समाचार-पत्रों में हो रही थी। उड़ान भरने का कोई इरादा मेरे मन में नहीं था। मैं नहीं समझता था कि वह संभव हो पाएगा। तथापि मुझे विमान में उड़ान का मजा लेने की मंजूरी के लिए अनेक उत्सुक आवेदकों की सूची में मेरा नाम भी शामिल होने के बजाय सारी भीड़ में मैं ही एक व्यक्ति था, जो पैसा देकर अपनी जान जोखिम में डालने के लिए तैयार था। मैं समझता हूँ, मुझे यह दावा करने का पूरा हक है कि मैं ग्रेट ब्रिटेन में वह पहला यात्री था, जो पैसा देकर विमान में सवार हुआ और कुछ दूरी तक गया तथा जिसने 1,000 फीट की ऊँचाई को छूने का श्रेय प्राप्त किया।

वह एयरशिप जमीन पर तो देखने में बहुत आसान और सुरक्षित लग रहा था, लेकिन जब मैंने एक मेकैनिक (मिस्त्री) की नजर से उसे देखा तो उसकी अधकचरी, थोथी बनावट पर मुझे बड़ा अचंभा हुआ। कुछ भी हो, मैंने जाने की ठान ली थी। मैं सही एवं साहसी व्यक्ति (दि कार्ड) था—और किसी भी उद्यम में पहला कदम रखने के लिए ऐसे ही साहसी व्यक्ति को जरूरत होती है, जो यह न सोचे कि उसमें कितना जोखिम है। गुप्त रूप से यह योजना बनाई गई थी कि विमान चालक के साथ श्री एच.के. हेल्स जाएँगे और वे 50 मील का चक्कर लगाकर लौटेंगे।

काफी समय तक तो उस विमान ने चलने का नाम ही नहीं लिया। वास्तव में, ऐसा लगता था कि वह कभी उड़ेगा ही नहीं। उसके ढाँचे में पाल जैसी पतवार लगाई जा रही थी, जब अचानक एक अपशकुनी दरार पड़ गई। और यह पाया गया कि 'पाल' को सँभालनेवाले आड़े बाँसों में से एक बाँस क़ील जड़ते समय बीच में से दो फाड़ हो गया था। कैप्टेन स्पेंसर ने उसकी मरम्मत कर दी और चिरे बाँस को बाँध दिया गया तथा उसी लंबाई के दूसरे बाँस लगाकर उसे मजबूत कर दिया गया। ग्रीष्मकाल की उस शाम को आठ बजे के बाद सारा काम पूरा हो गया। अच्छी तरह बाँधा गया विमान अब उड़ान के लिए तैयार था। कैप्टेन स्पेंसर कॉकपिट में चढ़ गए

और 30,000 की भारी भीड़ के सामने मैं भी उनके पीछे विमान में सवार हो गया। मुझे कोई घबराहट नहीं थी—घबराहट मुझसे कोसों दूर थी, क्योंकि मुझे पता था कि विधाता की विशेष कृपा मेरे साथ है और उसके रहते मुझे कभी असफलता का मुँह नहीं देखना पड़ा। साढ़े आठ बजे हम उड़ चले। मेरा मित्र, जिसके साथ मैं मेले में गया था, मेरी कार लाने के लिए दौड़ गया, क्योंकि वह सड़क से हमारे विमान का पीछा करना चाहता था। एक रिपोर्टर ने मुझसे यह बताने का निवेदन किया कि मेरे बाद मेरे घरेलू सामान एवं अन्य वस्तुओं का निपटान कैसे किया जाए। अपने कानों में गूँजती उसकी आवाज के साथ ही मैंने पहली बार धरती माँ से विदा ली।

'यान को चालू करो!' कैप्टन स्पेंसर चिल्लाए और एक तेज शोरगुल एवं भीड़ के तितर-बितर होने के साथ ही हम हवा में उड़ चले तथा दर्शकों से दूर हो गए।

मैं बहुत दिनों से उड़ान के सपने देखा करता था। मैंने हमेशा से इस इच्छा को दिल में सँजोकर रखा हुआ था। और अब यह विमान मेरा था—मैं बहुत उत्साहित था। मेरे नीचे भीड़ का बिखराव था और घरों की छतें छोटे बच्चे के खिलौनों जैसे दिख रही थीं। मैं टोकरी के अंदर बैठा था और मेरे मन में एक यह विचार घूम रहा था कि मुझे हलकी गति से चलना चाहिए, क्योंकि तली के जरिए नीचे गिरने की मेरी कोई इच्छा नहीं थी। वायुपोत छह हॉर्सपावर की मोटर से चल रहा था। जरा सोचिए! छह घोड़ों की शक्ति और वह भी घोड़ों के बगैर! काश, मुझे मोटरों के बारे में पता होता? हे ईश्वर! हवा का वेग तेज होने पर हमारी रक्षा करना, क्योंकि यह इंजन तेज हवा के सामने बेकार हो जाएगा।

हम काफी आराम से अपने रास्ते पर जा रहे थे और नूतनता का अहसास धीरे-धीरे घट रहा था। मेरी दृष्टि नीचे गुजरते भू-दृश्य पर लगी हुई थी, जो अस्त होते सूर्य की रोशनी में अत्यंत मनोरम लग रहा था। तभी स्पेंसर ने अचानक मुझसे कहा, 'मि. हिंस, क्या इस जहाज को आप खुद चलाना चाहेंगे?' मैं इस प्रस्ताव पर उछल पड़ा। मैं हमेशा यह करना चाहता था। मैंने मजबूती से एड़ी जमा ली और कैप्टन स्पेंसर के अनुदेशों का सावधानी से पालन करते हुए मैंने पाया कि विमान पर मेरा उतना ही नियंत्रण है जितना मैं अपनी कार पर रखता हूँ। पहले बाएँ तरफ और फिर दाएँ तरफ चक्कर लगाते हुए हम किसी विशालकाय पक्षी की भाँति शांतिपूर्ण देहात के ऊपर उड़ रहे थे। जल्दी ही हम हवा के घेरे में आ गए और हमारा छोटा सा इंजन उसके साथ-साथ हमें आगे धकेलता रहा। धीरे ही सही, लेकिन हम बढ़ते रहे, यह सच है।

फिर हमने एक और चक्कर मारा और जब हमने हवा को पीछे छोड़ दिया,

हमारी आगे की उड़ान आसान हो गई। कुछ ही समय के उपरांत कैप्टन ने मेरे यंत्रों को पूरी तरह मेरे नियंत्रण में छोड़ दिया और फिर एयरशिप को मैंने चलाया।

'हम कितनी ऊँचाई पर हैं, इसका अनुमान लगाना बहुत कठिन है।' उन्होंने कहा। 'बेहतर होगा, हम एक डोरी फेंककर पता लगाएँ।' बहुत सालों बाद, जब मैं इंपीरियल एयरवेज के एक विमान में सफर कर रहा था, जिसमें अनेक डायल लगे हुए थे, मुझे याद आया कि मेरी पहली उड़ान पर हमारा एकमात्र तुंगतामापी साधन भार बँधी एक डोरी थी। यह समुद्र में थाह लेने जैसा ही था। बेशक हमारे पास एक वायुदाब मापी ऐनरॉइड था, जो—जब आप काफी ऊपर हों—ऊँचाई का बहुत सही अनुमान बताता था। लेकिन जमीन के निकट यह काम नहीं करता था। और ऊँचाई के बारे में जानना उस समय बहुत जरूरी होता है, जब हम कम ऊँचाई पर होते हैं, तब डोरी काम आती है।

हमने पूर्व से दक्षिण की ओर यात्रा की। जामुनी शाम हमारे चारों तरफ सरकते हुए गहराती जा रही थी।

'वह ब्लाइथ पुल है।' मैंने कहा। 'हम अब कितनी ऊँचाई पर हैं?'

'वहाँ हजार फीट।' स्पेंसर ने कहा। 'हमें अब उतरना चाहिए।'

'वह जगह क्या है वहाँ?' मैंने पूछा।

'वहाँ लेह है!' उन्होंने कहा, 'और उसके आगे क्रेसवैल। ठहरो, मैं रस्सी खींचने जा रहा हूँ।'

यह कहने के साथ ही उन्होंने मोटर बंद कर दी और मैं वह क्षण जीवन भर नहीं भूल पाऊँगा। मेरा जीवन बड़ा कोलाहलपूर्ण था। संपूर्ण शांति क्या होती है, मैंने कभी नहीं जाना था। अब जैसे-जैसे हम धुँधलके से होकर गुजर रहे थे, पूरी तरह नीरवता छाई हुई थी और कहीं से कोई एक आवाज भी नहीं आ रही थी। यहाँ तक कि पाल और रस्सियाँ भी निश्चल थीं। संपूर्ण शांति थी, भीषण शांति! लग रहा था जैसे हम खामोशी के सागर डूब गए हों।

रस्सी को छूते ही हमारा नीचे आना शुरू हो गया। बहुत ऊँचाई से धीरे-धीरे हवा में तैरते हुए नीचे आना बड़ा ही मोहक अनुभव था और लगता था जैसे धरती हमारे स्वागत के लिए बाँहें फैलाकर हमारी ओर बढ़ रही हो।

'जमीन पर पकड़ के लिए लोहे के उन डंडों के साथ तैयार रहो।' कैप्टन ने आखिरकार अपना मुँह खोला। उन्होंने मुझे चौंका दिया, ताकि वास्तविकता का सामना करने के लिए मैं होश में आ जाऊँ। अँधेरा गहरा गया था और धरती बहुत करीब थी।

'यहाँ कुछ घास-भूसे के खेत हैं।' कैप्टन ने कहा, 'बस, अब हम जाते हैं नीचे।'

अतः हम नीचे चल पड़े—और सीधे रात की कठोर सर्द हवाओं की बाँहों में जा गिरे, जो पेड़ों की चोटियों के साथ होड़ लगाती बह रही थीं। जब हम झाड़ियों और वृक्षों के ऊपर से निकल रहे थे। हमारी गति खतरनाक तरीके से एकदम तेज हो गई। मंद-मंद हवा के साथ झूलते हुए नीचे की ओर आने का मजा काफूर हो गया। अब तो ऐसा लग रहा था कि जान पर बन आई है।

निर्भीक स्पेंसर ने चिल्लाते हुए कहा, 'उस लंगर को छोड़ दो।'

मेरी सारी ताकत लग गई, लेकिन मैंने उस जबरदस्त लुढ़काऊ टोकरी से निकालकर अपना लंगर नीचे फेंक दिया और गनीमत रही कि मैं उसके पीछे नहीं गिरा। भयंकर मृत्यु जैसे लटकी हो, उसी भयभीत आशंका के साथ मैं यह देखता रहा कि लोहे का वह विशाल लंगर खेतों के ऊपर कहाँ-कहाँ टकराता है, क्योंकि उसमें ऐसा कुछ नहीं था जिस पर वह अटक जाए। मैं अभी तक नीचे ही नजर गड़ाए हुए था, क्योंकि लंगर की बड़ी-बड़ी दुकानों ने मुझे मंत्रमुग्ध कर दिया था। उसी समय मुझे लगा कि किसी ने मेरे कोट का कॉलर कसकर पकड़ा है। कैप्टन ने मुझे बहुत जोर से टोकरी के अंदर एकदम नीचे खींच लिया। मैंने उस दिशा में नहीं देखा था जिधर हम जा रहे थे और न ही मैं यह समझ पाया कि हमारी जान जोखिम में है। जैसे ही हम बास्केट के अंदर नीचे की ओर दुबककर बैठे, हम बहुत जोर से ओक के एक विशाल वृक्ष की शाखाओं से टकरा गए और हमारा गुब्बारा, जिसकी कुछ हवा निकल गई थी, असहाय-सा हमारे ऊपर लहरा रहा था। नीचे जमीन थी—हमसे करीब तीस फीट दूर। कुछ क्षणों तक तो हम स्तब्ध रहे, फिर एक और भीषण झटका लगा और मुझे महसूस हुआ मैं उलट गया हूँ— मेरा सिर नीचे है और पाँव ऊपर और मैं जिंदगी की खैर मना रहा हूँ!

मैं कहाँ हूँ, मैं बता नहीं सकता था, लेकिन मेरे सिर पर एक भारी वजन था और मैंने खुद को छुड़ाने की कोशिश की। टटोलने पर पता चला कि कैप्टन स्पेंसर मेरे सिर पर थे और मैं समझ गया कि वह मेरे सिर पर बैठे हुए हैं। मेरे पेट पर दो या तीन रेत भरे बोरे थे और मेरे पाँव मेरे नीचे दोहरे हो गए थे। इन क्षणों में मेरे दिमाग में एक विचार कौंधा—यह कोई प्रार्थना नहीं थी, न ही कोई शाप था, सिर्फ एक सवाल था—मेरे भाग्य-विधाता ने मुझे इस मुसीबत से निकलने का उपाय अवश्य निश्चित किया होगा! इसके बारे में उसका अगला कदम क्या होगा, मैं नहीं जानता था।

विमान के दो टुकड़े हो गए थे और हम बीच हवा में भटके हुए थे, सिर्फ उन

रस्सियों को पकड़कर जिन रस्सियों के सहारे टोकरी गुब्बारे से बँधी हुई थी।

'कसकर पकड़े रहो। कतई हिलना नहीं!' स्पेंसर चीखे। बात यह नहीं थी कि मैं ऐसा कुछ करने वाला था। असल में मेरे लिए जरा सा भी हिलना असंभव था, क्योंकि मेरे ऊपर न केवल कैप्टन स्पेंसर का भार था, बल्कि रेत के बोरों ने भी मुझे बुरी तरह दबा रखा था।

कुछ ही क्षणों में स्पेंसर ने धीरे-धीरे और सावधानी से अपने पैरों पर उठकर मुझे उस उलझन से मुक्त कर दिया। इस समय तक कुछ खेत-मजदूर दौड़कर उस पेड़ तक आ गए और स्पेंसर के कहने के अनुसार उन्होंने एक-एक इंच करके उड़न-खटोले को इतना नीचे खींच लिया कि धरती से हम सिर्फ पंद्रह फीट ऊपर रह गए थे।

'आओ बढ़ो, मेरे दोस्त।' स्पेंसर ने कहा, 'जल्दी करो और इससे पहले कि स्थिति और बिगड़े, नीचे उतर जाओ।'

बहुत सावधानी से मैं सुरक्षित नीचे उतर आया। विश्वास मानो, मेरे पाँव तले धरती मुझे बहुत भली और ठोस महसूस हुई। मेरे बाद कैप्टन स्पेंसर भी नीचे आ गए और उनके आ जाने के बाद हम दोनों ने सत्यभाव से हाथ मिलाए।

फिर मैंने अपने सबसे करीब खड़े मजदूर से पूछा कि हम कहाँ हैं ? उसके जवाब से कुछ समझ में नहीं आया, क्योंकि उसने जो कुछ कहा, उसका कोई मतलब नहीं निकलता था। बाद में मुझे पता चल गया कि हम क्रेसवैल से ज्यादा दूर नहीं हैं। हमें उस विमान को गट्ठर में बाँधने और भूसा-गाड़ी में चढ़ाने में तीन घंटे तक कड़ी मेहनत करनी पड़ी। इस तरह हम वापस हैनले तक पहुँचे। मेरी कार से मेरा पीछा करनेवाले मित्र ने जब मुझे पाया, तब तक सुबह हो चुकी थी। उसने मेरे लौटने की आशा छोड़ दी थी। यह मेरी विजय-यात्रा नहीं थी, लेकिन मुझे बुरा नहीं लगा। मैंने एक उड़ान ही नहीं भरी थी, बल्कि 30 मील से अधिक की दूरी तक एक विमान को वास्तव में चलाया भी था। आज मेरी आलमारी के एक खाने में तीन भूरी पत्तियाँ हैं, जिन्हें सँभालकर रखा गया है। वे थोड़ी मुरझा गई हैं, क्योंकि उस ओक वृक्ष पर वे सन् 1904 में उगी थीं, लेकिन मैंने उन्हें रखा हुआ है। जिस शक्ति ने उन पत्तियों को उस पेड़ पर उगाया था, उसी शक्ति ने मुझे सुरक्षित उतरने का रास्ता दिखाया। उसी शक्ति की याद दिलाने के लिए मैंने उन्हें सँभालकर रखा है।

उस दिन से करीब तीन वर्ष बाद मैंने एक गुब्बारे में तीन बार आकाश की सैर की—यानी हर रोज एक बार, लगातार तीन दिनों में। पहली उड़ान हैनले से मैनचेस्टर तक थी। मुझे याद है कि मैं दो साथियों को लेकर मैनचेस्टर के लंदन रोड स्टेशन में

एक जलपान-गृह में गया था और मैंने कुछ खाने के लिए माँगा था। उन्होंने हमें सैंडविच दिए, लेकिन हम कुछ और अच्छा खाना चाहते थे। मैंने कहा कि 'हम इतनी दूर बेकार सा सैंडविच खाने के लिए नहीं आए हैं।' और जब हमसे पूछताछ करने पर उन्हें पता चला कि हम उत्तर से किसी एक्सप्रेस से या पूर्व से किसी लोकल से या पश्चिम अथवा दक्षिण से किसी दूसरी ट्रेन से नहीं आए हैं, बल्कि हम हवाबाजी करते हुए रेस्तराँ की छत से होकर आए हैं, तब उन्होंने अवसर के अनुकूल हमें बढ़िया खाना परोसकर हमारा स्वागत किया।

हमने हैनले में आयोजित वार्षिक उत्सव में आरोहण शुरू किया था। यहीं मैंने अपना पहला करतब किया था। उत्तर-पूर्वी दिशा में बढ़ते हुए हम बुर्सलेम, मोकॉप और बाद में कांग्लेटन तथा मैकिल्स मैदान के ऊपर से गुजरे। इस शहर के ऊपर से गुजरते समय घड़ी में तीन बज रहे थे। कांग्लेटन से आगे निकल जाने के तुरंत बाद हम तेजी से ऊपर चलते चले गए और हम जल्दी ही स्टॉक-पोर्ट के ऊपर पहुँच गए, क्योंकि हम तीव्र गति से बढ़ रहे थे। जब हम बेल वू पहुँचे, हम एक हजार फीट की ऊँचाई पर थे। इसके कुछ ही समय बाद मैनचेस्टर के कारखानों के ऊपर से होकर निकल रहे थे। और जब हम धीरे-धीरे उतार पर थे, हमें रेल-पटरियों तथा नीची छतों का भँवरजाल दिखाई दे रहा था। जब हम कम ऊँचाई से इन स्थानों के ऊपर से गुजर रहे थे, हमारी पुछल्ली रस्सी में बल पड़ गए और वह एक सजीव वस्तु जैसी हो गई, क्योंकि यह एक के बाद एक मकानों की चिमनियों के ऊपरी सिरे से लिपट जाती थी। जब-जब ऐसा होता, एक जोर का झटका लगता था और ऐसा लग रहा था कि किसी भी समय हम अपनी नाजुक छोटी टोकरी से बाहर फेंक दिए जाएँगे। हम एक नालीदार लोहे की चादर से बने अहाते के ऊपर से निकले और हमारी रस्सी उसमें अटक गई। एक क्षण के लिए हमारी यात्रा रुक गई, लेकिन एक प्रचंड आवाज के साथ बाड़ा टूट गया और हम आगे बढ़ गए। टूटा हुआ बाड़ा पीछे छूट गया। अब हम निचली ऊँचाई पर थे और मुझे याद है कि मेरे साथियों को बड़ी चिंता हो रही थी। मैं उनका हौसला बनाए रखने की कोशिश कर रहा था। उसी समय मैंने एक वृद्ध महिला को अपने बगीचे में खड़े पाया, जो हमें देख रही थी। मैं चिल्लाया, 'माँ, केतली गरम होने के लिए रख दो, हम चाय पीने के लिए आ रहे हैं।' अब तक कई छतें पार हो चुकी थीं, लेकिन टेलीग्राफ के कुछ तार हमारी अगली मुसीबत बनने जा रहे थे। रस्सी उनमें लिपट गई और तीन या चार तार टूट गए। उसके बाद एक जबरदस्त झटके के साथ हम जमीन पर आ गिरे, जहाँ अनेक मिल-मजदूर हमारे आस-पास जमा हो गए थे। उन लोगों ने गुब्बारे को मजबूती से पकड़कर

नीचे खींचे रखा, जबकि हम बाहर निकलने के लिए छटपटा रहे थे। हमारे नजदीक एक बड़ा जलाशय था और अगर हम दो-चार फीट आगे निकल गए होते तो हमारा डूबना निश्चित था।

मेरी दूसरी उड़ान छोटी थी। मैं एक बार फिर कैप्टन स्पेंसर के साथ था। हमने किसी भी दुर्घटना का सामना किए बगैर बिदुल्फ तक का सफर किया और उसी शाम हेनले वापस आ गए।

लेकिन तीसरा सफर अधिक दिलचस्प था। शुक्रवार को सुबह 11.30 बजे हम स्पेंसर के बड़ेवाले गुब्बारे की टोकरी में दाखिल हुए। इस गुब्बारे की क्षमता 45,000 घन (क्यूबिक) फीट थी। जल्दी ही हमने भट्ठों को पीछे छोड़ दिया। अब हम डर्बिशायर पहाड़ियों के ऊपर उड़ रहे थे। 12 बजे हम लीक से आगे निकल गए थे, लेकिन तभी अचानक बरसात आ गई और हमें मजबूरन नीचे उतरना पड़ा।

'ठहरो, घड़ा फेंकने के लिए तैयार रहो।' स्पेंसर ने तेज आवाज में कहा।

मैं उनके आदेशों के लिए तैयार खड़ा था, और उनका आदेश पाते ही रेत के बोरों को मैंने दूसरी तरफ फेंक दिया। हम जमीन से लगते-लगते रह गए। लेकिन ऐसा नहीं लगता था कि कुछ ज्यादा नुकसान हुआ हो। सिर्फ एक लकड़ी के छिटकने की आवाज सुनाई दे रही थी। मैंने जब बास्केट का मुआयना किया तो पाया कि लकड़ी के किसी प्रवेश-द्वार की सबसे ऊपर की छड़ें टूटकर उसमें लटकी चली आ रही हैं। हमने पहाड़ियों की चोटी को जल्दी पार कर लिया और हम पुन: 4,000 फीट की ऊँचाई पर पहुँच गए। चैट्सवर्थ हाउस हमारे नीचे था—खूबसूरत वृक्षों से घिरा हुआ। हमने मजे से अपने सैंडविच खाए।

चेस्टरफील्ड निकल गया और हम अभी भी उत्तर-पूर्व दिशा में जा रहे थे। वातावरण बहुत ठंडा हो गया था, और अब हम 1,000 फीट तक नीचे आ गए थे, फिर 600 फीट तक और अंतत: 300 फीट तक। पुछल्ली रस्सी जमीन पर घिसट रही थी। अब कुछ करना जरूरी हो गया था और वह भी बहुत जल्दी स्थैर्यभार अर्थात् रेत का एक और बोरा ऊपर से मैंने छोड़ दिया। जैसे ही मैंने वह बोरा फेंका, पुछल्ली रस्सी ने एक विशाल काँचघर की शीशे की छत के चक्कर लगाने शुरू कर दिए। बड़े-बड़े शीशों से दिल्लगी-छेड़छाड़ करने के बाद उसने अंत में कई शीशे तोड़ डाले और फिर वह खुशी-खुशी अपने रास्ते पर चल पड़ी। वह एक जीवंत प्राणी की तरह उस नुकसान पर खुशी मनाती लग रही थी, जो नुकसान उसने किया था। उसकी अगली भिड़ंत एक अहाते में कुछ मुर्गियों के साथ हुई। कुछ पीली रंगवाली पालतू मुर्गियों को भीषण मार पड़ी। और उनकी पूँछ के उखड़े पंखों का

एक बादल रस्सी के पीछे-पीछे चलता नजर आया।

स्थैर्यभार का एक-एक बोरा हमसे छूट चुका था और अब हम शेफील्ड पहुँचने वाले थे। धुएँ का एक काला बादल हमारे उत्तर-पूर्व में था और जैसे-जैसे हम इस्पात नगरी की ओर बढ़ रहे थे, वह हमारे करीब आता जा रहा था। लेकिन सूरज फिर निकल गया था और उस बड़े काले बादल पर भारी पड़ रहा था, जिसके कारण गैस अधिकाधिक फैलती जा रही थी और संकेतावरण अपनी सीमा तक फूल गया था।

मैंने वायुदाब मापी यंत्र (बैरोमीटर) पर नजर डाली—8,500 फीट। मेरी अभिलाषा 10,000 फीट की ऊँचाई छूने की थी और हम अभी भी उस लक्ष्य से 2,000 फीट दूर थे। हमें इसके बारे में कुछ करना ही था। हम 8,750 फीट तक पहुँचे और अंतत: 9,000 फीट की ऊँचाई पर सबकी नजरें ऐनरॉइड बैरोमीटर पर लगी हुई थीं, जो उन रस्सियों में से एक रस्सी से लटका हुआ था, जिन रस्सियों ने टोकरी को संकेतावरण से बाँध रखा था। वह छोटा सा उपकरण ही एकमात्र साधन था, जिससे हम अपनी गति जान सकते थे। हम इतनी ऊँचाई पर थे कि हमारे नीचे धरती को देखते हुए हमें लग रहा था जैसे हम ठहरे हुए हैं। अब हम घने बादलों की ओर बढ़ रहे थे। तेजी से और धीरे-धीरे उन्होंने हमें घेर लिया। कुछ क्षणों के बाद हमें धरती दिखनी बंद हो गई और हम कुहरे की चादर में खो गए। हमने छोटे उपकरण पर निगाह डाली और सुई को 9,200 के आस-पास चढ़ते हुए देखा और फिर 9,500 फीट के नजदीक। फिर अचानक हमें नीले आकाश की झलक मिली और पुन: हम बादलों के एक दूसरे झुंड में घिर गए।

इन सबसे निकलने के बाद हम अचानक ऊपरी वायुमंडल की अद्भुत धूप में पहुँच गए और हमारे ऊपर बेदाग नीला आकाश चमक रहा था। हमारे नीचे सफेद कुहरे का गलीचा था और हमारे चारों तरफ एकदम सफेद बादलों के पहाड़ थे, जो हमारे दिगंत को सीमित कर रहे थे। यह सब देखकर मैं बैरोमीटर भी देखना भूल गया। यह एक विस्मित करनेवाला अनुभव था। ऐसा लगता था जैसे हम एकदम स्थिर लटके हुए हैं, जिसकी अदृश्य डोर हमारे ऊपर चमकते सूर्य के हाथों में है। हम धरती से 10,000 फीट ऊपर अनंत आकाश में विचर रहे थे।

कैप्टन स्पेंसर मेरी तरफ मुड़े—'अच्छा मि. हेनस, क्या अब आप संतुष्ट हैं ?'

उनके इन शब्दों के साथ ही हमारे नीचे बादलों में एक दरार दिखाई थी और उस दरार में से हमने बहुत-बहुत नीचे धरती देखी, जो इतने अत्यंत सूक्ष्म टुकड़े जैसी दिख रही थी। यह विश्वास करना कठिन था कि हम 20 मील के दायरे में फैले देहात को बादलों में पड़े छेद से देख सकते हैं।

इसके कुछ ही समय बाद हम अपनी सर्वाधिक ऊँचाई—11,100 फीट तक जा पहुँचे, धरती से दो मील से भी अधिक ऊपर। विचित्र बात है कि मैंने अभी तक यह सोचा ही नहीं था कि हमें इतनी ऊँचाई से नीचे जाना होगा। शायद ऐसा धरती के उस दृश्य के कारण हुआ था, जो हमने बादलों में बनी दरार से देखा था। लेकिन कारण चाहे जो भी हो, मैंने जब अपने ऊपर चमकती थैली पर नजर डाली, तब मुझे यह भयानक एहसास हुआ कि हमारे पास सिर्फ वही महीन और! बहुत क्षीण, रेशमी तंतु है—हमारे और अंत के बीच।

'मि. स्पेंसर, अब हमें नीचे चलना चाहिए। मैं संतुष्ट हूँ।' मैंने जवाब दिया।

स्पेंसर ने एक रस्सी खींची और हम जैसे-जैसे नीचे जा रहे थे, मुझे सर्द हवा के थपेड़े महसूस हो रहे थे। नीचे-नीचे, एक बार फिर बादलों के बीच—शीघ्र ही हम इतने नीचे आ गए कि जिसे हम अपना फर्श समझ रहे थे, वह अब हमारी छत बन गया था। नीचे ट्रेंट नदी चमक रही थी और उत्तर में हंबर मुहाना स्पष्ट दिख रहा था।

संतुलन भार का एक और बोरा फेंकने से भी हमारा वेगपूर्वक नीचे जाना नहीं रुका। मैंने देखा कि स्पेंसर भी चिंतित हैं।

'अब ध्यान से सुनो।' स्पेंसर ने कहा और हमें निर्देश दिए कि जमीन से लगते ही हमें क्या करना होगा। रोमांच के लिए मैं सदैव लालायित रहता था, लेकिन इस समय किसी और रोमांचकारी अनुभव से गुजरने की मुझे इच्छा नहीं थी। आकाश में लटके होने और निश्चल बने रहने का वह एहसास गायब हो गया था। उसके बजाय ऐसा लग रहा था जैसे तेजी से धरती हमारी तरफ बढ़ी चली आ रही है। हमारे रास्ते में एक छोटा सा गाँव आ गया। एक क्षण के लिए तो हमें संदेह हुआ कि कहीं हम किसी घर की छत पर तो नहीं जा पड़ेंगे; लेकिन हम छतों से आगे निकल गए और अब हमारे नीचे ट्रेंट नदी चमक रही थी, जिसके दोनों ओर हरे-भरे खेत थे।

'तैयार हो जाओ। बाहर मत कूदना या रस्सियाँ मत छोड़ देना।' स्पेंसर ने हिदायत की। जमीन का विशाल रूप हमें दबोचने के लिए ऊपर उठा।

'अपने घुटने मोड़ो और नीचे सिकुड़कर बैठ जाओ।' स्पेंसर ने चिल्लाते हुए कहा, 'स्थिर!'

लगता था, अंत आ गया है। इस बार मेरा विशेष भाग्य भी मुझे नहीं बचा पाएगा, मैंने सोचा, क्योंकि किसी भी क्षण भयंकर दुर्घटना हो सकती थी।

और वही हुआ। जबरदस्त झटके से हम टोकरी की तली में जा गिरे। हम एक खलिहान की छत को छूते हुए निकल गए थे और अब कुछ ही फीट का फासला

रह गया था। मानव-भार के साथ वह टोकरी 30 मील प्रति घंटा की रफ्तार से एक हलचल के साथ खेत पर जा गिरी। उसके अगले कुछ क्षणों के घटनाक्रम के बारे में मुझे कुछ भी ठीक से याद नहीं है। बहुत कुछ अस्त-व्यस्त-सा है। टोकरी की तली में हम ढेर बने पड़े हुए थे। फिर उसने एक बड़ी छलाँग मारी और बाड़े को तोड़ते हुए निकल गई। यहाँ हम एक क्षण के लिए अटक गए। स्पेंसर भरसक कोशिश करने में लगे हुए थे। उन्होंने लंगर को जमीन में गाड़ने की जबरदस्त कोशिश की, लेकिन लंगर बुरी तरह रस्सियों में उलझ गया था। हवा ने जैसे हमें मारने की कसम खा रखी थी। हवा का एक प्रचंड झोंका आया, फिर दूसरा झोंका आया और हम एक तीसरे खेत से टकराकर उछल गए। जबकि हमारी हालत मरने जैसी हो रही थी; हम एक-दूसरे से भिड़े-सिमटे रस्सियों को कसकर पकड़े हुए हताशा एवं हिम्मत के बीच गोते खा रहे थे। तब मुझे लग रहा था कि अगर हम जीवित बच गए तो वह किसी चमत्कार से कम नहीं होगा। जब मैं उन भयानक क्षणों के बारे में मुड़कर सोचता हूँ तो विश्वास नहीं होता कि हमने चेतना नहीं खोई, हम बेहोश नहीं हुए; क्योंकि जमीन ने हमें जो टक्करें मारी थीं, उसके बाद तो बचने की कल्पना भी नहीं की जा सकती।

चौथा बाड़ा सिर उठाकर सामने आ गया और हम उससे भी टकराकर निकल गए। लेकिन इस अंतिम बाधा ने हमें बचा लिया, क्योंकि इस टक्कर के प्रभाव से लंगर खुल गया और जमीन में जाकर बैठ गया। कई भयंकर झटके खाने के बाद हमारा उड़न-खटोला ठहर गया। हम तीनों को लिये हुए गुब्बारा जमीन पर फड़फड़ा रहा था—मेरा भाई, कैप्टन स्पेंसर और मैं किसी तरह बाहर निकालने के लिए छटपटाते हुए उसके पास ही ढेर में पड़े थे—इस बात से बेखबर कि हम जीवित हैं या मृत।

हम उस ढेर से बाहर निकले। स्पेंसर और मेरा भाई दोनों लहूलुहान थे और मुझे खुद ऐसा महसूस हो रहा था कि मुझे दीवार फोड़नेवाले किसी विकराल शहतीर से बुरी तरह कूटा गया है और मुँह में धूल-मिट्टी की थैली ठूँस दी गई है। हमारे कपड़े चिथड़े हो गए थे। हमें एक मील से भी अधिक दूर तक बाड़ों और खेतों के बीच से घसीटा गया था। दो सौ गज की दूरी पर ट्रेंट नदी बड़े शांतभाव से सागर की ओर बह रही थी। हमेशा की तरह इस बार भी, जब मैं मुश्किल एवं मुसीबत में पड़ा, विधाता ने हमें थाम लिया—बिलकुल ठीक समय पर।

□

कौतुक-क्रीड़ा के शौकीन एक हेलिकॉप्टर पायलट डेविड पर फौजी अदालत में मुकदमा चल रहा है, क्योंकि उसने सिडनी हार्बर ब्रिज के नीचे हेलिकॉप्टर उड़ाने की हिमाकत कर डाली। इसी दौरान उसके दस्ते (स्क्वॉड्रन) को एक डूबते हुए बड़े टंकी-जहाज को बचाने के लिए बुलाया जाता है। डेविड इस बचाव कार्य में हिस्सा लेना चाहता है।

बचाव दस्ता

✍ फिलिप मैक्कचन

स्थानीय समय के अनुसार टक्कर ठीक 19.34 बजे हुई, ऑस्ट्रेलिया के सुदूर उत्तरी सिरे, केप पार्क के उत्तर-पूर्व में दो सौ मील दूर टॉरेस जलडमरूमध्य (स्ट्रेट) के प्रवेश-द्वार पर 40,000 टन का जंगी तेल-पोत 'न्यूकैसल ट्रांसपोर्टर' सिडनी से सिंगापुर जा रहा था। लेकिन मौसम इस कदर खराब था कि उसका संचालक अधिकारी प्रचंड बौछार के कारण लटकते पुल (फ्लाइंग ब्रिज) के अग्रभाग को नहीं देख सका। जहाज में दूसरे माल के साथ-साथ हाई ऑक्टेन एविएशन स्प्रिट भी ले जाई जा रही थी और उसका अगला पंजा एक नंबर के विपटद्वार (हैच) को काटते हुए मांस लदे जहाज में घुस गया, जो दक्षिण में ब्रिस्बेन नदी की ओर जा रहा था। इस भिड़ंत के कारण मांस-लदे पोत की चादर में इतना बड़ा छेद हो गया कि एक पूरी बस उसमें से निकल जाए। यह क्षण भर के लिए उस समय दिखाई दिया जब न्यू कैसल ट्रांसपोर्टर के इंजनों ने जहाज को पीछे की ओर खींचा, ताकि वह दूसरे पोत से अलग हो जाए। दृश्यता बिलकुल न होने पर भी यह इसलिए देखा जा सका, क्योंकि उस जबरदस्त टक्कर के कारण उत्पन्न किसी चिंगारी से नंबर एक और नंबर दो टैंकों में भरी उच्च ज्वलनशील ऑक्टेन

में भयंकर विस्फोट हो गया था और आग की लपटें ध्वस्त-चादर से निकल बहुत ऊपर जा रही थीं। उस पानी की सवारी करते हुए, जो न्यू कैसल ट्रांसपोर्टर के ध्वस्त टक्कर-पट के जरिए अंदर घुस रहा था। आँखें चौंधियानेवाली आग की लाल-लाल लपटें धमनदीप की भाँति ऊपर उठ रही थीं और तूफानी समुद्र के उस भाग को प्रकाशित कर रही थीं, जहाँ टैंकर पड़ा हुआ था। और उसके किनारे पर ही मांस-लदा जहाज देखा जा सकता था, जिसका शीर्ष भाग पानी में एक ओर झुका हुआ गहरी साँसें भर रहा था और उस बड़े छेद से पानी उसके अंदर जा रहा था। और फिर उसका संकेत-दीप बुझने से पहले क्षण भर के लिए चमका और उसके साथ ही वह पोत तूफान एवं स्याह रात के अंधकार में खो गया। तेल-पोत भी अब अत्यंत संकटपूर्ण स्थिति में था। उसका संघट्ट (स्टेम) बुरी तरह टूट-फूट गया था और वह आग बढ़ती जा रही थी।

इसका परिणाम यह हुआ कि भिड़ंत के कुछ ही पल बाद जब मांस-पोत से रेडियो ऑफिसर ने विपत्ति में होने का संकेत भेजा—इस आशय के साथ कि उन्हें तत्काल सहायता की जरूरत है, क्योंकि उनका जहाज डूबने वाला है, टैंकर उनकी कोई मदद नहीं कर सका; और उसके कुछ ही समय बाद मांस-लदे जहाज से सभी बेतार संदेश आने अचानक बंद हो गए।

न्यू कैसल ट्रांसपोर्टर ने भी उस समय आपदा-सूचना संकेत भेजने शुरू कर दिए, जब उसके कर्मचारियों के पास आग बुझाने का उपकरण बिलकुल खाली हो गया।

ग्रेट बैरियर रीफ से परे ऑस्ट्रेलियाई नौसेना एमएचएस के एक विमान वाहक जहाज फ्लेमिंग्टन ने उस समय उन आपाती संकेतों को पकड़ लिया, जब उसने कोरल सागर से होकर सिडनी जाने के लिए दक्षिण की ओर रुख किया।

रात में यह विमान-वाहक जहाज चढ़ते समुद्र में आगे बढ़ते हुए अपने दोनों चमकते किनारों से पानी को चीरता जा रहा था और उसके वेग से समुद्र का पानी उछाल मारकर जहाज के एकदम ढालू उड़ान डेक पर सफेद झाग बिखेर देता था; और विमान वाहक जहाज के कैप्टन को आपद-संकेतों के बारे में सूचना मिलने के कुछ ही पलों के अंदर संचार-प्रणाली चालू हो गई। आदेश आया—

'1049 स्क्वॉड्रन के सभी अधिकारी पायलट रेडी-रूम में तत्काल रिपोर्ट करें।'

सब-लेफ्टिनेंट डेविड प्रेस्टन ने अपने केबिन में अपने घर के लिए एक खत लिखते समय वह आदेश सुना। पेस्टन का रंग काला था। उसके चेहरे पर शांत व

संयत भाव छाया रहता था और वह फ्लीट एयर आर्म का एक युवा अधिकारी था, जिसे रॉयल ऑस्ट्रेलियन नेवी ने उधार लिया हुआ था। वह पत्र लिखते समय उस शाम उसकी शरारती मुसकान उसके चेहरे से गायब थी। उसकी आँखों में हँसी-दिल्लगी की कोई झलक नहीं थी, क्योंकि उस पत्र में वह यह कबूल करने जा रहा था कि उस पर फौजी अदालत में मुकदमा चल रहा है। सच यह था कि उसने वर्तमान अभ्यासों पर आने से एक सप्ताह पहले अपने विमान को सिडनी हार्बर ब्रिज के नीचे से निकालने की मूर्खता की थी। मौज-मस्ती में वह कुछ अधिक ही बह गया और एक जेट को आदेशानुसार फ्लेमिंग्टन के डेक पर, जहाज के अग्रभाग के बाहर उतारने के लिए मेहराब के नीचे से निकाल ले गया। अब, उस आदेश को सुनकर उसने कृतज्ञतापूर्वक अपना पेन नीचे रख दिया और यह सोचकर कि क्या होने जा रहा है, केबिन से बाहर निकल गया। जब वह फुरती से गलियारे को पार करके सीढ़ियाँ चढ़ रहा था, यह विशाल जंगी जहाज प्रचंड रूप से दाहिनी ओर झोंका खा गया। डेविड ने विमानशाला (हैंगर) से खुले जलयान द्वार से होकर आती हवा की चीख सुनी और फिर एक भयंकर गड़गड़ाहट के साथ जहाज का एक विशाल किनारा पानी से बाहर निकला और इतना ऊँचा उठा कि डेविड सीढ़ी से गिरते-गिरते बचा।

वह जहाज घूम रहा था।

एक जहाज घूम रहा था।

कुछ मिनट के बाद रेडी-रूम में लेफ्टिनेंट कमांडर विल्सन, 1049 (हेलिकॉप्टर) स्क्वॉड्रन के कमांडिंग ऑफिसर ने वहाँ जमा हुए विमान चालकों पर निगाह डाली। डेविड ने देखा कि दूसरों के साथ-साथ उसे भी वहाँ पाकर कमांडिंग ऑफिसर की त्योरियाँ कुछ चढ़ी हुई हैं, लेकिन विल्सन ने कुछ कहा नहीं। एक लंबी छड़ी हाथ में लेकर और जहाज के हिचकोलों के विरुद्ध खुद को सँभालकर विल्सन ने पोत-भीत पर लगे चार्ट पर छड़ी से उस बिंदु की ओर संकेत किया, जो इस जहाज की अपनी जगह से उत्तर की तरफ था, जिसे नेविगेटिंग ब्रिज से अभी-अभी पीछे छोड़ दिया गया था और विल्सन ने चार्ट पर उस बिंदु पर घेरा बना दिया। उसने कहा, 'वही वह जगह है जहाँ टैंकर मुसीबत में है। हमारा जहाज उसके सबसे करीब है और वहाँ पहुँचने में हमें दो घंटे लग जाएँगे।'

एक ऑफिसर ने पूछा, 'दूसरे पोत की क्या स्थिति है, सर?'

'मान लो, वह डूब गया है।' विल्सन ने संक्षेप में कहा, अगर समय है तो हम उसकी खोज-खबर लेंगे।' उसने कंधे उचकाए। 'अब जैसाकि हम सब देख

रहे हैं, इतने खराब मौसम में इतनी दूर नौका, नहीं जहाज की टक्कर में और आग बुझाने की कोशिश में घायल हुए पड़े हैं। उनमें से कुछ की हालत बहुत खराब है और उन्हें उचित रूप से सज्जित रोगी-कक्ष में अविलंब पहुँचाना आवश्यक है। उसने आगे कहा कि कैप्टन तब तक टैंकर के साथ ही बने रहेंगे, जब तक मौसम शांत नहीं हो जाता। उसके बाद उसे खींचकर सिडनी ले जाया जाएगा। रिपोर्टों के अनुसार मौसम की अगले 48 घंटों तक सुधरने की कोई संभावना नहीं है। लेकिन घायलों को मदद पहुँचाने में तब तक बहुत देर हो जाएगी। अतः इस बीच हमें हेलिकॉप्टर के जरिए उन्हें वहाँ से उठाना होगा।'

एक विमान चालक को अपने कानों पर विश्वास नहीं हुआ और उसने पूछ ही लिया, 'इस आँधी-तूफान में?'

विल्सन ने सिर हिलाकर हामी भरी और कहा, 'बेशक, यह काम बड़ा टेढ़ा है—और ऐसा कहना भी मैं समझता हूँ, काम की गंभीरता को कम करके बताना है। लेकिन हमें अपने कर्तव्य में कोई कसर नहीं छोड़नी है।'

उसने शांतभाव से कहा, 'अब, मैं चाहूँगा कि आप इस घड़ी में 21.30 बजने तक पूरी तरह तैयार हो जाएँ—हेलिकॉप्टरों को लिफ्ट से ऊपर लाने के लिए। उड़न-डेक पर लिफ्ट के पहुँचते ही आप बिना देरी किए उड़ान भरेंगे और चले जाएँगे। कैप्टन के लिए जितना संभव होगा, उतना करीब हमें आने देगा और अगर आग बुझ गई हो, मुझे उम्मीद है बुझ गई होगी, टैंकर पर ब्रिज से सर्चलाइटों के जरिए रोशनी डाली जाएगी। ठीक! तो चलो, अब निकल पड़ें। एक सुझाव और देना चाहूँगा कि जब आप यह देख-परख लें कि आपकी मशीनें तैयार हैं, तो कुछ पल विश्राम भी कर लें। अड्डे पर मिलने के बाद विश्राम करने का कोई अवसर नहीं होगा।

पायलट जब बाहर निकल गए, तब विल्सन ने डेविड को पास आने का इशारा किया। डेविड को निस्संदेह पता था कि अब वह क्या कहेगा। विल्सन ने पूछा, 'तुम यहाँ क्या कर रहे हो, प्रेस्टन?'

डेविड ने झेंपते हुए कहा, 'आदेश स्क्वॉड्रन के सभी अफसरों के लिए था, सर।'

'मैं जानता हूँ, लेकिन यह उन अफसरों पर लागू नहीं होता जिन्हें ड्यूटी से हटा दिया गया है, प्रेस्टन। और यह बात तुम भी समझते हो। तुम अच्छी तरह जानते हो, मैं तुम्हें आज रात उड़ने की अनुमति नहीं दे सकता। मुझे अफसोस है, लेकिन असलियत यही है।'

डेविड जानता था कि विल्सन का खेद प्रकट करना उचित है। उसे यह भी पता था कि सी.ओ. इस बारे में कुछ नहीं कर सकता। लेकिन उसे आशा थी कि इस तरह की आपदा में उसे अपने दस्ते में शामिल होने दिया जाएगा। आखिरकार, उसके अपराध को 'उड़ान अपराध' का नाम दिया जा सकता है, लेकिन इसका मतलब यह कतई नहीं है कि वह विमान नहीं सँभाल सकता। और यह एक आपात स्थिति थी, जिसमें लोगों का जीवन संकट में था।

उदास भाव से डेविड उसकी ओर पीठ करके चला गया।

21.30 बजने से ठीक पहले डेविड बड़े दुःखी मन से उस पैदल रास्ते में खड़ा हुआ था, जो उड़ान-डेक के किनारे के नीचे से जाता था। बरसात की तेज बौछार उसके चेहरे पर पड़ रही थी और उसकी गरदन की चिकनी त्वचा से नीचे टपक रही थी। वह पुल की ऊपरी सतह के दाहिने तरफ था। जब उसने पहली बार आगे समुद्र में चमक देखी और उसके कुछ क्षण बाद ही उसने महसूस किया कि कैप्टन ने जैसे ही सरक जाने और टैंकर को एक ओर देने के लिए उसे मोड़ा, वाहक-पोत थोड़ा झुक गया। डेविड के विचार में आग अब उतनी भीषण नहीं थी—एक लपट की अपेक्षा अब यह एक लाल तप्त चादर की सुरखी जैसी अधिक दिख रही थी। बेशक उन्होंने आग बुझाने के यंत्र से आग पर जल्दी काबू पा लिया था, लेकिन कैरियर की बड़ी सर्चलाइट की तेज रोशनी में देखने से लगता था कि टैंकर खराब हालत में है। उसका अभ्रभाग इतना नीचे था कि सागर का पानी जहाज के कीच तक पहुँचकर तेजी से वापस आ रहा था।

यह सब देखते हुए डेविड ने आदेश सुना, जिसका स्वर बहुत धीमा था—'1049 स्क्वाड्रन के सभी पायलट विमानशाला (हैंगर) में अपने हेलिकॉप्टरों को तैयार रखें।'

डेविड उस पैदल मार्ग के आगे एक विवर में सिर झुकाकर घुस गया, जहाँ से उड़ान-डेक के नीचे लटकी एक सीढ़ी से उतरकर सँकरे मार्ग से वह हैंगर में पहुँच गया। भले ही यह उसकी मूर्खता रही हो, क्योंकि वह अपने दल के साथ उड़ान पर तो नहीं जा सकता था, फिर भी उसकी उत्कट इच्छा थी कि वह नीचे जाकर उस पार्टी का हिस्सा बने, एक मूक दर्शक के रूप में ही सही—जिसे एक अत्यंत नियंत्रित, अनुशासित कारवाई के लिए हेलिकॉप्टरों को लेकर जाने की जिम्मेदारी सौंपी गई है। विमानशाला में उसके घुसते ही पीछे से बिजली की एक लिफ्ट झी-झीं करती हुई नीचे आई। उसमें सवार कर्मचारियों के साथ-साथ तेज हवा का झोंका, वर्षा की प्रचंड बौछार और तूफान की भीषण गर्जना भी उस विशाल

गुंजायमान स्टील बाड़े में जबरन चली आई।

लिफ्ट ऊपर गई, एक-दो मिनट बाद फिर नीचे आई खुली—कर्मी दल ने एक और हेलिकॉप्टर उसमें चढ़ा दिया, जिसे ऊपर जाकर सहायता के लिए जाने वाली पहली उड़ान हिस्सा बनना था। मौसम के मिजाज को देखते हुए विल्सन ने एक बार में एक ही हेलिकॉप्टर ऊपर भेजने का आदेश उन्हें दिया था और पहले वाले में वह खुद गया था। हेलिकॉप्टर जब एक के बाद एक आने शुरू हुए, उन्होंने न्यू कैसल ट्रांसपोर्टर को विशाल, उग्र सागर में सिर-धँसे हुए पाया। विमानवाहक पोत की सर्चलाइट अंधकार और वर्षा को चीरते हुए वहाँ तक पहुँची, जहाँ हारे-थके, भयभीत नाविकों की एक छोटी टोली जहाज के ऊपर उठे पिछले भाग में इंजन की कोठरी में जमा होकर ऊपर आँखें गड़ाए बैठी थी। सबके चेहरे फक पड़े हुए थे और वे चीखती हवा एवं बौछार में सलाखों से चिपके अपनी जान की खैर मना रहे थे। पायलटों को उस प्रचंड हवा में बचाव के लिए अपने रस्से नीचे डालने और उन्हें पकड़े रखने में बड़ी मुश्किल का सामना करना पड़ रहा था। टैंकर के मस्तूलों की शिखर बाधा एवं साज-सामान को काटकर अलग कर दिया गया था, ताकि हेलिकॉप्टरों का काम कुछ आसान हो जाए। लेकिन उन मँडराते विमानों को वहाँ लाना और उन्हें उस हिचकोले खाते दुंबाल के ऊपर सही स्थिति में थामे रखना दुरूह कार्य था, जो अभी बाकी था।

फ्लेमिंग्टन के हैंगर में खड़ा डेविड उनके प्रयासों के परिणाम को बड़े ध्यान से देख रहा था, जब हेलिकॉप्टरों की पहली टोली लौटी और उन्हें फुरती से लिफ्ट पर उतारा गया। उसने देखा, आधे जम-से गए कणिक नाविकों को बड़ी सावधानी से, नरमी से बाहर निकाला जा रहा है। उनमें से कुछ बुरी तरह जले हुए हैं, कुछ की हड्डी-पसली टूट गई है और घाव लगे हुए हैं। निकालकर उन्हें रोगी कक्ष में पहुँचाया जा रहा है और डॉक्टर उनके इलाज में जुट गए हैं।

और फिर जैसे ही एक और हेलिकॉप्टर लिफ्ट पर नीचे आया और पायलट बाहर निकलकर स्क्वॉड्रन सी.ओ. से बात करने के लिए आगे बढ़ा, जिसका हेलिकॉप्टर भी उसी समय जहाज पर वापस आया था, जहाज ने एक जोरदार झटका दिया, जिसके कारण वह पोर्ट की तरफ तेजी से झुक गया। झटके के असर से पायलट स्टील के चिकने डेक पर बुरी तरह फिसल गया और फिर उठने की कोशिश में लड़खड़ाया। छटपटाते, बाँहें हिलाते हुए वह उँगलियों से किसी ठोस चीज को पकड़ने की चेष्टा कर रहा था। जैसे ही वह गिरा, उसके नीचे उसका पाँव मुड़ गया और डेविड को उसकी हड्डी टूटने जैसी आवाज सुनाई दी। पायलट का

चेहरा सफेद पड़ गया था। तीव्र दर्द से चेहरा खिंचा हुआ था। बचाव दल के कुछ लोग दौड़कर उसके पास पहुँचे और उसे खड़ा होने में मदद की। विल्सन ने उसकी हालत देखकर उसे तुरंत चिकित्सा कक्ष में पहुँचाने का हुक्म दिया।

डेविड का दिल उछल पड़ा।

उसने थोड़ा खुलकर सामने आने की कोशिश की, इस उम्मीद के साथ कि शायद सी.ओ. की नजर उसपर पड़े। फिर, अपनी उत्सुकता को अधिक देर तक दबाए न रख पाने के कारण वह विल्सन के पास गया और बड़े अच्छे ढंग से उसे सलाम किया। विल्सन से उसने कहा, 'लेफ्टिनेंट फरग्सन का हेलिकॉप्टर उड़ाने की अनुमति, सर?'

विल्सन ने त्योरी चढ़ाई, लगता था वह डेविड को किनारे करने वाला था, लेकिन तभी उसके चेहरे का भाव बदल गया। तेल और धूल की धारियों के बीच वह मुसकराया—'परिस्थितियाँ मुकदमों के पहलू को बदल देती हैं, क्या ऐसा नहीं है सब-ले. डेविड! एक उड़ाकू की कमी भारी पड़ सकती है?' उसने डेविड पर तीखी नजर डाली और निश्चय कर लिया। 'चढ़ो, उड़ान भरो प्रेस्टन।' उसने संक्षेप में कहा। इसकी जिम्मेदारी मैं अपने ऊपर लूँगा। इस समय कैप्टन को परेशान करना उचित नहीं होगा। लेकिन इसके बाद तुम अपना मुँह बंद रखोगे, ध्यान रहे! क्या यह सौदा मंजूर है?'

'बिलकुल ठीक है, सर!'

विल्सन ने उसके कंधे पर थपकी दी। एक कठिन एवं खतरनाक काम के लिए उसके उत्साह पर वह हँसा। 'तो फिर देर किस बात की, जाओ।'

डेविड विमान की तरफ दौड़ा। ऊपर चढ़े अपने कर्मीदल को देखकर मुसकराया और विंड-स्क्रीन के पीछे से शाबाशी का इशारा किया। लिफ्ट चालू हो गई। हेलिकॉप्टर उड़ान-डेक पर पहुँच गया। उड़ान करने के लिए पूरी तरह तैयार हो गया—चीत्कार करती हवा पर कोड़ा घुमाते हुए। जिस तरफ से प्रचंड हवा मशीन की देह पर प्रहार करते हुए हेलिकॉप्टर के ढाँचे को झकझोर रही थी, डेविड ने सोचा कि झक्कड़ उसी समय तीव्र हो गया था। जब उसने पैदल रास्तों को छोड़ा था। उड़ान शुरू करते ही उसे लगा, जैसे झक्कड़ ने पकड़कर उसे उठा लिया है। जहाज की बगल से वह अँधेरी रात में सीधा ऊपर चला गया—इससे पहले कि वह खुद को सँभाल पाता।

हवा उसे उत्तर-पूर्व की ओर ले गई और वह निर्भीक होकर नियंत्रणों से जूझता रहा।

मुसीबत में फँसे जिन लोगों को अभी और जीना था, उन्होंने डेविड को आते हुए देखा, उसकी रोशनी को देखा। उन्होंने हेलिकॉप्टर में सवार लोगों का ध्यान खींचने की कोशिश की; गरजते समुद्र ने उन माचिसों को बहुत पहले बुझा दिया था जिनसे उन्होंने आग जलाने का संघर्ष किया था। पोत की अपनी बत्तियाँ उतनी ही बेकार हो चुकी थीं। डेकों के नीचे भरे पानी, घुसते पानी ने डायनमों को निष्क्रिय कर दिया और सारी बत्तियाँ गुल कर दीं—रेडियो संकेत लैंपों तथा सभी अन्य विद्युत् उपकरणों ने काम करना बंद कर दिया। पोत पर अँधेरा छा गया था; मांस-लदे पोत पर उत्ताल तरंगों की मार ने जीवन-रक्षक नौकाओं को उनकी तेज रोशनी एवं संकेत देनेवाले उपकरण सहित पोत से अलग-थलग कर दिया था। सिर्फ चीफ ऑफिसर की एक दयनीय बैटरी टॉर्च बची थी, जिससे रह-रहकर मद्धिम-सी रोशनी हेलिकॉप्टर की ओर इशारा कर रही थी।

वे कई मिनट से इस टॉर्च की रोशनी फेंक रहे थे। फिर डेविड की नजर उस हलकी रोशनी पर पड़ी, जो पूर्व में किसी जगह से आ रही थी और मुश्किल से दिखाई दे रही थी। उसने बड़े गौर से उस तरफ देखा, जब तक कि उसे इस बात का यकीन नहीं हो गया कि इशारा असली है। फिर उसने अपने कर्मीदल से कहा—

'बेयरिंग ग्रीन 35, क्या उधर देखा? एक रोशनी!'

थोड़ी देर के लिए खामोशी छाई रही, फिर उन्होंने जवाब दिया, 'हाँ, वहाँ कुछ है, सर।'

'अगर ऐसा ही है, कुछ और नहीं है तो…'

'तो आप क्या करने की सोच रहे हैं, सर?'

'मैं जाँच-पड़ताल करूँगा। मुझे कुछ ऐसा लग रहा है कि दूसरा जहाज अभी पूरी तरह डूबा नहीं है और वह रोशनी उसी की है।'

डेविड ने हेलिकॉप्टर को कुछ-कुछ हवा के साथ जाने दिया, जो उसे उसी दिशा में ले जा रही थी जिधर वह जाना चाहता था। कुछ ही क्षणों में उसके संकेत-दीप की किरण ने उस पोत को खोज लिया—उसका जो कुछ भी बचा हुआ हिस्सा समुद्र के ऊपर था—और उसने देखा कि कुछ लोग जंगले से चिपके हुए हैं। ऐसा प्रतीत होता था कि जहाज कुछ ही पलों में डूबने वाला है; वह जहाज डेक तक डूब गया था। समुद्र का पानी उछलकर उसकी एकमात्र चिमनी में घुस रहा था। उसका दुंबाल हवा में डूब-उतरा रहा था। उसकी बेकार खूँटी तथा पतवार साफ दिखाई दे रहे थे।

दुंबाल के ऊपर हेलिकॉप्टर निचाई पर आया और मँडाराने लगा। डेविड ने

देखा कि जहाज की क्रेनें जहाज के उठने-गिरने के साथ मुख्य मस्तूल से लटकी हुई बुरी तरह झूल रही थीं। रस्सियों का गुच्छा और मस्तूल के मूसल जैसे डंडे नीचे हवा में लहरा रहे थे, जिनसे एक बार छू जाने भर से उसका हेलिकॉप्टर नीचे गिर सकता था।

चिंतातुर होकर नीचे देखते हुए उसे केबिन के अंदर पसीना आ गया। उसे कुछ समझ नहीं आ रहा था कि इस स्थिति में वह क्या करे! क्या नीचे लोगों को कह दे कि उन रस्सों आदि को काटकर फेंक दिया जाए, जिसमें बहुत कीमती समय लग जाएगा—या हेलिकॉप्टर अंदर ले जाने का जोखिम उठाए? विमान को फिर एक बार जोखिम में डालने से विल्सन पर गाज गिर सकती है कि उसने इसकी अनुमति क्यों दी! लेकिन वह जानता है कि ऐसी बातें लोगों की जान के आड़े नहीं आनी चाहिए। दूसरी ओर अगर वह हेलिकॉप्टर को खतरे में डालकर नष्ट हो जाने देता है तो वह किसी की भी जान नहीं बचा पाएगा, बल्कि कुछ और जानें चली जाएँगी और वह उनकी जान कभी खतरे में नहीं डालेगा।

डेविड के मन में ये सभी बातें तेजी से घूम गईं और फिर, जैसे उसने कोई कठोर निर्णय किया हो, उसका चेहरा कड़ा हो गया तथा उसने अपने सिग्नल लैंप की तेज किरण जहाज के दुंबाल पर जमाए रखकर हेलिकॉप्टर बहुत नीचे कर लिया। जहाज पहले ही समुद्र में काफी नीचे सरक गया था। पानी की अधिकतर मार चिमनी तक जा रही थी। डेविड ने सोचा, जहाज इस मार और भार को अधिक नहीं सह पाएगा तथा एक-दो मिनट में ही समुद्र के अंदर समा जाएगा।

उसने अपने विंचमैन को पुकारा, 'और नीचे करो, जल्दी।'

तार साँप की तरह बाहर निकला। विंचमैन तार को सर्पिलाकार ढंग से नीचे जाते हुए देखता रहा। उसने कहा, 'आपको हेलिकॉप्टर थोड़ा और नीचे लाना होगा, सर।'

डेविड ने दाँत पीसे। वह पहले ही झूलते उत्तंभ (डेरिक) के दायरे में आ गया था और हवा मददगार नहीं थी; उसने हेलिकॉप्टर को थोड़ा नीचे उतारा। बड़ी खूँटी को उसने हवा के जरिए अपनी तरफ आते देखा और समय रहते पीछे हट गया। अगर उस चीज से टक्कर हो जाती तो सबकुछ खत्म हो जाता। वह ठंडे पसीने में तरबतर हो गया।

एक क्षण बाद डेरिक जैसे ही झूलते हुए दूर गया, वह विमान को दुबारा अंदर लाया और उसने बचाव-केबिन का सिरा दुंबाल के ऊपर झूलते देखा। बहुत जल्दी एक आदमी को ऊपर केबिन में ले आया गया। ठंड से उसके दाँत किटकिटा रहे

थे और वह बहुत तकलीफ में था, क्योंकि उसकी बाँह दो जगह टूट गई थी। उस आदमी ने अपने कैप्टन का संदेश डेविड को दिया।

'जहाज एक मिनट के अंदर डूब जाएगा। कप्तान कहता है कि दूर हट जाएँ क्योंकि...'

डेविड ने अपना पूरा ध्यान जहाज पर और हेलिकॉप्टर को सँभाले रखने पर लगाए रखा और उसकी बात को बीच में ही काटते हुए कहा, 'नहीं, मैं अभी छोड़कर नहीं जाऊँगा।'

केबिल फिर नीचे किया गया, एक और घायल आदमी को ऊपर खींच लिया गया। फिर डेविड ने दो चीजें देखीं—एक तो उसके स्क्वॉड्रन के कुछ विमानों की दिग्दर्शक रोशनी उनकी तरफ बढ़ रही थी और दूसरे भारवाहक के डेक के कोण में अचानक एक परिवर्तन हुआ। एक क्षण के लिए ऐसा महसूस हुआ कि जहाज अपनी धुरी पर वापस आ रहा है। उसका अग्रभाग पानी में शायद कुछ तरंगण के कारण उछाल के साथ ऊपर आ गया। डेरिक तेजी से पीछे की तरफ झूल गया, इतनी ऊँचाई तक कि सबसे ऊँची लिफ्ट के सिरे को छू ले और हेलिकॉप्टर के परे टूटकर गिर गया। डेविड को भी डुबकी खाने जैसा झटका लगा। फिर उसने दुंबाल को दुबारा ऊपर, एकदम ऊपर और ऊपर आते देखा, जिससे लगता था कि उस उन्मत्त अशांत पानी में जहाज अपने सिर के बल खड़ा है। उसे अभी भी एक आदमी दिख रहा है, जो जंगले से चिपका हुआ था और मुसीबत से लड़ रहा था। तेजी से आते झाग उगलते पानी से एक कदम आगे रहने तथा जहाज के पूरी तरह डूब जाने से पहले जान बचाने की एक और कोशिश से जूझ रहा था। डेविड जरा भी नहीं हिचकिचाया। वह अपने विंचमैन पर चीखा तथा हेलिकॉप्टर को नीचे जाने दिया। केबिल झटके से बाहर निकला। डेविड ने देखा कि उस अकेले आदमी ने रस्सा पकड़ लिया और फिर रस्सा स्थिर हो गया।

डेविड ने अपने हाथ नियंत्रणों पर जमाए हुए थे। वह अत्यंत चिंतित था और नीचे जीवित बचे उस आदमी को मौत के मुँह से निकाल लाने की किसी भी कोशिश को छोड़ना नहीं चाहता था। और फिर उसने हेलिकॉप्टर पर एक अजीब खिंचाव महसूस किया।

नीचे देखते हुए उसने देखा कि जहाज सागर की लहरों के नीचे खिसकता जा रहा है और उसी क्षण उसका विंचमैन इतनी जोर से चिल्लाया कि उसके कानों के परदे फटने जैसे हो गए। केबिल ने जहाज पर कुछ गड़बड़ कर दी है, लगता है किसी चीज में उलझ गया है, जिसके कारण हम भी नीचे खिंच रहे हैं।

उसके बाद पानी तक पहुँचते ही एक जोर का थप्पड़-सा पड़ा और डेविड चिल्लाया, 'केबिल को छोड़ दो, जाने दो, वरना हमारा खेल खत्म!'

विंचमैन ने हिम्मत दिखाते हुए ब्रहुत कोशिश की, जब उसने देखा कि केबिन में पानी भरने लगा है। डेविड खड़ा हो गया। अपने नंगे हाथों से उसने सामने के शीशे पर चोट मारी, लगातार प्रहार किया, लेकिन सब बेकार! हेलिकॉप्टर का पानी के अंदर धँसना नहीं रुका। जैसे ही हेलिकॉप्टर पूरी तरह पानी में समाने वाला था, डेविड ने हेलिकॉप्टर की छत पर एक जोर की थपकी सुनी, कुछ धुँधली रोशनियों को देखा और फिर उसके सिर पर कुछ लगा। वह बेहोश हो गया।

कुछ समय बाद वह विमान-वाहक के ऊपर अपनी केबिन में था और उसने खुद को कंबलों में लिपटा पाया तथा उसके सिर पर मोटी पट्टियाँ बँधी हुई थीं। उस समय विल्सन भी वहाँ आ गया था—उसे देखने के लिए। सी.ओ. ने राहत की साँस ली, जब उसने युवा सब-लेफ्टिनेंट को होश में आते देखा। वह शायिका पर बैठ गया और डेविड ने उनींदेपन में उससे पूछा, 'क्या हुआ··· मैं कैसे बाहर आया··· दूसरे सब लोग ठीक हैं, सर?'

'वे बिलकुल ठीक हैं। अब तुम्हें किसी बात की चिंता करने की जरूरत नहीं है। लेकिन अगर तुम जानना ही चाहते हो तो सुनो कि एक स्क्वॉड्रन तुम्हारे ऊपर था, जिसने पहले से केबिल नीचे डाला हुआ था। वह मालवाहक पोत, पूरी तरह डूबने से पहले, ऊपरी सतह के नीचे-नीचे कुछ देर के लिए किसी शांत नौतल पर चला होगा, क्योंकि तुम एकदम नीचे नहीं गए और जब विंचमैन ने केबिल छुड़ा लिया था, उसके बाद ऊपरवाले आदमी ने हेलिकॉप्टर के नीचे जाने के पहले ही तुम सबको बाहर निकाल लिया। मुझे लगता है, वह मालवाहक पोत के किसी हिस्से पर टिका हुआ था—अन्यथा तुमने उसी समय जल-समाधि ले ली होती, जब तुम्हारी केबिन में पानी भरने लगा था।' विल्सन खुशी से मुसकराया।

'तुम बहुत भाग्यशाली हो, मैं बस इतना ही कह सकता हूँ।'

डेविड ने मुँह बनाया 'लगता है, मैंने फिर वही भूल कर दी, सर! और इस बार वास्तव में मेरी पतंग कट गई है। कोर्ट मार्शल···।' उसका गला रुँध गया।

'तुम्हें चिंता नहीं करनी चाहिए।' विल्सन ने धीरे से कहा।

'वह तुम कैप्टन और मुझ पर छोड़ दो। मैं समझता हूँ, उसके बारे में तुम्हें भूल जाना चाहिए। उस पोत का पता लगाकर तुमने बहुत अच्छा किया।'

□

'मृत्यु डूबने से या ऑक्टोपस के कारण!'

जानलेवा 'दुष्ट मछली'

✍ फ्रैंक डब्ल्यू. लेन

ऑक्टोपस (अष्टभुजी जलकीट) को समझना थोड़ा मुश्किल है। वे कोमल देहधारी जीव परिवार के हैं, जिसका मतलब है कि वे झींगा, घोंघा, कस्तूरा मछली के संबंधी हैं, हालाँकि यह बात कुछ अजीब-सी लगती है।

ऑक्टोपस ने यद्यपि अपना बाहरी खोल त्याग दिया है, फिर भी उस खोल के कुछ अंश उनके शरीर में अभी बाकी हैं।

दुनिया भर में ऑक्टोपस की लगभग 150 ज्ञात प्रजातियाँ हैं। वे उस श्रेणी के जानवरों का एक समूह है, जिन्हें 'कपालपाद' अर्थात् सिर पर पैरवाले जीव (जैसे घोंघा) कहा जाता है; अंग्रेजी में उसे 'सेफैलोपॉड' कहते हैं। सिर पर पाँव का मतलब उन भुजाओं से है, जो सिर से निकलती हैं और मुँह को घेरे रहती हैं।

अगर आपने कोई अष्टभुजी जलकीट (ऑक्टोपस) देखा है या उसकी कोई फिल्म देखी है—सागर की तलहटी के ऊपर एक ऊटपटांग मकड़ी की तरह रेंगते देखा है—तो आप समझ जाएँगे कि यह वर्णन कितना उपयुक्त है।

ऑक्टोपस जब जल्दबाजी में होता है तब वह अत्याधुनिक परिवहन के साधन का उपयोग करता है, जिसे जेट प्रपॅल्शन कहा जाता है। एक थैली जैसे मुँह में पानी अंदर खींचा जाता है और ऑक्टोपस के गलफड़ों में हवा भरने के बाद उस पानी को धड़ और सिर के संगम के नीचे एक छुच्छी से तेजी से बाहर निकाला जाता है। फिर ऑक्टोपस न्यूटन के क्रिया और प्रतिक्रिया नियम के अनुसार दूसरी तरफ आगे बढ़ जाता है।

ऑक्टोपस के सबसे विलक्षण अंग हैं—उसकी आठ भुजाएँ। विक्टर ह्यूगो ने बहुत बढ़ा-चढ़ाकर किसी हद तक अवैज्ञानिक ढंग से बखान करते हुए उनके बारे में कहा है कि वे 'चमड़े की तरह नरम, लोहे जैसी मजबूत और रात जैसी ठंडी' होती हैं।

भुजाओं की लंबाई ऑक्टोपस की प्रजाति और उसकी उम्र के मुताबिक कम-ज्यादा होती है। इंग्लिश में पाए जानेवाले एक सामान्य प्रौढ़ ऑक्टोपस की अधिकतम लंबाई करीब 5 फीट होती है, लेकिन एक अमरीकी प्राणी-विज्ञानी ने पैसिफिक में पाए गए एक ऑक्टोपस की लंबाई लगभग 16 फीट नापी भी।

सभी भुजाएँ लंबी हों या छोटी, पर उनके अंदर की सतह गोल चूषकों से ढकी होती हैं। केंद्र एक पिस्टन की तरह काम करता है और कुछ खाली जगह बनाने के लिए उसे ऊपर उठाया जा सकता है।

अगर शिकार उग्र रूप से संघर्ष करता है और ऑक्टोपस उसपर अपनी पकड़ कसना चाहता है तो यह केंद्रीय चकरी का एक ज्यादा बड़ा हिस्सा सिकोड़ लेता है और इस तरह एक अधिक मजबूत शून्य बनाता है।

ऑक्टोपस ऐसा ही जीव है—साहस की अनेक कहानियों की कुख्यात 'दुष्ट मछली'! बेशक इसने अतीत में मानव-हंता के रूप मे अत्यधिक ख्याति अर्जित की है, लेकिन अब लोलक (पेंडुलम) दूसरी तरफ बहुत दूर तक जाने के संकट में है।

उस दावे को झूठा साबित करनेवाले प्रमुख खोजकर्ता वर्जिल इवांस प्रोफेसर स्टीफन रिस विलियम्स के उस कथन को उद्धृत करते हैं—'मकई के खेत में किसी किसान को कद्दू से चोट खाने का ज्यादा खतरा होता है, उस तैराक की अपेक्षा जिस पर ऑक्टोपस ने हमला किया हो।'

समुद्र में नहानेवालों और गोताखोरों का जिन ऑक्टोपसों से सामना होता है, उनमें से अधिकतर अष्टभुजी जीव हानि-रहित होते हैं; लेकिन सभी नहीं। और किसी विशाल ऑक्टोपस से उसी के मैदान पर युद्ध करना निश्चित रूप से जोखिमपूर्ण है। मामले की भौतिकी पर विचार करें। भूमि पर आदमी का वजन आक्टोपस के वजन से 20 गुना हो सकता है, लेकिन पानी के अंदर वह भार वस्तुतः कुछ भी नहीं रह जाता है।

200 पौंड (अर्थात् 14 स्टोन) वजन के किसी आदमी या औरत को 10 से 20 पौंड तक का भार पानी के नीचे खींचे रख सकता है। और एक मध्यम आकार का 8 फीट लंबाई का ऑक्टोपस, जिसकी भुजाएँ किसी चट्टान को कड़ाई से पकड़े हुए हों, सहज ही उतना जोर लगा सकता है।

देखिए, श्रीमती टैटरसाल डॉड केसाथ क्या हुआ! जनवरी का एक नरम दिन था। उस दिन फ्रांस के उत्तर में सेंट-ट्रॉपेज के निकट एक एकांत खाड़ी में उन्होंने भूमध्य सागर में एक गोता लगाने का निश्चय किया।

पानी सिर्फ उनके घुटनों के ऊपर था। जब उन्होंने महसूस किया कि किसी चीज ने उनका पैर पकड़ लिया है। भय और नैराश्य में उन्होंने जोर से झटका दिया। लेकिन उनके पाँव पर पकड़ सख्त हो गई। फिर और भी अधिक अदृश्य भुजाओं ने उनका पाँव जकड़ लिया और श्रीमती डॉड हिल नहीं सकीं। वह डर के कारण बेहोश होने वाली थीं।

अगर वह मूर्च्छित हो जातीं और पास में ही उनकी मदद करनेवाला कोई नहीं होता तो उनके मृत्यु प्रमाण-पत्र पर लिखा जाता—'डूबने से मृत्यु', और असल हत्यारे का कभी पता नहीं चल पाता।

आप चकित रह जाएँगे, अगर आपको पता चले कि नहाने के दौरान हुई कुछ मौतें, जिनके कारणों का पता नहीं चल सका, इसी प्रकार हुई होंगी, विशेषकर चट्टानी समुद्र-तटों पर, जो ऑक्टोपसों का पसंदीदा आश्रय-स्थल है।

श्रीमती डॉड का भाग्य अच्छा था। मित्रगण करीब थे और वे उनकी मदद के लिए दौड़ गए। एक ने पैनी छड़ी ऑक्टोपस की आँख में घुसेड़ दी और उसने पाँव छोड़ दिया।

कुछ ऑक्टोपस 20 से 30 फीट तक लंबे होते हैं, इसे ध्यान में रखते हुए यह कहना निरी मूर्खता होगी कि वे बगीचे की सब्जियों से अधिक खतरनाक नहीं हैं।

ऑक्टोपस परिवार के बारे में अपनी पुस्तक 'किंगडम ऑफ ऑक्टोपस' के लिए मैंने समाचार-पत्रों के जरिए अपील की कि इन प्राणियों से हुई खतरनाक भिड़ंत के विवरण मुझे भेजे जाएँ। कई लोगों ने जवाब भेजे।

उन वृत्तांतों तथा अन्य रिपोर्टों से मुझे ऐसी दर्जन भर घटनाओं का विवरण प्राप्त हुआ है, जिनका संबंध मनुष्य पर ऑक्टोपस के हमलों से है और जिनके आधार पर निस्संदेह कहा जा सकता है कि 'दुष्ट मछली' जानलेवा हो सकती हैं।

अत्यंत दिलचस्प रिपोर्टों में से एक रिपोर्ट श्री जॉन सी. राव से प्राप्त हुई। वर्षों पहले ऑस्ट्रेलिया में एक लड़के के रूप में वह एक दल के साथ विक्टोरियन तट के सहारे पैदल सैर कर रहा था।

जब वे सागर किनारे कुछ चट्टानों पर चढ़ रहे थे, तभी उन्हें अपने से कुछ कदम आगे चल रहे दल के नेता की चीख सुनाई दी। समुद्र के किनारे एक चट्टान

को कई भुजाओं में लपेटे एक बड़े ऑक्टोपस ने उसपर हमला कर दिया था।

ऑक्टोपस ने उस पुरोहित की टाँगें जकड़ ली थीं और दूसरी भुजाएँ उसकी कमर और उसकी एक बाँह से लिपट गई थीं। राव का अनुमान है कि उस ऑक्टोपस की भुजाएँ करीब चार फीट लंबी और मूल पर आदमी की बाँह जितनी मोटी थीं।

दल का नेता वह पुरोहित ऑक्टोपस की पकड़ से पीछे की तरफ हटा और उसने मछली पकड़ने की छड़ की मूठ से ऑक्टोपस पर प्रहार किया। दोनों के बीच यह मल्लयुद्ध करीब बीस सेकंड तक चला, फिर ऑक्टोपस ने गिरफ्त छोड़ दी और वापस समुद्र में घुस गया।

राव का कहना है, 'मैं अकसर यह सोचकर डर जाता हूँ कि हममें से कोई भी अगर अकेला होता और ऑक्टोपस ने उसपर इस तरह हमला किया होता तो उसका क्या परिणाम होता!'

कभी-कभी कहा जाता है कि अगर आप ऑक्टोपस को अकेला छोड़ दें तो वह आपको नहीं छेड़ेगा। मैंने यहाँ जो दो उदाहरण दिए हैं, उन दोनों में ऑक्टोपस ने उसके साथ किसी भी छेड़खानी के बिना ही हमला किया था।

तथापि, मैं इसे कुछ हद तक सच मानता हूँ कि ऑक्टोपस कभी-कभी आदमी की टाँग या बाजू को कुछ और समझ बैठता है, या फिर उसकी पकड़ के दायरे में आई चलती-फिरती चीज के आने पर अपनी स्वाभाविक प्रतिक्रिया के तहत वह ऐसा करता है।

विक्टोरियन प्रकृति वैज्ञानिक फ्रेंक बकलैंड कहते हैं कि एक बार जब वह एक नौका में जा रहे थे, उन्होंने एक विशाल ऑक्टोपस को करीब से तैरकर जाते हुए देखा। उन्होंने अपना हाथ और बाँह पानी में उसके रास्ते में डाल दी।

'देखते-ही-देखते लंबी-लंबी भुजाएँ मेरे हाथ के चारों ओर लिपट गईं, जिस तरह टमटम चालक का कोड़ा तीव्रता के साथ कोड़े की छड़ी पर लिपट जाता है।

गोताखोरों का तो पेशा ही ऐसा है कि उन्हें ऑक्टोपसों से भरे क्षेत्र में घुसना पड़ता है और अकसर ऑक्टोपस से उनकी भिड़ंत हो जाती हैं। हालाँकि ऐसी घटनाएँ बार-बार या बहुत नहीं होती हैं।

वास्तव में न तो अमेरिका के नौसेना विभाग, न ही ब्रिटेन के नौसेना विभाग को इस बात की जरूरत महसूस हुई कि ऑक्टोपसों से खतरों के बारे में विश्व-युद्ध-2 के गोताखोरों को हिदायतें जारी की जाएँ। परंतु कहने का मतलब यह नहीं है कि ऑक्टोपसों ने गोताखोरों को कभी परेशान नहीं किया।

रॉयल नौसेना के एक गोताखोर हेनरी जे. ब्रूस की एक ऑक्टोपस के साथ असली भिड़ंत भूमध्य सागर में जिब्राल्टर के 40 फीट नीचे समुद्र-तल पर हुई।

उसे अभ्यास के लिए एक टॉरपीडो निकाल लाने का काम सौंपा गया था, और जैसे ही उसने चारों तरफ नजर डाली, उसे विकराल ऑक्टोपस का एक जोड़ा बेढंगे ढेर की तरह तलहटी में पड़ा दिखाई दिया। बिना यह सोचे-समझे कि वह क्या करने जा रहा है, उसने उसकी एक बाजू पकड़ ली।

फिर जो हुआ, वह उसके गोताखोरी जीवन का सबसे भयानक सदमा था। ऑक्टोपस का जोड़ा अपने विकराल आकार में उठा और एक भद्दे बैले नर्तक की भाँति उसके सामने लहराने लगा।

ब्रूस को ऐसा महसूस हुआ जैसे कोई चीज उसके दाहिने टखने से लिपट गई है और उसे कसकर खींच रही है। तब उसने जाना कि 'वीभत्स नृत्य' क्या होता है! एक विशाल ऑक्टोपस ने वहाँ अपने छिपने-आराम करने का अड्डा बना लिया है और ब्रूस ने उसके आराम में खलल डाल दिया था।

वह अपने बाएँ घुटने पर झुका और अपना भारी चाकू निकाला और उस बाजू में भोंक दिया जिसने उसका सीधा टखना जकड़ रखा था। ऑक्टोपस ने भयंकर प्रतिक्रिया की। उससे चिपके रहनेवाले सभी तितर-बितर हो गए और ब्रूस ने पहली बार अपने दुश्मन को देखा।

लहराते बाजुओं के झुंड के पीछे अस्पष्ट देह की क्षणिक झलक उसे मिली, तत्पश्चात् सबकुछ धुँधला गया, क्योंकि ऑक्टोपस ने स्याह रंग के द्रव का तेज फव्वारा छोड़ दिया था।

ब्रूस उसके करीब पहुँचा और ऑक्टोपस पर पूरी ताकत से बार-बार चाकू चलाया। कुछ क्षणों तक ऑक्टोपस ने पलटवार किया, जिससे ब्रूस इतना डर गया जैसे किसी शिकारी कुत्ते के सामने चूहा। फिर ऑक्टोपस कमजोर पड़ गया और ब्रूस ने उसकी पकड़ से खुद को छुड़ा लिया तथा उसे ऊपर खींच लिया गया।

यह एक गोताखोर का दृष्टांत है, जो आपबीती सुनाने के लिए जीवित बच गया। लेकिन कितने गोताखोर हैं जो वापस नहीं आए, वे ऑक्टोपस के हमलों में मारे गए, ब्रूस एस. राइट, जो द्वितीय विश्व युद्ध के पिछले ढाई वर्ष से संयुक्त काररवाई कमांड की समुद्री टोह यूनिट का इंचार्ज था, मुझे बताता है—

'पैसिफिक में, जहाँ ऑक्टोपस की अनेक जानी-पहचानी प्रजातियाँ पाई जाती हैं, कुछ अमेरिकी गोताखोर अपना काम करके वापस नहीं आए। बाद में पता चला कि उनकी मौत का कारण शत्रु का हमला नहीं था।

बेशक यह पता नहीं कि उनकी मौत के लिए कोई ऑक्टोपस जिम्मेदार था या नहीं, लेकिन मैं जानता हूँ कि अँधेरे में मूँगे की चट्टानों व प्रवाल-भित्ति के चारों तरफ रेंगते हुए अवश्य ही उससे भेंट हो सकती है।

तथापि डूबने से मृत्यु का खतरा केवल ऑक्टोपस से नहीं है। मैं समझता हूँ, आमतौर पर लोगों को यह पता नहीं कि ऑक्टोपस काटते भी हैं और यह कि वे घाव में जहर भर सकते हैं।

वे तोते की चोंच जैसी टेढ़ी चोंच से काटते हैं, जो सामान्यतः भुजाओं में छिपी रहती है। जो विष वे छोड़ते है, वह किसी लार-ग्रंथि से आता है।''

सैन फ्रांसिस्को में स्टेनहार्ट ऐक्वेरियम में फ्रेड हर्म्स करीब 12 इंच लंबे एक छोटे ऑक्टोपस को सँभाल रहे थे, जब उसने उनके फ्रेंड के हाथ के पीछे काट लिया। इससे उन्हें मधुमक्खी के डंक मारने जैसा दर्द महसूस हुआ।

उनका हाथ सूज गया और तीन दिन तक उसमें से भारी स्राव होता रहा। सूजन को जाने में दस दिन लग गए और इस दौरान उनके हाथ के पीछे छूने से भी बहुत पीड़ा होती थी।

एक और आदमी की उँगली को करीब एक इंच आकार के बहुत ही छोटे ऑक्टोपस ने काट लिया था। उसे दर्द महसूस हुआ और बाद में कई सप्ताह तक उस जगह खुजलाहट होती रही। जहाँ उसने चोंच मारी थी, उस जगह एक लाल निशान पड़ गया, जो करीब एक साल तक रहा।

इन दोनों मामलों में कोई बड़ा नुकसान नहीं हुआ। लेकिन इसके बाद वाली घटना के बारे में ऐसा नहीं कहा जा सकता, जिसकी एक रिपोर्ट 1955 में 'मेडिकल जर्नल ऑफ ऑस्ट्रेलिया' में प्रकाशित हुई थी।

18 सितंबर, 1954 को इक्कीस वर्षीय युवा गोताखोर किर्क डाइसन-हॉलैंड और उसका एक साथी जॉन बेलिस ऑस्ट्रेलिया में डार्विन के निकट बल्लम से मछली का शिकार कर रहे थे।

जब वे तट की ओर आ रहे थे, बेलिस ने करीब 6 इंच का एक छोटा ऑक्टोपस पकड़ लिया और डाइसन-हॉलैंड की तरफ फेंक दिया, जो उसकी गरदन पर जाकर पड़ा।

ऑक्टोपस रेंगता हुआ उसकी पीठ पर उतर गया और जरा सी देर के लिए रीढ़ पर रुक गया, बहुत ऊँचे ही। फिर वह पानी में गिर गया।

जब वे तट पर पहुँचे, बेलिस ने देखा कि उसके दोस्त की पीठ पर उस जगह खून निकल रहा है जहाँ ऑक्टोपस जाकर पड़ा था। डाइसन-हॉलैंड की तबीयत

बिगड़ गई और उसकी चाल में लड़खड़ाहट आ गई। कुछ समय बाद वह खड़ा नहीं रह सका और तट पर धड़ाम से गिर गया।

उसे एक कार में डालकर डार्विन हस्पताल ले जाया गया, जो 4 मील दूर था। बेलिस ने उसे कहते सुना—'यह उसी छोटे ऑक्टोपस के कारण है। यह वही छोटा ऑक्टोपस था।'

उस छोटे से सफर के दौरान डाइसन-हॉलैंड की हालत तेजी से बिगड़ने लगी और जब वह अस्पताल पहुँचा, उसने साँस लेना बंद कर दिया था, हालाँकि उसका दिल अभी भी धड़क रहा था। उसे आपात् चिकित्सा दी गई, लेकिन लगभग 15 मिनट के अंदर ही वह मर गया। ऑक्टोपस के काटने के बाद दो घंटे से भी कम समय में। मानना होगा कि यह एक असाधारण घटना है, लेकिन इससे यह पता चलता है कि आप छोटे-से-छोटे ऑक्टोपस के साथ भी खिलवाड़ नहीं कर सकते।

तब अपना बचाव करने का सबसे अच्छा तरीका क्या होगा, अगर ऑक्टोपस आपके ऊपर हमला कर दे?

बेंजामिन फ्रेंकलिन ने यह कहा, 'बताया जाता है कि सिरके की दो-चार बूँदें ऑक्टोपस की पीठ पर छिड़क देने से वह तत्काल अपनी पकड़ छोड़ देता है। एक लाल-गरम घोंपनी भी कारगर सिद्ध होगी।'

आँखों में कोंचने से भी ऑक्टोपस अकसर अपनी गिरफ्त जाने देगा। अगर आपके पास चाकू है तो आँखों के बीच कठोर प्रहार करने से उसकी शक्ति का मुख्य केंद्र कट जाएगा और ऑक्टोपस तुरंत मर जाएगा।

मछुआरे इस प्रयोजन के लिए कभी-कभी अपने दाँतों का इस्तेमाल करते हैं; ऑक्टोपस की भुजाओं को वापस उसके सिर पर मोड़ देते हैं और उसके मस्तिष्क में गहरे दाँत गड़ा देते हैं।

लेकिन याद रखने योग्य सबसे अच्छा सामान्य नियम यह है कि अगर ऑक्टोपस को उसकी 'गरदन'—उसकी भुजाओंवाले भाग और उसकी बाकी देह के बीच जोड़वाला हिस्सा—को चारों तरफ से सख्ती से पकड़ लिया जाए तो वह तुरंत अपनी पकड़ छोड़ देगा।

चूँकि वह अपने गलफड़ों से पानी इसी छेद के जरिए अंदर खींचता है, इस जगह को मजबूती से पकड़कर दबाने से उसका दम घुट जाता है।

□

जॉर्किंस ने अफ्रीका एवं अराकिया में रंगीला और जोखिम भरा जीवन व्यतीत किया। उसके कारनामे बड़ी दिलचस्प कहानी-किस्सों से भरे हुए हैं। यहाँ उसकी करतूत का एक उत्कृष्ट नमूना प्रस्तुत है।

जॉर्किंस और उसका दवा-दारू एवं जादूगरी का धंधा

✍ लॉर्ड डंसनी

'एक बार मोदगर पहाड़ों में...' जॉर्किंस ने कहा।

'क्या कहा आपने, मोदगर पहाड़ी?' तरबत ने पूछा।

'यह उनका स्थानीय नाम था।' जॉर्किंस ने कहा।

'यूरोप के नक्शे पर उन्हें क्या कहते हैं, मैं नहीं जानता। वे बहुत ऊँचे नहीं हैं। वे सहारा में हैं—उसकी उत्तरी सीमा से लगे हुए। मैं इदनी और बरबरी भेड़ों के पीछे वहाँ गया था और जितनी भेड़ें मुझे चाहिए थीं, मिल गई थीं और मैं घर लौटने वाला था। लेकिन अरबों के प्रति मैं बहुत दयालु था।'

'उनके प्रति बहुत दयालु?' तरबत ने कहा।

'हाँ।' जॉर्किंस ने जवाब दिया। 'वे मुझे जाने नहीं देते थे।'

'ओह!' तरबत ने कहा। और वह उसकी आखिरी टोक थी, जब तक जॉर्किंस ने आधी कहानी सुनाई।

'आप तो जानते हैं।' जॉर्किंस ने कहा, 'वे हमेशा इस बात पर जोर देते हैं कि यूरोप से आनेवाला हर व्यक्ति डॉक्टर होता है। और इसीलिए मुझे डॉक्टर बनाना पड़ा। यह उनकी अपनी भूल थी। मैंने उनसे अभी नहीं कहा कि मेरे पास आएँ और मुझसे इलाज कराएँ; वे बस चले आए। अतः उन्हें जो भी मादक औषधि

चाहिए थी, मुझे देनी पड़ी। मेरे पास बहुत साधारण दवाइयाँ थीं— कसकरा, कुनैन, एरंडी का तेल और उसी तरह की कुछ चीजें। वे कहीं से भी मेरे पास चले आते थे— सामान्यत: शाम के समय और वे चाहते तथा आग्रह करते कि मैं उनकी सभी बीमारियाँ ठीक कर दूँ—जिनमें से कुछ असली होती थीं और कुछ काल्पनिक। पता नहीं वे कैसे जान जाते थे कि मैं वहाँ हूँ! जबकि उनके वहाँ होने की मुझे कोई जानकारी नहीं होती थी। वे घाटियों में उन कैंपों से आए थे, जिन पर मेरी निगाह नहीं पड़ी थी। किसी बाँसुरी का स्वर भटकते हुए इधर आ जाता तो एहसास होता कि उस जगह कोई रहता है; और मैं भी वहाँ हूँ। इसका संकेत हर दो या तीन दिन में मेरी राइफल से निकली गोली की आवाज दे देती; क्योंकि उन पहाड़ों में बरबरी भेड़ों की तलाश में आपको उससे अधिक कुछ नहीं मिलता है। लेकिन वे अच्छी तरह जानते थे कि मैं वहाँ हूँ और शाम को हमेशा कोई-न-कोई मेरे पास चला आता अपनी सेहत के बारे में मुझसे मशविरा करने के लिए। लंबे-तगड़े, हेंकड़ लोग, जो एक बैठक में आधा बकरा खा जाते थे और अपच से पीड़ित रहते। अपच या बदहजमी के लिए मेरे पास कोई खास दवा-औषधि नहीं थी; क्योंकि जब आप एक स्वस्थ जीवन जी रहे हों और बढ़िया खाना खा रहे हों, तब आप अपच जैसी बीमारी की उम्मीद नहीं कर सकते। और यही कारण था कि मैं इसके इलाज के लिए कुछ भी नहीं लाया था। असल में बुखार से निपटने की अच्छी दवाइयाँ मेरे पास होती थीं; कोई भी बुखार, जो कुनैन से ठीक हो जाए। ऐसा नहीं है कि बदहजमी से पीड़ित लोगों को मैंने निराश किया; सच तो यह है कि मैं बहुत कामयाब हुआ। मैंने उन्हें एप्सम लवण दिया, जो एक तरह का रेचक नमक होता है और उस नमक ने खूब काम किया। मुझे जबरदस्त प्रतिष्ठा मिली, आदर-सम्मान मिला और वे मुझे जाने नहीं देते थे।

'मैं एक छोटी घाटी में तंबू गाड़कर रह रहा था, जो एक प्रकार के फूलदान पौधों (जिरेनियम) से भरी हुई थी नंगी भूरी चट्टानें थीं और कहीं-कहीं ट्यूपिल खिले हुए थे। मेरे साथ केवल चार अरबी लोग थे, दो ऊँट थे और दो खच्चर थे। उनमें से एक बावरची अर्थात् खानसामा था, दो लोग ऊँटों एवं खच्चरों की देखभाल करते थे और एक उन तीनों को हुक्म देता था। और जब कभी हम दूसरी जगह के लिए चल देते थे तो वह एक खच्चर की सवारी करता था तथा दूसरे खन्नर पर मैं सवार रहता था। खानसामा एक ऊँट पर सवार होकर चलता था तथा दो लोग उसके पीछे भागते थे। मुझे काफी सारे पशु मिल गए थे और एक दिन मैंने मेरे छोटे से कैंप की देखभाल करनेवाले आदमी पेल कासिम से कहा, 'मुझे बहुत भेड़ें मिल

गई हैं। कल हम घर की ओर कूच करेंगे।'

उसने विचित्र ढंग से मेरी ओर देखा और सिर्फ 'इंशा अल्लाह' कहा, जिसका मतलब है—जैसी खुदा की मरजी। खैर, कल भी आ गया और उस कल के आते ही मैंने देखा कि मेरी घाटी में अनेक पड़ोसी आ गए हैं। पता नहीं वे लोग कहाँ-कहाँ से आए थे! उन्होंने घास की चप्पलें पहनी हुई थीं। उनकी चप्पलों के तल्ले उन पहाड़ों में उगनेवाली घास के बने हुए थे। जिस तरह हम चोटी गूँथते हैं उसी तरह घास को गूँथकर तल्ले बनाए गए थे। वास्तव में उनके गाने ने मुझे जगा दिया। मुझे इस बात का कोई इल्म नहीं था कि क्यों गा रहे थे, लेकिन मैं समझता हूँ कि इसके पीछे कारण यह रहा होगा कि सुबह-सुबह किसी के कैंप के करीब खामोशी से जाना उचित नहीं है, क्योंकि अगर दूसरे लोग चौंक जाएँ तो वे गोली चला सकते हैं। मैंने उनसे पूछा कि क्या उन्हें दवा चाहिए ? उन्होंने मुझसे पूछा कि मेरे साथ के लोग ऊँटों पर सामान क्यों लाद रहे हैं ? मैंने कहा, मुझे समुद्र-तट वापस जाना है। उन्होंने कहा, मुझे रुकना होगा।

'खैर, बहस के लिए ज्यादा गुंजाइश नहीं थी। उन सबके हाथों में बंदूकें थीं, मेरे आदमियों के पास भी थीं। अफ्रीका के उस हिस्से में हर किसी के पास बंदूक होती है। लेकिन हम केवल पाँच थे और वे ढेरों थे। जहाँ तक बहस का सवाल है, इसलिए पलड़ा उन्हीं का भारी था। वे एक अच्छे हकीम एक डाक्टर को रोके रखना चाहते थे। उन्होंने मुझे टेंट में जाने दिया और वहाँ मेरी राइफल भरी हुई पड़ी थी। पाँच कारतूस पेटी में थीं और एक कारतूस दुनाली के अंदर। मेरी राइफल उनमें से किसी की भी बंदूक से बहुत बेहतर थी; लेकिन यदि मैंने किसी को गोली मार दी होती तो सारे लोग खरगोश की तरह बहुत तेजी से चट्टानों के पीछे चले गए होते और मेरे तंबू को निशाना बनाकर उन्होंने तब तक होश नहीं लिया होता, जब तक उन्हें यकीन नहीं हो जाता कि मैं मर चुका हूँ; और अगर मैं जीत भी जाता, तब भी मुझे वापस जाने के लिए सैकड़ों मील का सफर तय करना था तथा प्रत्येक अरबी को पूरी तरह पता होता कि मैंने क्या किया है! नहीं, मैंने तय किया कि मुझे कोई तरकीब अपनानी होगी।

यह कहने का कोई फायदा नहीं था कि मैं एक अच्छा वैद्य नहीं हूँ। क्योंकि करीब एक महीने की मेहनत से मैंने वह नाम कमाया था और वह नेकनामी मैंने केवल कुनैन, कसकरा तथा एप्सम लवण देकर नहीं पाई थी। उसके साथ-साथ मैंने कुछ जादूगरी का भी इस्तेमाल किया था, ताकि दवाई में ज्यादा स्वाद आए। वे जादू के बहुत शौकीन हैं। मैंने सच्चाई के आर-पार देखा। मैंने खुद से कहा, यह उनको

कैसी दिखती है ? लोगों से व्यवहार करते समय इस बात को हमेशा ध्यान में रखना चाहिए और उसके लिए इनका जवाब ऐसा ही था, मानो कोई हर्ले स्ट्रीट को नीचा दिखाने जा रहा हो और सारे डॉक्टर वहाँ से भाग रहे हों! उस घाटी से अपने टेंट को उखाड़कर चल देने का मतलब उनके लिए ऐसा था, जैसे लंदन में रहनेवाले लोगों के लिए पूरी-की-पूरी हर्ले स्ट्रीट का खाली हो जाना।'

'परंतु ऐसा कुछ भी होने नहीं दिया जाएगा; दबाव डाले जाएँगे, पार्लियामेंट में सवाल पूछे जाएँगे और सभी डॉक्टरों को जाने नहीं दिया जाएगा! इस स्थिति पर जब मैंने उस दृष्टि से देखा तथा मैंने समझा कि अरबी लोग क्या करेंगे; वे किसी भी तरह मुझे रोकने की कोशिश करेंगे, और सच में वे ऐसा ही करने वाले थे। इसलिए मैंने कहा, 'ठीक है, मैं रुक जाऊँगा।' और मैं रुक गया। मैंने हमेशा से ज्यादा कड़ी दवाई दे दी। और सचमुच कुछ ही दिनों में मेरा दवाओं का भंडार बहुत कम रह गया। उन्होंने देखा कि मेरी दवाओं की सप्लाई कम होती जा रही है और मैंने उनमें से कुछ लोगों से कहा—'कितने दुःख की बात है, क्योंकि भले ही मैं एक बड़ा डॉक्टर था, कोई भी डॉक्टर दवाइयों के बिना तो डॉक्टरी नहीं चला सकता।'

मेरे पास दवाइयों का छोटा सा भंडार जब कम-से-कम होता चला गया, मैंने सोचा कि मैं आजाद होने वाला हूँ। लेकिन ऐसा कुछ भी नहीं हुआ। उनका कोई आदमी खच्चर पर सवार होकर पहाड़ों से होकर जाएगा और उस बंजर भूमि को पार करेगा, जिसे वे तेल कहते, ताकि निरे रेगिस्तान से उसे अलग समझ जा सके तथा तीन या चार दिन में सबसे करीब के शहर में पहुँचकर मेरे लिए दवाइयों की ताजा सप्लाई ले आएगा और यह पक्का करने के लिए कि उन्हें बिलकुल सही चीज मिल रही है, वे गरम पानी से मेरी बोतलों के लेबल छुड़ाकर ले जाते। केमिस्ट के लिए मेरे लिखे परचे पर उन्हें भरोसा नहीं था। फिर मैंने सोचा कि मैं क्यों न एक परचा उस आदमी के कपड़ों पर टाँक दूँ या खच्चर पर बाँध दूँ! मैंने इस आशय का एक परचा लिखा भी लिया था कि मुझे बचाया जाए। लेकिन उसमें उलझन यह थी कि परचा ऐसी किसी तरह लगाया जाए कि केमिस्ट की नजर तो उसपर जरूर पड़े, लेकिन बीस-तीस अरब लोगों में से कोई न देख पाए। ऐसी किसी उपयुक्त जगह के बारे में मैं नहीं सोच पाया। क्या किया जाए? एक सप्ताह के बाद वह अरबी आदगी कुनैन, कसकरा, एरंडी तेल और एप्सम लवण की ढेर सप्लाई लेकर आ गया। उसमें एक बोरा खजूर भी थी; और मैं अभी तक उसी घाटी में था। वे मुझ पर कड़ी निगरानी नहीं रखते थे, लेकिन वे मेरी राइफल उठाकर ले गए और जब मैं टहलने के लिए जाता, मुझे कोई पहाड़ी की चोटी ऐसी नहीं दिखती जहाँ किसी

अरबी के सोए रहने की निशानी न हों; भूरी पहाड़ी पर पड़ा सफेद निशान सब बता देता।

एक बार जब मैं टहलता हुआ सामान्य दूरी से कुछ आगे चला गया, मैंने एक सफेद चादर को हरकत में आते देखा—और सारी स्थिति पर गौर करने के बाद मैंने तय किया कि उस तरह बचकर निकल भागना मुमकिन नहीं है। फिर मैंने काफी सोच-विचार किया और कई दिनों तक मेरे दिमाग में अनेक विचार आते रहे; लेकिन मुश्किल यही थी कि उनमें से कोई भी विचार मुझे उपयुक्त नहीं लगा। उदाहरण के लिए, मैंने अपने ही किसी आदमी को मेरा संदेश लेकर भेजने के बारे में सोचा, लेकिन उसे बड़ी होशियारी से दूसरे अरबों को चकमा देकर निकलना पड़ता। और अगर वह इतनी चतुराई दिखा सकता तो इस बात का डर था कि वह मुझ पर भी वही होशियारी चला सकता है। फिर मुझे विचार आया कि मैं अपने खेमे के एक खच्चर की पूँछ में अपना संदेश बाँधकर रात में उसे कैंप से भगा दूँ। लेकिन जो भी खानाबदोश उसे पहले देख लेता, उसे अपने पास रख लेता और मेरा संदेश लेकर वह कभी शहर नहीं पहुँच पाता। स्थिति बड़ी जटिल थी। जहाँ तक मैं सोच सकता था, निष्कर्ष यही निकलता कि जब तक मेरा संदेश यूरोप नहीं पहुँचेगा, तब तक मुझे वहीं ठहरना पड़ेगा, जहाँ मैं था।

उन्होंने मेरा बहुत खयाल रखा। वास्तव में मेरी बड़ी खातिदारी की। लेकिन मुझे अरब लोगों का इलाज करने तथा सारी उम्र एक तंग घाटी में बिताने के अलावा भी बहुत कुछ करना था। कभी-कभी उन्होंने मुझे मेरी राइफल भी लौटा दी, ताकि मैं उन पहाड़ों पर पाए जानेवाले अनोखे किस्म के छोटे रोमिल तथा कुछ और हिरनों का शिकार कर सकूँ। लेकिन मैं किसी भी इदनी हिरन पर निशाना नहीं लगा पाया। यह जाने बिना कि चट्टानों के ऊपर से तीन बंदूकों ने मुझ पर निशाना बाँधा हुआ है। यह बड़ा ही कष्टकर अनुभव है। और कुछ समय बाद मैंने इदनी का शिकार करना छोड़ दिया। उनके गोश्त की कमी मुझे खली, क्योंकि मेरा बावर्ची उसका मांस बहुत अच्छा पकाता था और उसका काम वास्तव में एक सुंदर सपने जैसा था।

हालाँकि यह बात विचित्र लग सकती है। यहाँ की जलवायु मनमोहक थी। पहाड़ों के चट्टानों से देखने पर रेगिस्तान का दृश्य खूबसूरत लगता तथा नीला, स्वप्निल एवं सुंदर आकाश सूर्यास्त के समय गुलाबी चमक से भर जाता और पहाड़ भी बहुत खूबसूरत था। और वे फूलदार पौधे भी बड़े मोहक लगते थे, जो जहाँ भी बरसात का पानी भरा हो, उग आते थे। मैं अपनी जादूगरी से जल्दी ऊब गया और अब उन अरबों को उनकी जरूरत के मुताबिक केवल कुनैन एवं कसकरा देना चाहता था।

लेकिन वे सादा खुराक लेने से मना कर देते तथा इस बात पर जोर देते कि दवा देने के साथ-साथ मैं उन्हें जादू भी दिखाऊँ। मैं जब तक ऊब नहीं गया, उनको जादू दिखाता रहा।

'जादू!' तरबुत ने कहा, 'किस तरह का जादू?'

'ओह, बस छोटी-छोटी चीजें।' जॉर्किंस ने कहा। 'देखो, मैं इस चम्मच को नमकदान में से निकाल लेता हूँ और इस हाथ में रख लेता हूँ और फिर इस वाले हाथ में।'

'हाँ, मैंने देखा।' तरबुत ने कहा।

'अब बताओ, चम्मच मेरे किस हाथ में है?' जार्किंस ने पूछा।

'क्यों, उस हाथ में।' तरबुत ने उसके एक हाथ की तरफ इशारा करते हुए कहा। 'नहीं।' जॉर्किंस ने अपना वह हाथ पूरा खोलते हुए कहा और तरबुत अचंभे से देखता रह गया।

'न ही उस हाथ में।' जॉर्किंस ने दूसरा हाथ भी खोल दिया।

'यह कमाल तुमने कैसे किया?' तरबुत ने कहा।

'अरे, बस जादू से।' जॉर्किंस ने कहा। 'मैंने तब चम्मच नहीं उठाई, जब मैंने कहा कि मैं चम्मच उठा रहा हूँ। मैंने उसे पहले ही अपनी प्लेट के घेरे के नीचे रख दिया था। देखो, यहाँ है। लेकिन जब तक तुम मुझे देखते, तब तक कई पल बीत चुके थे। अरबों ने भी नहीं देखा। कोई भी नहीं देख पाता है। जादू बहुत आसान है। लेकिन वे मुझसे जादू कराते रहे, जब कि मैं उससे ऊब नहीं गया। और मैं सारा समय यही सोचता रहता कि किसी तरह यूरोप के लोगों तक यह संदेश भेजा जाए कि मैं मोदगर पहाड़ों में कैद हूँ और वे मुझे यहाँ से छुड़ाकर ले जाने के लिए किसी की मारफत एक छोटी सी टोली भेज दें। मैं अपने ही कैंप में रहता और अरब लोग अपने-अपने कैंपों में। उन्हें जब इलाज, दवा-दारू की जरूरत होती, वे उसी तरह मेरे पास आते जैसे लोग हर्ले स्ट्रीट जाते हैं। दिन में निकल भागने का कोई मौका नहीं था, क्योंकि वे लोग पहाड़ियों के ऊपर से नजर रखते थे। मैं यह नहीं मानता हूँ कि वे मुझे गोली मार देते; मैं समझता हूँ, वे अपनी लाजवाब आवाज में दूसरों को पुकारते और देखते-ही-देखते सारी पहाड़ियों में ऐसी हलचल मच जाती जैसी हलचल मधुमक्खी के छत्ते में होती है। रात होते ही वे मेरी छोटी सी घाटी के किनारों तक उतर आते थे, जहाँ मैंने अकसर उनकी सिगरेटों की चमक देखी। इसलिए जैसाकि मैंने आपको बताया, मैंने बहुत सोच-विचार किया कि ऐसे में किस तरह यूरोप के लोगों तक मैं अपनी बात पहुँचाऊँ। यह इलाका अफ्रीका के एक हिस्से में था, जिस

पर फ्रांस का मालिकाना हक था और मुझे पता था कि वे कभी यह बरदाश्त नहीं करेंगे, अगर उन्हें बता दिया जाए कि मैं किस स्थिति में हूँ! लेकिन मैं उनको बताऊँ कैसे ? क्या आप जानते हैं, मैंने एक पखवाड़े तक सोचा और उसके बाद भी मैं कोई उपाय नहीं खोज पाया ?

मेरे अपने अरबी आदमी इस बारे में पूरी तरह खामोश थे कि मैं कभी निकलकर भाग सकूँगा। और स्वाभाविक है, मैं नहीं चाहता था कि ऐसी कोई खबर बाहर जाए कि मैं बचकर निकल भागने की सोच रहा हूँ। मैंने एक बार अपने मुख्य आदमी पेलकासिम से पूछा, 'क्या वह सोचता है कि मैं कभी दुबारा यूरोप देख सकूँगा ?' और उसने मुझे इतना ही कहा, 'जैसी खुदा की मरजी!' मैंने फिर उनमें से किसी से कभी कुछ नहीं कहा। उसके बाद मैंने अकेले ही सोच-विचार किया, लेकिन उसका कोई निष्कर्ष नहीं निकला।

'और फिर एक दिन, सूरज छिपने से कुछ पहले, जब मैं अपने तंबू के बाहर बैठा आराम कर रहा था, क्योंकि मैं सोच-सोचकर थक चुका था। उसी समय एक असाधारण घटना घट गई। मैंने पंखों की हलकी सी फरफराहट और कतार से आती ध्वनियाँ सुनीं—आकाश में उड़कर जा रही करीब एक दर्जन चिड़ियों की आवाजें। उत्तर दिशा की ओर जाती चिड़ियों की कतार में प्रत्येक चिड़िया की एक आवाज, जो अब दूर होती जा रही थी और दूरी के साथ-साथ धीमी भी। बस इतना ही; लेकिन यही तो वह उपाय था, जिसकी मैं खोज कर रहा था। वे सारे पक्षी यूरोप जा रहे थे, और मेरी सोच इस बिंदु पर आकर टिक गई कि मैं उनके जरिए कोई संदेश किस तरह भेज सकता हूँ! और एक बार जब मैंने इस दिशा में सोचना शुरू किया तो एक निश्चय तक पहुँचने में मुझे अधिक समय नहीं लगा। वे पक्षी किस प्रकार के थे। मुझे पता नहीं, लेकिन बहुत जल्दी जो पक्षी मुझे दिखाई दिया और जिस पक्षी को मैं देखना चाहता था, वह पक्षी था अबाबील सारस। और भी थे, लेकिन मेरे विचार में वे अधिकतर जर्मनी की ओर जा रहे थे और मैं उन्हें फ्रांस की ओर भेजना चाहता था। अत: मैंने अबाबीलों के हक में फैसला किया। मैं सारी रात इसी उधेड़-बुन में लगा रहा।

पहाड़ों पर वसंत छाया हुआ था, लेकिन अबाबीलें अभी तक गई नहीं थीं। वे अकसर हमें नजर आती हों, ऐसी बात भी नहीं थी; लेकिन मुझे पता था कि पहाड़ों के परे जहाँ छोटे-छोटे शहर शुरू होते हैं, अबाबीलें बड़ी तादाद में मिलेंगी। गुंबजों और मस्जिदों के चारों ओर तथा सपाट छतवाले मकानों के ऊपर उड़ते हुए; और अरबों को उन्हें पकड़कर इकट्ठा करना होगा। यह तो सच है कि कि मेरे पास दवाओं

का भंडार समाप्त नहीं हुआ था, वे ऐसा होने भी नहीं देते; लेकिन मेरा जादू समाप्त हो सकता था। और मेरी दवाइयों में 50 प्रतिशत हिस्सा जादू का था। अत: अगले दिन टहलता हुआ मैं अरब लोगों के खेमों तक चला गया। वे निचले तंबू ऊँट के बालों के बने हुए थे। मेरी महक लगते ही कुत्तों ने बाहर निकलकर भौंकना शुरू कर दिया। तुरंत एक अरबी बाहर आया और उसने अपने कुत्तों पर एक पत्थर फेंका। फिर उसने नम्रतापूर्वक मुझसे पूछा कि वह मेरे लिए क्या कर सकता है ? मैंने उसे बताया कि मेरा जादू निष्फल होने लगा है, क्योंकि उसके लिए मेरे पास आवश्यक चीजें खत्म हो गई हैं। जब उसने पूछा कि वे आवश्यक चीजें क्या हैं ? तब मैंने उसे बताया कि कुछ दवाओं में मिलाने के लिए अबाबीलों की बीट की जरूरत होती है। मेरे पास दवाइयाँ तो हैं, लेकिन बीट नहीं है।

उसके चेहरे से मुझे एकदम पता चल गया कि उसने मेरी कहानी पर यकीन कर लिया है और उसने वादा किया कि वह मेरे लिए अबाबीलों का इंतजाम कर देगा। मैंने उसे कसम दिलाई कि उस दवा के बारे में वह किसी से कुछ न कहे तथा इस बात को गुप्त रखे; क्योंकि दूसरे जादूगर भी इसकी तलाश में हैं। और अगर उन्हें यह दवा मिल भी गई, तब भी कोई फायदा नहीं होगा, बल्कि नुकसान ही होगा, क्योंकि उन्हें इस बात का इल्म नहीं है कि इसे मिलाते कैसे हैं। भेद की बात बताए जाने से उसके चेहरे पर खुशी झलक रही थी। मैंने उससे यह भी कहा कि मुझे कम-से-कम एक हजार अबाबील चाहिए, क्योंकि मेरे पास आनेवाले मरीजों की तादाद बहुत है। यह बात बिलकुल सही थी, क्योंकि वे करीब पचास-पचास मील दूर से आते थे और जैसे-जैसे मेरी मशहूरियत फैल रही थी, वैसे-वैसे आनेवाले मरीजों की संख्या बढ़ती जा रही थी। मैंने उससे कहा कि उन अबाबीलों को रखने के लिए एक अच्छा बड़ा पिंजड़ा चाहिए और उन्हें जिंदा रखने के लिए उन्हें दाना-पानी भी देना होगा। मैंने उसे यह भी सलाह दी कि बेहतर यह होगा कि जहाँ अबाबीलों की तादाद बहुत हो, वहाँ उन्हें जाल से पकड़ा जाए। कुछ दूसरे अरबी आए और फिर उन्होंने अबाबीलों के बारे में मुझसे सवाल किए। उनमें से एक वह भी था, जिसे मैंने हाल ही में एरंडी के तेल की बड़ी खुराक दी थी और उसका कहना था कि मेरी अपनी दवाएँ ही पर्याप्त होनी चाहिए। लेकिन मैंने उससे कहा, 'शहरों में जो दुकानें हैं, जहाँ सभी दवाएँ मौजूद हैं, अगर उनसे मर्दों का इलाज हो सकता तो वे शहरों में ही रहते।' मेरी बात का उन खानाबदोशों पर जबरदस्त असर हुआ, क्योंकि वे जानते थे कि वे शहरों में रहनेवाले मरदों से ज्यादा तंदुरुस्त हैं।

'कुछ और भी चाहिए।' मैंने कहा, 'और वह चीज है अबाबीलों की ताजा बीट।'

'वह आपको मिल जाएगी।' उन्होंने कहा और वे आपस में मशविरा करने लगे कि इतनी तादाद में वे पक्षी उन्हें कहाँ मिल सकते हैं और उन्हें पकड़ा कैसे जाए।

'और अगर मुझे दूसरों का इलाज करना है।' मैंने कहा, 'तो मुझे पूरी शांति बनाए रखनी होगी। मेरी सिगरेटें बहुत कम रह गई हैं। मुझे एक हजार सिगरेट और चाहिए।'

उन्होंने तुरंत मेरी यह माँग भी मान ली, क्योंकि वे मुझे बहुत इज्जत देते थे। वास्तव में अगले दिन ही मुझे सिगरेटों का पूरा कोटा मिल गया। और मैंने रात-रात भर जागकर तंबाकू पर से कागज उतारा और उनपर फ्रेंच में एक हजार संदेश लिखे और उनमें कुछ संदेश इतालवी भाषा में भी लिख डाले।

जब दिन-पर-दिन निकलते गए और वे अबाबीलें लेकर नहीं आए तो मुझे चिंता होने लगी। मुझे संदेह हुआ कि उनके पहुँचने से पहले ही अबाबीलें चली न गई हों। लेकिन उन्हें इस बात का पूरा खयाल था। वे उस जादू को कहाँ छोड़ने वाले थे, जिससे उन्हें इतना लगाव था। वे तुरत-फुरत दौड़ गए और उन्होंने अबाबीलों को पकड़ लिया। एक दिन वे गाना गाते हुए मेरी घाटी में वापस दाखिल हुए। उन्होंने दो ऊँटों पर चार बड़े पिंजड़े लादे हुए थे, जिनमें करीब एक हजार अबाबीलें थीं। मुझे लगभग उतनी ही संख्या चाहिए थी, क्योंकि हो सकता है, एक-दो निकल गई हों। लेकिन अगर पूरे गाँव में प्रत्येक अबाबील का एक ही पैर होता तो बात गौर करने वाली हो जाती। अगली रात मैंने सिगरेट के कागजों को अपने सिर के बालों से अबाबीलों के पैरों में बाँध दिया और फिर उन्हें खुला छोड़ दिया।

मोदगर पहाड़ों पर मध्य वसंत आ चुका था और बहुत जल्द फ्रांस में आ जाएगा। और स्पष्टतः इसी कारण से अबाबीलों ने सोचा, क्योंकि एक सप्ताह के अंदर फ्रांस की पैदल सेना की एक कंपनी वहाँ पहुँच गई। अबाबीलें कुछ ही दिनों में चली गई होंगी और जाहिर है, फ्रांस निवासियों ने तार कर दिया होगा और उसके साथ ही निकटतम चौकी से सैन्य टुकड़ी आ गई। जैसे ही मैंने पहाड़ों के निचले मार्ग से फ्रांस की पैदल सेना की टुकड़ी को आते हुए देखा, मैंने एक अरबी से कहा, 'मैं यहाँ अपनी मरजी से ठहरा हुआ हूँ। और मैं यही बात उनसे कह दूँगा।'

मैंने ऐसा कहा, यह सुनकर उसे अच्छा लगा। वह खुश हुआ। और फिर मैंने कहा, 'और अपनी मरजी, अपनी स्वतंत्र इच्छा से चला जाऊँगा।'

'जैसी खुदा की मरजी!' उसने कहा और वह चला गया।

□

डैक मैनिक्स ने अनेक दिलचस्प साहसिक कहानियाँ लिखी हैं। लेकिन इनमें से एक कहानी, जिसे आप कभी भुला नहीं पाएँगे और जो व्यक्तिगत अनुभव पर आधारित है–तलवार निगलने के बारे में है। लेकिन इसका मतलब यह कतई नहीं है कि आप स्वयं भी ऐसा करके देखें।

आपके पेट में तलवार

✍ डेनियल पी. मैनिक्स

मैंने जब यह निर्णय किया कि मैं एक तलवार निगलनेवाला बनूँगा, मुझे अपने लिए तलवारों का पहला सेट बहुत ही कम कीमत पर मिल गया, क्योंकि उन तलवारों के पिछले मालिक ने उनमें से एक तलवार निगलने की कोशिश करते हुए अपनी जान गँवा दी थी। राफेल नाम के एक इतालवी ने फिलाडेल्फिया डाइम म्यूजियम में खेल दिखाते समय एक ऐसी तलवार निगलने की कोशिश की थी, जिसके फलक (ब्लेड) पर नक्काशी का काम था और वह नक्काशी उसके पेट के अस्तर पर चिपक गई।

राफेल ने मूठ को थोड़ा घुमा-फिराकर उसे छुड़ाने की कोशिश की, लेकिन जब गले में तलवार उतरी हुई हो तब आप अच्छी तरह साँस नहीं ले सकते। अत: उसने झटके से तलवार बाहर खींच ली। ऐसा करने से उसका पेट चिर गया और उसके कुछ दिन बाद उदरावरणशोथ (पेरिटनाइटिस) से उसकी मृत्यु हो गई। मैंने राफेल का सारा साज-सामान और वह पोशाक उसकी विधवा से खरीद ली, जो वह तलवार निगलने का प्रदर्शन करते समय पहनता था। इस परिधान में अलग-अलग लंबाई की आठ तलवारें थीं, एक हँसिया था, दो आरी थीं, स्टील की एक लंबी छड़ थी और एक जोड़ा बड़ी कैंचियाँ थीं।

ठोस स्टील की बनी दो फीट लंबी तलवार गले में उतारने का अभ्यास करना

कोई आसान बात नहीं है। यह करतब सीखने के लिए मुझे करीब तीन माह तक कड़ी मेहनत करनी पड़ी। लगातार मुखरोधन के कारण जब कभी मेरे गले की मांसपेशियाँ इतनी थक जाती थीं कि मैं कुछ खा भी नहीं सकता था, तब मैं इस सोच में पड़ जाता कि तलवार निगलने का अभ्यास करना क्या वास्तव में इतना जोखिम उठाने के योग्य है ? लेकिन मुझे पता था कि एक बार मैंने तलवार पेट में डालनेवाले के रूप में प्रसिद्धि हासिल कर ली तो मैं देश में किसी भी बड़े खेल-तमाशे में अपना भी करतब दिखा सकूँगा और मुझे एक काम मिल जाएगा। कार्निवाल और सर्कस जैसे खेल-तमाशे कनाडा, अमेरिका और मेक्सिको में हर जगह घूमते रहते हैं। मुझे यात्रा करना अच्छा लगता था और मैं कैनवास के नीचे काम करना चाहता था। इसलिए मैंने तब तक अभ्यास करना जारी रखा, जब तक कि मैंने राफेल के संग्रह में हर चीज को निगलना नहीं सीख लिया।

अगर आप सीधे खड़े हो जाएँ और अपना सिर जितना हो सके, उतना अधिक पीछे ले जाएँ तो आपके मुँह से आपके पेट के गड्ढे तक जाने के लिए सीधा रास्ता बन जाता है। इस मार्ग में एक उभाड़ आता है—कौआ, ठीक तालू के पीछे; आपको उसका चक्कर लगाना होगा। जब मैंने पहले-पहल अभ्यास करना शुरू किया, तब मुझे कौआ अथवा घंटी के बारे में चिंता नहीं करनी पड़ती थी। मैं तलवार के फलक को इतना नीचे नहीं ले जा सकता था कि घंटी तक पहुँच जाए। जैसे ही ठंडी तलवार मेरे तालू को छूती, मेरी ठेंठी लग जाती। कई सप्ताह तक मैंने एक छोटी कुंद तलवार गले में उतारने का अभ्यास किया, जब तक कि मुझे उस करतब की आदत नहीं पड़ गई। मैं रोजाना हर बार खाना खाने से पहले करीब एक घंटे तक अभ्यास करता। अन्यथा मैं एक भोजन बेकार कर देता।

अंततः मेरी ठेंठी लगना रुक गई और मैंने सोचा कि अब मेरी मुश्किलें समाप्त हो गई हैं। लेकिन मैंने पाया कि मेरे गले की पेशियाँ इतनी कस जाती हैं कि मेरे लिए एक गिलास पानी पीना भी मुश्किल हो जाता था। मैंने तलवार की नोक से अपने गले के पीछे चारों ओर कुरेदने का घंटों अभ्यास किया। लेकिन यह ऐसा ही था, जैसे डोरियाँ खींचने के बाद तंबाकू की थैली के मुँह में एक सब्बल घुसेड़ने की कोशिश करना! अभ्यास समाप्त करने के बाद भी मेरा गला बंद रहता और मैं कुछ खा-पी नहीं सकता था, जब तक कि मांसपेशियाँ ढीली नहीं पड़ जाती थीं—अकसर आधा या एक घंटा बाद तक।

अगला महीना काफी निराशाजनक था। मेरा ठेंठी लगना बंद हो गया था, लेकिन मेरा गला फिर भी ठीक से नहीं खुला और मैं इसके बारे में कुछ भी नहीं

कर सकता था। मैंने उस छेद के नीचे तलवार ठेलना जारी रखा, जो प्रत्यक्षत: था ही नहीं। अभ्यास यंत्रवत् हो चला था और सफलता की कोई वास्तविक आशा नहीं थी—तभी एक दिन मांसपेशियाँ अप्रत्याशित रूप से ढीली हो गईं तथा तलवार सीधे मेरे पेट में उतर गई। फिर तलवार उन नई नसों के संपर्क में आई, जिन्हें कभी तलवार के स्पर्श का अनुभव नहीं हुआ था। मैं दुबारा बीमार होने लगा। लेकिन जब ये नसें तलवार के स्पर्श की अभ्यस्त हो गईं, आखिरकार वह समय भी आ गया, जब मैं एक तलवार निगलने में कामयाब हो गया।

काकल अथवा घंटी के उभाड़ को पार करने में मुझे अभी भी तकलीफ होती थी। एक अनुभवी तलवार-निगलक तलवार के फल (ब्लेड) को हवा में खड़ा रख सकता है, फिर एक ही गति में उसे नीचे जाने देता है। लेकिन मुझे तलवार अपने सामने सीधी पकड़े रहनी पड़ती थी और उसका फल पीछे चलाना पड़ता था, जब तक कि उसका सिरा मेरे गले के पृष्ठभाग को नहीं छू लेता था। फिर मैं अपना सिर पीछे फेंकता, तलवार को खड़ी स्थिति में उठाता और फिर उसे नीचे सरका देता। इस तरह मैं तलवार के फल का प्रयोग अपने गले के सामनेवाले भाग को आगे की ओर दबाने तथा काकल से कतराकर निगलने के लिए अधिक जगह छोड़ने हेतु एक लीवर के रूप में करता था।

अधिक निपुण हो जाने पर मैंने इन प्रारंभिक तैयारियों का त्याग कर दिया। मैं ब्लेड के सिरे को अपने दाँतों के बीच इस तरह दबा लेता कि तलवार ऊपर की ओर सीधी खड़ी रहती। फिर मैं नीचे गिरा देता और तलवार को अपने अंदर नीचे गिर जाने देता। यह दृश्य बड़ा ही आश्चर्यजनक बन पड़ता। लेकिन मैंने महसूस किया कि तलवार के नीचे गिरने की गति को दाँतों के सहारे धीमी रखना समझदारी है, अन्यथा तलवार की मूठ मेरे होंठों से इतने जोर से टकराती कि उनसे खून बहने लगता।

मैंने अपना पहला प्रदर्शन एक नाइट क्लब में पेश किया। मैंने एक जादूगर के रूप में पहले वहाँ काम किया था। एक शाम क्लब के मालिक ने शो के समय से करीब दो घंटे पहले यह कहने के लिए मुझे बुलाया कि जिन लोगों को कार्यक्रम प्रस्तुत करने के लिए आना था, उनमें से एक आदमी नहीं आया है और उसकी जगह मुझे अपना करतब दिखाना होगा। उसने सचमुच यही समझा था कि मैं ताश के पत्तों और सिक्कों के वही जाने-पहचाने खेल दिखाऊँगा, जो कोई भी ठेठ जादूगर प्रस्तुत करता है। जब मेरे नाम की घोषणा की गई, मैं चलकर फर्श के बीच पहुँचा, वहाँ अपना स्टॉल जमाया और तलवार निगलने का खेल दिखाने की तैयारी में लग गया।

लेकिन खेल ज्यादा आगे नहीं बढ़ सका। मैं अचंभित रह गया, जब मैंने जाना कि मेरा गला इतना कसकर बंद हो गया है, जैसे जिपवाला बैग बंद होता है। यह मेरा पहला सार्वजनिक प्रदर्शन था। मैं थोड़ा घबराया हुआ था। मैं वहाँ खड़ा था। पूरी रोशनी मुझ पर थी और मैं वह अभिशप्त तलवार अपने गले में डालने की कोशिश कर रहा था।

अचानक मैंने उलटी कर दी। तुरंत दो-तीन परिवेक्षक फर्श साफ करने का पोंछा लेकर आ गए और मुझे बाहर फेंक दिया गया। लेकिन मैं अकेला ही नहीं गया। रोजाना के ग्राहकों में से आधे से ज्यादा लोग भी मेरे पीछे दौड़ लिये, जो आराम से बैठकर फोई घास की कचौड़ी खा रहे थे और शैंपेन का मजा ले रहे थे। उस क्लब में मेरा वह आखिरी शो था।

इतने बढ़िया तजरबे को लेकर मैं एक कार्निवाल साइड शो में शामिल हो गया, जहाँ ग्राहक बहुत अधिक चीं-चपड़ करनेवाले नहीं थे। जब तक मेरा गला पूरी तरह अभ्यस्त नहीं हो गया, मुझे दो-चार और दुर्घटनाओं से गुजरना पड़ा। कुछ सप्ताहों के सफर के बाद मैं अपने खेल-प्रदर्शन में इतना माहिर हो गया कि मैं एक ही शाम में छह बार पूरा करतब दिखा सकता था और कभी एक हिचकी भी नहीं लेता।

तलवारों को हलक के नीचे उतारने का अभ्यस्त हो जाने पर मैंने आरी, संगीन और बड़ी-बड़ी कैंची जैसी विशेष चीजों को आजमाया। इन उपकरणों को निगलना तलवार निगलने से ज्यादा मुश्किल नहीं है; लेकिन वे तलवार की अपेक्षा अधिक खतरनाक हैं। तलवार निगलनेवाला जिस चीज का भी इस्तेमाल करता है उसपर निकिल का मुलम्मा चढ़ा होना जरूरी है, ताकि उसकी सतह चिकनी रहे—उसके किनारे बाहर निकले नहीं होने चाहिए, अन्यथा पेट का अस्तर चिरने का खतरा हो सकता है। निकिल चढ़ाने से आरी के दाँते कुंद तो हो जाते हैं, लेकिन फिर भी उनमें जोखिम रहता है। मुझे हमेशा सावधानी बरतनी पड़ती थी कि जब मैं आरी को बाहर खींचूँ, तब उसके दाँत मेरे गले के परदों से रगड़ न खाएँ।

काफी समय तक मुझे दराँती को निगलने का उपाय नहीं सूझा। इसके टेढ़े हिस्से को मैं गले में आधे रास्ते तक तो नीचे उतार देता था, लेकिन उसके आगे और नीचे धकेलने का कोई तरीका समझ नहीं आता था। अंततः मैंने अपने शरीर को इस प्रकार तिरछा करना सीखा, जिससे कि उसकी गोलाई के लिए जगह बन जाए। लेकिन इस आसान सी युक्ति के बारे में सोचने में मुझे बहुत समय लग गया, क्योंकि तलवार निगलने का मूल सिद्धांत यह है कि अपना शरीर हमेशा कड़ा रखें।

संगीन और बड़ी कैंची को निगलना ऐसा ही था, जैसे एक बहुत मोटी तलवार निगलना।

खुले में प्रदर्शन करते हुए जब तक मुझे कुछ सप्ताह बीते, मेरा गला इतना चौड़ा हो चुका था कि मैं एक ही समय में तीन तलवारें निगल सकता था। इस पेशे में कुछ लोग हैं, जो एक साथ सोलह तलवारें निगल सकते हैं। तलवारों के हत्थे एक-दूसरे की रुकावट न बनें, इसलिए उन्हें विशेष प्रकार से बनाया जाता है। प्रत्येक फल का ऊपरी हिस्सा कुछ भिन्न कोण में आगे से टेढ़ा रखा जाता है, ताकि जब सभी तलवारें खेल दिखानेवाले के मुँह के अंदर हों, उनकी मूठों का एक पूरा पंखा जैसा बन जाए और वे एक-दूसरे में इस तरह फिट हो जाएँ, जिस तरह डिब्बे के अंदर डिब्बा घुसा होता है अथवा जिस तरह चीनिया डिब्बियों का एक घोंसला-सा बन जाता है। मेरी अपनी विशेषता यह थी कि मैं दो फीट लंबा कॉर्क-पेंच निगल लेता था। मैंने एक विशेष तरह का कॉर्क-पेंच बनवाया था और उसे हलक के नीचे उतारने का अभ्यास करने में मुझे दो माह से अधिक समय लग गया। जब मैंने इस चीज को निगला, पेंच की चूड़ियों ने मेरे टेंटुए (कंठ) को इस तरह चारों ओर नचाया, जैसे कोई पिस्सू गरम तवे पर उछलता है। इसके कारण एक बहुत ही असाधारण प्रभाव उत्पन्न होता था।

तलवार निगलने का प्रदर्शन करने के लिए वे लोग हमेशा एक बड़ी समस्या बन जाते हैं, जिन्हें उसको चिढ़ाने-खिलाने में मजा आता है। आप किसी भी रेस्तराँ में जाएँ, वहाँ किसी-न-किसी ऐसे समझदार आदमी की नजर आप पर पड़ ही जाएगी, जिसने आपका तमाशा देखा है। वह कसाई की छुरी से लेकर दराँती तक कुछ भी उठाकर आपके पास दौड़ा चला आएगा और आपको चुनौती देगा कि उसे खाकर दिखाओ। मैं एक व्यक्ति को जानता था, जिसने एक रेस्तराँ के अंदर ऐसे ही किसी चिढ़ानेवाले व्यक्ति के सामने यह साबित करने के लिए एक साधारण चाकू निगल लिया कि उसे किसी विशेष उपकरण की जरूरत नहीं है। चाकू उसकी उँगलियों से फिसल गया और चूँकि उसमें कोई मूठ नहीं थी, वह चाकू सीधा उसके पेट में उतर गया। इससे पहले कि डॉक्टर उसका पेट खोलकर चाकू बाहर निकालते, वह अस्पताल में मर गया।

चिढ़ाने-खिलानेवालों ने सामान्य तथा समाचार-पत्र के एक रविवारीय परिशिष्ट में छपा एक लेख पढ़ा होता है, जो तलवार निगलने के करतब का 'पर्दाफाश' करता है। इन लेखों में आमतौर पर यह दावा किया जाता है कि तलवारें अपनी मूठों के अंदर धँस जाती हैं। नाटक कंपनियों को साज-सामान सप्लाई करनेवाली कुछ

कंपनियाँ सिमटवाँ तलवारें बनाती हैं, लेकिन कोई पेशेवर कभी उनका प्रयोग नहीं करेगा। नकली तलवारों का इस्तेमाल नाटक मंडलियों द्वारा किया जाता है, जो पुराने भावोत्तेजक नाटक पेश करती हैं। तीसरे अंक में कहीं एक दृश्य अवश्य होता है, जहाँ नायक और खलनायक तलवारों से युद्ध करते हैं और खलनायक उसे, अर्थात् तलवार के वार पक्वाशय (स्वीटब्रेड) के अंदर ले लेता है। उस दृश्य के लिए नायक को एक मुड़वाँ तलवार का प्रयोग करना होता है या फिर खलनायक नहीं होने चाहिए। लेकिन उस तलवार का इस्तेमाल मंच पर ही किया जा सकता है। तलवार के ब्लेड पर धँसनेवाले जोड़ 20 फीट से कम दूरी पर बैठे दर्शकों को साफ दिखाई दे सकते हैं। कार्निवाल में प्रदर्शन के दौरान दर्शकगण आपके एकदम करीब बैठे होते हैं और आप उन्हें धोखे में नहीं रख सकते।

तलवार निगलने की सच्चाई की जाँच करनेवाले डॉक्टर अकसर यह मानने से इनकार कर देते हैं कि तलवार निगलना संभव है। तलवार निगलने का खेल दिखानेवाला एक व्यक्ति उस समय अपनी जान से हाथ धो बैठा, जब दर्शकों के बीच बैठा एक डॉक्टर उसके करतब का भंडाफोड़ करने के लिहाज से दौड़कर गया और उसने झटके से तलवार उसके मुँह से बाहर खींच ली। एक बार एक डॉक्टर ने मेरा पूरा खेल बहुत करीब से देखा और फिर मुझसे कहा कि यह असंभव है। उस डॉक्टर ने आँख मिचकाते हुए कहा, 'तुम मुझे मूर्ख नहीं बना सकते। मैंने देखा है कि पेट खाली करने के लिए रबड़ की लचीली नली हलक के नीचे उतारने की कोशिश करते समय किसी मरीज को कितनी अधिक तकलीफ होती है। फिर कोई सीधी तलवार कैसे निगल सकता है? यह नामुमकिन है।'

मुझे यह देखकर हमेशा अचंभा होता है कि उपचार करनेवाले डॉक्टर-वैद्य इतने संशयी होते हैं। डॉक्टरों द्वारा बच्चों के पेट से छोटी-छोटी चीजें बाहर निकालने के लिए एक सीधी अंदर से खाली इस्पात नली का प्रयोग किया जाता है और अतिरिक्त खेल-तमाशे (साइड शो) की परंपरा के अनुसार इस उपकरण का आविष्कार एक ऐसे डॉक्टर ने किया था जिसने तलवार पेट में डालने का करतब दिखानेवालों द्वारा प्रयुक्त तकनीक का अध्ययन किया था।

तलवार लीलनेवाले संशयशील लोगों को यह विश्वास दिलाने के लिए सभी प्रकार के दाँव-पेंच अपनाते हैं कि तलवार असली है। मैं एक ऐसे अदाकार को जानता था, जो एक दीप्तिवीक्षक यंत्र (फ्लूरोस्कोप) चारों तरफ घुमा देता था, ताकि दर्शकगण तलवारों को उसके शरीर के अंदर जाते हुए देख सकें। एक और व्यक्ति था, जो दर्शकों को स्टेज पर बुला लेता था और उनका हाथ अपने पेट पर दबाता

था, ताकि वे महसूस कर सकें कि तलवार उसके अंदर है। मेरे लिए ऐसा करना बहुत खतरनाक था। अगर कोई बहुत जोर से दबा देता तो तलवार का फल अदाकार का पेट फाड़कर बाहर आ सकता था।

मैंने खिझानेवालों से निपटने का एक नायाब तरीका खोज लिया। मेरी सभी तलवारों की नोंक पैनी थी। आप पैने किनारों की कोई तलवार नहीं निगल सकते। क्योंकि तलवार का ब्लेड जब अंदर जाता है तो वह आपके गले की बगलों को पीछे धकेलता हुआ नीचे जाता है। लेकिन अगर आपकी तलवार इतनी लंबी न हो कि आपके पेट के गड्ढे तक पहुँच सके तो उसकी नोक एक कटारी जितनी पैनी हो सकती है। मैं अपना खेल दिखाने के बाद एक तलवार गुल-गपाड़ा करनेवालों पर फेंक देता था। अगर यह उन चिढ़ानेवालों को नहीं लगी (कभी नहीं लगती थी) तो यह जमीन में आधी धँस जाती थी—मूठ तक।

यह देखकर उन्हें यकीन करना ही पड़ता। इससे भी ज्यादा असर तब पड़ता, जब वे तलवार लगने से बाल-बाल बच जाते।

कुछ महीनों तक जगह-जगह खेल दिखाने के बाद मुझे एहसास हुआ कि तलवार-निगलक के रूप में ख्याति हासिल करने के लिए मुझे जलती हुई निऑन ट्यूब निगलना सीखना होगा। यह एक नाटकीय करतब है और शायद सभी पेशों में सबसे ज्यादा खतरनाक भी है। ट्यूबें तलवारों से अधिक मोटी होती हैं और नाजुक भी होती हैं। हमेशा यह डर बना रहता है कि कोई ट्यूब आपके अंदर टूट न जाए! ट्यूब आपके जिस्म में से इस तरह चमकती है, जैसे इंद्रजाल में कोई मोमबत्ती! और उसका प्रभाव अनूठा होता है, जो कुछ लोगों को बहुत आकर्षक लगता है। मैंने दो ट्यूबों का प्रयोग किया—एक हरी और एक लाल, ताकि जब ट्यूबें नीचे जाएँ तो दर्शक रंगों के प्रभाव का भी मजा ले सकें।

कई अदाकार निऑन ट्यूब निगलते हुए जान गँवा चुके हैं। अगर ट्यूब आपके अंदर ही टूट जाए तो टूटे टुकड़ों को दुबारा बाहर निकालना असंभव है। जब तक आप अस्पताल पहुँचेंगे, उससे पहले ही ट्यूब के काँटेदार किनारे उदर के अस्तर को काट डालेंगे और फिर आप उदरावरण-शोथ (आँतों की झिल्ली की सूजन) से भर जाएँगे। इसके अलावा आपको इलेक्ट्रिकल फिटिंग्स के बारे में भी बहुत सावधानी बरतनी होती है, अन्यथा आपको शॉक लग सकता है, जब ट्यूब नीचे जाती है। शॉक से असल में कोई नुकसान नहीं होता है, लेकिन आप कूदने अवश्य लग जाते हैं। तलवार निगलने के साथ उछल-कूद बिलकुल नहीं हो सकती।

उस समय मैं मरते-मरते बचा, जब मैं एक लॉज के हॉल में निऑन ट्यूब निगलने का प्रदर्शन कर रहा था। ट्यूबों का इस्तेमाल करते हुए मैं हमेशा कमर तक नंगा रहता था, ताकि दर्शकगण मेरे जिस्म से चमकते प्रकाश को देख सकें। कमरे में बाकी सभी बत्तियों को बुझा दिया गया था और जो भी रोशनी आ रही थी, मुझसे आ रही थी। ट्यूबें साधारण घरेलू करंट से धीरे-धीरे नहीं जलेंगी, इसलिए मैंने उन्हें एक पोर्टेबल ट्रांसफार्मर से जोड़ दिया था। मैंने पहली ट्यूब निगली और मेरे सहायक ने स्विच ट्रांसफार्मर पर फेंक दिया। एक संतुलित एक समान चमक देने के बजाय मेरे शरीर ने रह-रहकर कौंध फेंकना शुरू कर दिया। फिर मेरी हड्डियों में भिन्नाहट शुरू हो गई। पूरी ट्यूब इतनी बुरी तरह काँपने लगी कि मेरे लिए उसे पकड़े रखना मुश्किल हो गया और इस बात की पूरी आशंका थी कि ट्यूब किसी भी क्षण फट सकती है।

मुझे बाद में बताया गया कि मेरी हालत देखकर लॉञ्ज के सदस्यों को बहुत चिंता हो गई थी।

मैंने ट्यूब को एक झटके के साथ इतनी तेजी से बाहर खींचा कि उसके दो टुकड़े हो गए। निचला हिस्सा मेरे हलक में ही रह गया। मैंने जल्दी से दो उँगलियाँ गले में डालीं और किसी तरह टूटे हिस्से का ऊपरी सिरा पकड़ में आ गया। बड़ी सावधानी से मैंने उसे बाहर निकाला और फिर मैंने अपने सहायक को दूसरी ट्यूब तैयार रखने के लिए कहा, ताकि मैं अपना प्रदर्शन जारी रख सकूँ। मैंने इस बार एहतियात बरतते हुए उस ट्यूब को निगलने से पहले 'ऑन' कर दिया। तत्काल पाँच वोल्ट की छोटी-छोटी गेंदों ने उसके अंदर कूदना शुरू कर दिया, ट्यूब एक स्वरित्र (ट्यूनिंग फॉर्क) की तरह कँपकँपायी और रोशनी रह-रहकर जलने-बुझने लगी—एक जीवंत विद्युत् संकेत की तरह।

स्पष्टीकरण बहुत आसान था। लॉञ्ज हॉल में ए.सी. करंट के बजाय डी. सी. करंट देनेवाले तार थे और मेरे ट्रांसफार्मर के साथ वही धोखा हुआ। करंट में बदलाव अपने आपमें खतरनाक था या नहीं, मैं नहीं कह सकता; लेकिन उस अचानक झटके ने मुझे मार ही डाला था।

कॉर्निवाल में मुझे 'किंग ऑफ स्वॉर्ड' अर्थात् 'तलवार सम्राट्' का खिताब दिया गया, क्योंकि मैंने यही करतब दिखानेवाले किसी भी अन्य व्यक्ति की अपेक्षा अधिक लंबी तलवार (26 इंची तलवार) निगलने का कीर्तिमान स्थापित किया था। एक लंबी तलवार निगलने के लिए किसी विशेष कौशल की आवश्यकता नहीं होती है। एक ऊँचे कद का आदमी एक छोटे कद के आदमी के मुकाबले अधिक लंबी

तलवार निगल सकता है, और चूँकि मेरी लंबाई 6 फीट से कई इंच ऊपर थी, उस समय मैं इस खेल में सबसे ऊँचे कदवाला आदमी था। 'तलवार सम्राट्' के रूप में अपना खिताब बचाने के लिए मुझे केवल एक बार चुनौती दी गई थी, लेकिन वह एक ऐसा अनुभव था जिसे मैं कभी भुला नहीं सकूँगा।

एक दिन तीसरे पहर क्रिन्को नाम का बूढ़ा, पूर्व भारतीय फकीर, जो हमारे साइड शो का संचालक था, मेरे रहने के छोटे से तंबू के पास आया और उसने मुझे बताया कि उसने प्रचार का एक ऐसा चक्कर चलाया है, जो मुझे मशहूर बना देगा। पास के एक शहर में एक फिल्म चल रही थी, जिसमें एक तलवार निगलनेवाले की बड़ी भूमिका थी। यह खिलाड़ी पूरब का निवासी था, जो खुद को मोहम्मद अली कहता था और मेरी तरह उसे भी 'किंग ऑफ स्वार्ड' अर्थात् 'तलवार सम्राट्' घोषित किया जा रहा था। फिल्म के सिलसिले में मोहम्मद खुद वहाँ आने वाला था। मैंने क्रिन्को से पूछा कि क्या मोहम्मद बढ़िया अदाकार है?

'मेरे बच्चे, तुम्हारे मुकाबले में वह कुछ भी नहीं है।' क्रिन्को ने मुझे आश्वस्त किया, 'बेशक वह कुछ छोटे-मोटे असाधारण करतब कर लेता है। अपना सामान्य प्रदर्शन करते हुए वह टीन के धारवाली तलवार निगल जाता है और फिर वह खुद को चारों तरफ तब तक मरोड़ता है, जब तक उसके अंदर गई तलवार मुड़ नहीं जाती है। तत्पश्चात् वह अपने पेट की मांसपेशियों को सिकोड़कर तलवार को पुनः सीधा करता है, ताकि उसे बाहर निकाल सके। एक और खेल, जो वह दिखाता है उसमें वह एक राइफल के कुंदे पर सवार तलवार का कुछ हिस्सा हलक में ले जाता है। फिर वह गोली दागता है और धक्का लगने से बाकी तलवार भी उसके अंदर चली जाती है। मैं समझता हूँ, वह लाल-तप्त तलवारें भी निगल जाता है। लेकिन मुझे यकीन है कि मैंने जो मुकाबला रखा है, उसमें तुम मोहम्मद को हरा सकते हो।'

'मुकाबला?' मैंने भय खाते हुए पूछा। हमारे खेल को बिगाड़नेवाला बहुधा मुझे 'वर्ल्ड चैंपियन स्वॉर्ड स्वेंलोअर' कहकर पुकारता था और यह सुन-सुनकर मैं भी खुद को वैसा ही समझने लगा था। लेकिन इस मोहम्मद अली के बारे में सुनकर हाँफते हुए मैं इतना ही कह सका, 'क्या मतलब है आपका··· मुकाबला?'

क्रिन्को ने ढाँढ़स दिलाते हुए कहा, 'तुम्हें जरा भी फिक्र करने की जरूरत नहीं है, मेरे बच्चे! मैंने सारा इंतजाम कर लिया है। मैंने थिएटर प्रबंधक से बात की थी और उसने अली तथा तुम्हारे बीच विश्व चैंपियनशिप के लिए तलवार खाने का मुकाबला रखना मंजूर कर लिया है। विजेता को एक रकम मिलेगी, जिसमें से कुछ प्रतिशत मेरा कमीशन होगा। जीतने के बाद तुम बहुत मशहूर हो जाओगे।'

'मान लो, मैं नहीं जीत पाया तो?' मैंने सवाल किया।

'तुम जरूर जीतोगे। यह अली कद में तुमसे छोटा है। तुम अधिक लंबी तलवार निगल सकते हो। थिएटर मैनेजर मुकाबले को परखने और उसमें फैसला देने के लिए कुछ प्रतिष्ठित स्थानीय व्यापारिक व्यक्तियों को बुलाएगा। संयोगवश उनमें से कोई भी एक पेशेवर तलवार-निगलक नहीं है। मैंने कई निर्णायकों से बात की है और उन्हें स्पष्ट कर दिया है कि ऐसे मुकाबले में आप सिर्फ इस आधार पर निर्णय दे सकते हैं कि दोनों में से कौन कितनी लंबी तलवार हलक के नीचे उतार सकता है।'

यह मुकाबला स्थानीय सिनेमाघर में होना था। जब मैं अपने साज-सामान के साथ पहुँचा, फिल्म अभी चल रही थी और क्रिन्को मुझे स्टेज के दरवाजे के पास मिला।

'वह बैग में है।' उसने मुझे आश्वस्त किया। 'अली को यह सनक सवार है कि वह तुमसे कुछ इंच छोटा होने पर भी सबसे लंबी तलवार निगल सकता है। तुम दोनों को पहले कुछ पैंतरेबाजी करनी होगी और फिर अपनी-अपनी सबसे लंबी तलवार निगलनी होगी। मुकाबले का फैसला इसी आधार पर होगा।'

मोहम्मद छरहरे बदन का काला, तीखे नैन-नक्शवाला आदमी था और उसने कुछ मैली-सी पगड़ी तथा बिजनेस सूट पहन रखा था। उसने दर्शकों को सिर झुकाकर सलाम किया और मुसकराया तथा तत्क्षण मेरे प्रशंसकों के जमावड़े ने सीटी बजाना तथा गालियों की बौछार करना शुरू कर दिया। जाहिर था कि क्रिन्को ने अपने भाड़े के टट्टुओं को गुल-गपाड़ा करने के लिए कह रखा था, ताकि वह विदेशी घबरा जाए, उसका गला सख्त हो जाए और वह मुकाबले से भाग खड़ा हो। किंतु मोहम्मद अली ने समझा कि अमरीकियों का स्वागत करने का शायद यही तरीका है; इसीलिए उसने शोरगुल करनेवालों के आगे सिर झुकाकर मुसकान बिखेरी।

मुकाबला शुरू करने के लिए वह एक बहुत ही सजावटी मेज लाया था। उसपर सबसे ऊपर एक तलवार थी, जो दोनों ओर से धातु के स्तंभों के बीच सीधी खड़ी थी। तलवार के पीछे एक जलती हुई मशाल थी, जिसकी लाल लपलपाती हुई लौ सीधी तलवार की धार पर पड़ रही थी। मोहम्मद ने कागज के एक-दो टुकड़े तलवार की धार से लगाए, जो तुरंत जलने लगे। यह दिखाने के बाद कि तलवार वाकई तप रही है, वह कुछ क्षणों के लिए चुपके से स्टेज छोड़कर चला गया। कुछ ही समय बाद वह अजीब तरह से अकड़कर चलते हुए वापस आया। उसने मूठ पकड़कर तलवार उठाई और शांति से उस तपती तलवार को निगल गया।

वह एक मिनट तक खड़ा रहा और उसके मुँह से भाप की फूँक निकलती रही। फिर उसने तलवार निकाल ली। दर्शकों का नमस्कार लिये बिना ही वह फिर स्टेज छोड़कर चला गया; लेकिन एक ही मिनट में लौट आया—प्रशंसा के बदले धन्यवाद प्रकट करने के लिए।

मुझे पता था, मोहम्मद ने क्या किया होगा, हालाँकि ऐसे किसी करतब के बारे में मैंने पहले कभी नहीं सुना था। जब वह पहली बार स्टेज छोड़कर गया, उसने एस्बेस्टस की बनी म्यान निगल ली थी। फिर वह वापस आया और तलवार उस म्यान में सरका दी। तत्पश्चात् उसे एक बार फिर स्टेज से बाहर जाना पड़ा—उस म्यान को निकालने के लिए। यह एक उल्लेखनीय करतब था, लेकिन दर्शकों को शायद एहसास हो गया था कि उन्हें छला गया है। म्यान की मौजूदगी को गुप्त रखना जरूरी था और जब म्यान आपके अंदर हो तो उस हालत में स्वाभाविक रूप में चलना मुश्किल होता है। मोहम्मद ने एक शानदार खेल को चमत्कार में बदलने की कोशिश करने के बजाय अगर खुले रूप से सबकुछ किया होता तो बेहतर होता।

मैंने अपना विशाल कॉर्क-पेंच निगलने की तैयारी की, लेकिन उससे पहले दर्शकों को बताना उचित समझा कि मोहम्मद की तलवार के विपरीत कॉर्क-पेंच के साथ ऐसी कोई मूठ नहीं है जिसमें वह धँस सके। जान-बूझकर मैंने यह भी कहा कि अपना खेल दिखाने से पहले मुझे स्टेज छोड़कर जाने की जरूरत नहीं है। मैंने देखा कि मेरे इस कथन का निर्णायकों पर प्रभाव पड़ा है, हालाँकि उन्हें इस बात का कतई इल्म नहीं था कि मोहम्मद ने अपने करतब में क्या छलावा किया है। जब कॉर्क पेंच की चूड़ियाँ मेरे कंठ से टकराईं, मेरा गला एक गाँठ में बँधने के लिए तैयार हो गया। सामने बैठी कई औरतें तो लगता था, मूर्च्छित होने वाली हैं और उसका हौसला बढ़ानेवालों का गला भर्राने लगा। हालाँकि मोहम्मद ने कहीं अधिक मुश्किल करतब किया था, फिर भी कौतुक कला में मेरा पलड़ा भारी था।

मोहम्मद को म्यान निगलने में महारत हासिल थी। अपने अगले प्रदर्शन के लिए वह एक मोटी वस्तु लेकर आया, जिसे उसने एक साधारण हथियार के रूप में पेश करने की कोशिश की, लेकिन जो वास्तव में म्यान में पड़ी एक तलवार थी। म्यान धातु की थी, जिस पर ऐलुमिनियम का पेंट था। मोहम्मद ने तलवार व म्यान दोनों को निगल लिया और फिर तलवार बाहर खींच ली, म्यान अपने अंदर ही रहने दी। तलवार लंबाई में सचमुच म्यान से कई इंच छोटी थी। मैं जब इसके बारे में संदेहपूर्ण था, मोहम्मद का हाथ म्यान के खुले मुँह में पहुँच गया और उसने मुट्ठी भर कागजी फूल पेश कर दिए। फिर उसने रेशम का एक बड़ा सा अमरीकी झंडा

बाहर निकाला और वह उसे खोलकर पकड़े रहा, जबकि ऑर्केस्ट्रा सितारों भरे ध्वज में चमक भरने लगा।

निस्संदेह यह उसका सर्वाधिक प्रभावशाली कृत्य था। लेकिन मोहम्मद के पिछले करतब की तरह दर्शकों को यह भी बहुत प्रभावित नहीं कर सका। दर्शक समझ नहीं पाए कि आखिर हो क्या रहा है। मोहम्मद म्यान को उगलने के लिए स्टेज छोड़कर चला गया और मैंने निऑन ट्यूब के साथ अपना नैमित्तिक करतब प्रस्तुत किया। दर्शकों में अधिकतर स्थानीय लोगों ने इससे पहले किसी को भी निऑन टयूब निगलते हुए कभी नहीं देखा था और वे मेरे प्रदर्शन से ज्यादा खुश थे। मोहम्मद का वह कमाल उन्हें उतना प्रभावित नहीं कर पाया, जिसमें उसने 'जादू' का तड़का लगाया था।

अब तक अंकों के हिसाब से मैं उससे आगे था। अब हमें देखना था कि सबसे लंबी तलवार कौन निगल सकता है। यहाँ मुझे यकीन था कि मेरा पलड़ा भारी है।

मैंने अपनी 26 इंची तलवार चुनी और दृढ़ता के साथ यह देखने का इंतजार किया कि मोहम्मद के तरकस में कौन सा तीर है।

मुझे आश्चर्य हुआ यह देखकर कि वह ऐसी तलवार लेकर वापस आया जिसकी धार मेरी तलवार की धार से तीन इंच अधिक लंबी थी। मुझे पूरा भरोसा था कि यह उसे नहीं निगल सकेगा। उसके पास एकमात्र उपाय यह था कि तलवार की धार पर वह अपने होंठों को जितना ऊपर तक ले जा सके, ले जाए, ताकि देखने में लगे कि तलवार मुँह के अंदर है। मैंने अपनी तलवार निगली और उसकी मूठ मेरे दाँतों पर आकर टिक गई। अब मैं मोहम्मद की प्रतीक्षा करने लगा।

मोहम्मद ने दर्शकों को सिर झुकाकर सलाम किया और अपने परंपरागत हाव-भाव में आकर वह तलवार को ठीक मूठ तक निगल गया। मुझे अपनी आँखों पर भरोसा नहीं हुआ। क्रिन्को तत्क्षण स्टेज पर कूद पड़ा और उसे 'धोखा-बेईमानी' कहकर चिल्लाने लगा।

'वह तलवार अवश्य मूठ के अंदर सिमट गई होगी!' वह चिल्लाया।

जब मोहम्मद की समझ में आया कि समस्या क्या है, उसने खुशी से अपने करतब के बारे में सबकुछ बता दिया। मुकाबले से पहले उसने एक भारी धातु खाई थी। उसके बोझ से उसका पेट कुछ इंच नीचे हो गया और जीत के लिए जगह बन गई।

क्रिन्को ने और भी जोर से चिल्लाकर उसे एक धोखा बताया। समर्थकों ने

उसका साथ दिया। थिएटर और मैनेजर ने व्यवस्था बहाल करने की कोशिश की, जबकि उलझन में पड़े निर्णायकों ने चिंता जताते हुए आपस में बातचीत की। अंत में उन्होंने मोहम्मद को विजेता घोषित कर दिया। फैसला हो गया। मैंने अपना साज-सामान उठाया और दौड़ गया, जबकि गुस्साए समर्थकों ने उपद्रव मचा दिया।

मुझे दु:ख था कि निर्णायकों ने मेरे हक में फैसला नहीं किया, लेकिन एक बड़ी दिलासा वाली बात भी थी। मोहम्मद अली और मैंने तलवार निगलने की कला का सबसे बड़ा प्रदर्शन किया था। इतना बड़ा करतब वहाँ रहनेवालों को फिर कभी देखना नसीब नहीं होगा। जिस किसी ने भी हमारा कमाल देखा, उसे कतई यह संदेह नहीं रहा कि तलवार निगलना एक वास्तविक कला है।

अगले दिन, उन निर्णायकों में से एक अपने परिवार के साथ हमारा खेल देखने के लिए आया। उसने मुझसे अकेले में बात की।

'तुमने और उस दूसरे कलाकार ने जो खेल दिखाया, बहुत बढ़िया था।' उसने कहा, 'लेकिन तुम मुझे बेवकूफ नहीं बना सके। मुझे पता है, तुमने उन तलवारों को कभी हलक में नहीं उतारा। वे हत्थों के अंदर सिमट जाती हैं।'

और तभी मैंने तलवार निगलने के पेशे से संन्यास लेने का फैसला कर लिया। □

ब्रिटेन के एक युद्ध संवाददाता द्वारा उन चार सैनिकों की कठिन परीक्षा का वर्णन, जिन्हें आजाद होने की चेष्टा में लीबिया का रेगिस्तान पैदल पार करना पड़ता है, भोजन या पानी के बिना।

चार आदमी, सामने रेगिस्तान

✍ ए.पी. लुस्कोंब ह्वाइट

सन् 1941 के ग्रीष्मकाल अवसान और शरत्काल के दौरान हमारे सैनिक अपनी मरजी से रेगिस्तान में गश्त लगाते रहते थे। हमने मरुस्थल के एक बड़े हिस्से पर अधिकार कर लिया था, जो मुख्यतः वीरान था, और इटली या जर्मनी की सैनिक टुकड़ियाँ इस विवादास्पद अधिकार पर कभी आपत्ति नहीं करती थीं।

इन गश्तों में आक्रामक तेवर दिखानेवाले ब्रिटिश सैनिक हैं। लंदन के एक समाचार-पत्र संवाददाता ने 1941 के शरत् काल में लिखा—'शत्रु द्वारा जो थोड़ी-बहुत गश्त होती है, उसकी जिम्मेदारी केवल रॉमेल के अफ्रीका कोर को सौंपी जाती है, इतालवी सैन्य दल को नहीं। रेगिस्तान हमारा है, जितना भी हम चाहें। शत्रु गश्त लगाता है और अधिकतर उत्तरी क्षेत्र तक ही सीमित रहता है तथा जब कभी उनका सामना लीबिया में दूर तक जाती हमारी गाड़ियों से हो जाता है तो वे कतराकर तेजी से भाग जाते हैं।

लेकिन एक समय था, जब स्थिति बहुत भिन्न थी।

इतालवी सेना के पास साज-सामान की कमी नहीं थी। बहुत से उपकरणों की तो अभी तक परख भी नहीं हुई थी और न ही सैनिकों के मनोबल की परीक्षा ली गई थी।

हमारी छोटी सी सैन्य टुकड़ी, जिसे संकट में पड़े ब्रिटेन ने बड़े जोखिम के

बावजूद इस कार्य के लिए अलग किया था, पूरी ताकत के साथ गश्त नहीं लगा सकती थी। फिर भी वे साहस के साथ टोह लेने के लिए शत्रु के रेतीले इलाके में दूर तक जाने का खतरा मोल लेते—भली-भाँति यह जानते हुए कि शत्रु के साथ यदि कोई भिड़ंत होती है तो बहुत भारी पड़ सकती है, क्योंकि वह टक्कर बराबर की नहीं होगी, मुट्ठी भर सैनिकों के सामने विशाल सेना होगी।

इस अध्याय में जो कहानी मैं कहने जा रहा हूँ, वह किसी ऐसी गश्त की कहानी नहीं है बल्कि उसके बाद के परिणाम का वृत्तांत है। यह किस्सा उन चार बहादुर इनसानों का है, जिन्होंने मीलों तक रेगिस्तान का सफर तय किया। लेकिन यह सफर उन्होंने जलकर नष्ट हुई अपनी बख्तरबंद गाड़ी पीछे छोड़कर पैदल तय किया। यह मौत के मुँह से बच निकलने की एक अत्यंत प्रेरक कहानी है, जो युद्ध से संबंध रखती है।

इस कहानी के चार हीरो हैं—तीन जो बच गए और एक वह, जिसकी कब्र अफ्रीका में रेगिस्तान के एक सबसे सुनसान इलाके के रेत के नीचे दबी पड़ी है। पहले तीन इस प्रकार हैं—घुड़सवार सैनिक रोनाल्ड मूर, न्यूजीलैंड से; सामान्य सैनिक अल्फ्रेड तिघे, मैनचेस्टर से और संतरी अलेक्जेंडर विंचेस्टर ग्लासगो से। चौथा आदमी था एडिनबर्ग से संतरी जॉन ईस्टन।

ये चारों आदमी, जिनके साथ एक या दो और थे, हमारे उन चार बख्तरबंद ट्रकों में से एक के कर्मीदल का हिस्सा थे, जिन ट्रकों को कई अन्य ट्रकों के साथ दक्षिण-पूर्व लीबिया के लगभग निर्जन इलाके के काफी अंदर विशेष गश्त पर भेजा गया था। यहाँ सामान्य परिस्थितियों में आप अंतहीन रेत पर कई दिनों तक गाड़ी चलाए चले जा सकते हैं। और यदा-कदा किसी मँडराते बाज के सिवा कोई जीवित प्राणी नजर नहीं आएगा। वहाँ कुछ भी तो नहीं है—न वनस्पति, न पानी। सिर्फ युद्ध के समय इस विशाल क्षेत्र की कीमत हो जाती है—समस्या या संकट की दृष्टि से। इसे दोनों में से कोई भी लीबिया या मिस्र में प्रवेश करने के लिए 'पिछला दरवाजा' बना सकता है।

हमारा छोटा सा गश्ती दल उस समय इस क्षेत्र में दूर तक चला गया था, जब एक अधिक शक्तिशाली इतालवी गश्त से उसकी टक्कर हुई। भागने का कोई सवाल नहीं था और लड़ाई शुरू हो गई। दोनों तरफ के सैन्य दल रेत पर 40 मील प्रति घंटा की रफ्तार से गरजते और गोलीबारी करते एक-दूसरे पर धावा बोल रहे थे। लड़ाई के दौरान ब्रिटिश सेना का एक ट्रक दूसरों से अलग हो गया और इटली की कई बख्तरबंद गाड़ियों ने उसे गोलियों से छलनी कर डाला। ब्रिटेन के तोपचियों

ने इस गोलीबारी का जबरदस्त जवाब दिया, लेकिन कई तरफ से आती गोलियों ने उनके ट्रक को अंदर तक छेद दिया और कुछ मिनट के इस घोर भीषण युद्ध के बाद वह ट्रक अचानक आग की लपटों में धधककर जल उठा।

चालक रुक गया और कर्मीदल बाहर कूद गया। इतालवी कारें मुड़ गईं और मुख्य लड़ाई में शामिल होने के लिए दौड़ लगाने लगीं, क्योंकि उन्हें यकीन था कि कूदकर भागे लोगों को वे पकड़ लेंगे। वे कुछ देर खामोशी से खड़े भाग रहे कदमों की चरचराहट सुनते रहे, फिर एक ने कहा, 'अब क्या ? क्या हम उनके हाथों पड़ जाएँ, जो हमें खोज रहे हैं—या घर की तरफ चल पड़ें ?' उन्होंने एक-दूसरे की ओर देखा और फिर एक ने कहा, 'जब तक वे चले नहीं जाते, हमें उन चट्टानों के पीछे छिप जाना चाहिए।'

कर्मीदल के चार सदस्य सहमत हो गए। दूसरे जो घायल थे, रेगिस्तान पर चलकर अधिक दूर नहीं जा सकते थे, इसलिए पीछे ठहर गए और पकड़े जाने का इंतजार करते रहे; जबकि वे चारों मूर, तिघे, विंचेस्टर और ईस्टन—दूरी पर दिख रही एक चट्टान तक दौड़कर गए और उसके पीछे छिप गए।

यह सचमुच ऊटपटाँग काम था, मूर्खतापूर्ण! लेकिन कितनी बहादुरी भरी मूर्खता थी! उत्तर में छह सौ मील तक फैला वह मरुथल भूमध्य सागर तक जाता था। पूर्व में मिस्र की सीमा कम-से-कम 200 मील दूर थी। दक्षिण दिशा में फ्रांस का भूमध्यवर्ती अफ्रीका शायद 250 मील के फासले पर था। बीच में खाली रेत ही रेत थी, जिसका मानचित्र में कहीं कोई उल्लेख नहीं था। उनके पास खाने-पीने के लिए भी कुछ नहीं था। इनके बिना वे रेगिस्तान की तपती गरमी में सिर्फ एक दिन और उसकी खाली ठंडी रात में केवल दो दिन जी सकेंगे—अधिक-से-अधिक तीन दिन। ईस्टन के गले में चोट थी। मूर का पैर कई दिन पहले गोला फटने से लगी किरणों से जख्मी हो गया था। छिपे रहना और फिर 'सभ्यता' खोजने की कोशिश में पैदल चलना, उनके लिए निश्चित रूप से चलकर मौत के मुँह में जाने जैसा था। और फिर भी उन्होंने उसी रास्ते पर चलने का फैसला किया। उन्होंने सभी तर्कों के विरुद्ध यह तर्क दिया कि यदि हम दक्षिण की ओर जाएँ तो हो सकता है, हमारा सामना भूमध्यवर्ती अफ्रीका से फ्रांस के गश्ती सैन्य दल से हो जाए। और हमें पक्का भरोसा था कि रास्ते में पानी अवश्य मिलेगा। एक दिन में 30 मील चलने पर फ्रांस की सीमा तक पहुँचने में किसी भी तरह आठ दिन से अधिक नहीं लगेंगे और वहाँ उनकी गश्त अवश्य हो रही होगी।

इस प्रकार उन्होंने बहस की और तय कर लिया। इतालवी सैनिकों ने उनको

तलाशने की परवाह नहीं की। उनके लिए तो वे वैसे भी मर चुके थे। फिर क्यों परेशान होना! उन चारों आदमियों ने रात होने तक इंतजार किया और फिर वे छिपने की जगह से बाहर आ गए तथा दक्षिण दिशा में चल पड़े। उस रात की तीखी सर्दी में वे लगातार चलते रहे। अगले दिन की तपती गरमी सहते हुए भी उन्होंने चलना जारी रखा, तब कहीं उन्होंने हिसाब लगाया कि वे करीब 40 मील का फासला तय कर चुके हैं।

उस दूसरे दिन का तीसरा पहर बीतते-बीतते वे गरमी की चपेट में आ गए थे। उनके मुँह इस कदर सूख गए थे कि उन्हें बोलने में भी तकलीफ होने लगी। उनकी जीभ सूज गई और उनके मन में एक ही विचार बस गया—पानी। लेकिन वहाँ पानी नहीं था और अभी सात दिन तक चलने के लिए रेगिस्तान सामने था। हाँ, यह रास्ता कम हो सकता था, अगर कोई गश्ती दल मिल जाता!

उस शाम वे एक रेतीले टीले के ऊपर पहुँच गए और वहाँ उन्होंने इतालवी सेना की एक बख्तरबंद कार अपने आगे देखी। उसकी बंदूकें उनकी ओर निशाना साधे थीं और ऐसा लगता था, उनकी बहादुरी का सफर अब खत्म हुआ। उनके पास कोई हथियार नहीं थे और लड़ाई का कोई प्रश्न नहीं था। अपने हाथ ऊपर उठाकर वे कार की तरफ चल पड़े। वहाँ कुछ राहत का सामान अवश्य होगा। इतालवी उन्हें कुछ पानी दे देंगे। लेकिन उनका यह सोचना तब घोर निराशा में बदल गया, जब उन्हें कार में कोई सैनिक नहीं दिखा। 'दोस्तो, इस दौरे के लिए कोई पदक नहीं' उनमें से एक टर्राया।

और जाहिर है, पानी भी नहीं है। जैसे ही वे कार के समीप पहुँचे, उन्होंने देखा कि कार खाली है। कार के हर तरफ गोलियों के पुराने निशान थे और कार के नीचे रेत में खून के गहरे दाग थे। इतालवी सैनिक पहले की किसी लड़ाई में इसके अंदर मारे गए थे। चारों लोग कार पर टूट पड़े और उनमें से पहले आदमी ने बख्तरबंद गाड़ी के अंदर बूचड़खाने में खखोरना शुरू कर दिया—खाने-पीने की बची-खुची किसी चीज की तलाश में। निराश स्तब्ध वे लोग गरमी और प्यास के कारण हाँफते हुए कार की छाया में नीचे लेट गए। फिर उन्होंने दूसरी कोशिश की—'उसमें कुछ तो जरूर होना चाहिए!'

इस बार उन्हें संलनित दूध के कई खाली डिब्बे मिले, जिन पर सूखे दूध की महीन परत जमी थी और सूखी बेकार चाय की पत्ती का ढेर मिला। उन्होंने अपने नाखूनों से डिब्बों पर चिपके हुए बाकी दूध को खरोंचकर निकालने की और चाय की सूखी पत्ती चबाने की कोशिश। लेकिन हर चीज में रेत था और उनके मुँह

में लार भी नहीं बची थी। कोशिश बेकार गई।

एक घंटे बाद मूर उठा और उसने एक तीसरी कोशिश की कि शायद कुछ मिल जाए। उसने कार के अंदर से सारी टूटी-फूटी खून सनी चीजें बाहर निकाल फेंकीं। पानी के दर्जनों डिब्बे, लेकिन सभी खाली और गोलियों से छिदे हुए। फिर अचानक उसने एक चीख मारी। कार के अंदर बहुत नीचे दबा एक और टीन का डिब्बा था, जो उठाने में उसे भारी लगा। पानी···पेट्रोल से भरा हुआ! वे उसपर टूट पड़े और उसका ढक्कन उखाड़ दिया। उसके अंदर पानी था।

कितनी राहत की बात थी। मुरदे में जैसे जान पड़ गई हो! डेढ़ गैलन पानी उन चार लोगों के लिए पुनः जीवनदान बन गया, जिन्हें कुछ ही क्षण पहले प्यास के कारण मौत मँडराती नजर आ रही थी। वे बात करने लगे और उनकी हँसी लौट आई। उन्होंने चाय की सूखी रद्दी पत्ती इकट्ठा की। आग जलाकर थोड़ा सा पानी एक खुले टिन में उबाला, जिसमें पेट्रोल सनी रेत थी—और इस तरह उन्होंने रेगिस्तान में अपने लिए एक गंदी, मटमैली चाय तैयार की।

उस बुरी तरह तबाह कार में एक और खजाना मिला—मरहम-पट्टी का सामान, जिसका इस्तेमाल उन्होंने ईस्टन के गले पर और मूर के पाँव में पट्टी बाँधने के लिए किया। इसके बाद वे आराम से लेट गए और तब तक लेटे रहे, जब तक कि गरमी कम नहीं हो गई और उसके बाद उन्हें लगा कि अब चलना चाहिए। उस रात वे अँधेरे में नहीं चले। वे कमजोर और भूखे थे तथा उन्होंने सिर्फ पतले निक्कर एवं कमीजें पहनी हुई थीं और बर्फ की मानिंद ठंडा रेगिस्तान उनके अंदर तक मार कर सकता था। कुछ घंटों के बाद उन्होंने चलना बंद कर दिया और रेत में एक बड़ा सा गड्ढ़ा खोदा। फिर के एक-दूसरे से लिपटकर उसमें लेट गए और रेत से अपने बदन को ढक लिया। इस बिस्तर ने कुछ गरमी उनके अंदर बचाए रखी और उस रात वे कई घंटों तक सोए। अगले दिन सुबह होते ही वे आगे चल पड़े।

पानी उन्होंने तीन हिस्सों में बाँट लिया, लेकिन अनजाने दिनों के बारे में सोचकर वे बड़ी कंजूसी से पानी पी रहे थे। सुबह और रात को वे अपना मुँह पानी से पोंछ लेते और दो-चार चम्मच पी लेते थे। भूख अब उन्हें बुरी तरह सताने लगी थी, फिर भी उन्होंने चलते रहना जारी रखा और अपने मन को इधर-उधर भटकाते रहे, ताकि उन्हें बार-बार भूख का खयाल न आए।

अगली सुबह मूर को कुछ याद आया। बहुत दिन पहले उनका गश्ती जत्था इस रास्ते से गुजरा था। 'याद करो, जब हम सारा में रुके थे और बावर्ची ने हमें रात के भोजन में वे घटिया मूँग के दाने उबालकर दिए थे और रेत पर बैठकर हमने

उन्हें खाया था?' उसने उत्सुकता से कहा, 'शायद वे अभी भी वहाँ हैं! अभी प्लेट भर मूँग दानों से मेरा काम चल सकता है।'

इस नई उम्मीद के साथ वे चलते रहे। उन्होंने हिसाब लगाया कि सारा वहाँ से 80 या 90 मील आगे था। सिर्फ चार दिन और चलना होगा उन मूँग के दानों के लिए। रेत भारी थी और उन्हें पाँव घसीटकर चलना पड़ रहा था। अत: उन्होंने अपने बूट फेंक दिए और नंगे पाँव चलना शुरू कर दिया। बढ़ती कमजोरी के बावजूद वे 20 या 30 मील प्रतिदिन की गति से आगे बढ़ते रहे। मन में एक ही विचार समाया हुआ था कि किसी तरह मूँग दानों तक पहुँच जाएँ!

अगले चार दिन तक गरमी और सर्दी में घिसटते हुए सिर्फ इस एक ही विचार ने उन्हें आगे चलाए रखा। हालाँकि कमजोरी के कारण अब उनके घुटने काँपने लगे थे और तिघे के लिए चलना भी मुश्किल हो रहा था। और चौथे दिन शाम को लड़खड़ाते हुए वे पुराने कैंप की जगह तक पहुँच गए—मन में बड़ी उत्सुकता लिये। 'साथियो, अब दावत होगी।' उनमें से एक चिल्लाया और वे मूँग की फलियों के पौधे खोजने के लिए जोर-जोर से गड्ढा खोदने में जुट गए, ऊपर से चलती तेज हवा उन्हें रेत के थपेड़े मार रही थी। मूँग के पौधे शीघ्र उन्हें काफी सारे मिल गए—एक कठोर सूखे मिट्टी के ढेले के रूप में पकी मिट्टी जैसे लेकिन उन्होंने उसके टुकड़े कर लिये और उन्हें अपने मुँह में ठूँस लिया। सूखे ढेले जैसे मूँग के पौधे इतने नमकीन खारे थे कि उन्हें खाना मुमकिन नहीं था। पानी उनके पास इतना कम बचा था कि उन नमकीन ढेलों को चबाने व गले के नीचे उतारने के लिए प्रति व्यक्ति दो-चार चम्मच भर बचे पानी को बेकार करना पागलपन होता। चार दिनों तक भूखे-प्यासे रहकर, घिसटते-लड़खड़ाते हुए वहाँ पहुँचने पर उन्हें कुछ नहीं मिला।

थकान और निराशा तिघे के लिए बहुत भारी साबित हुई। वे चारों रोजाना की तरह एक-दूसरे से लिपटकर रेत के गड्ढे में सो गए। लेकिन अगले दिन वह उनके साथ नहीं जा सका। उसने इसे हलकेपन से लेने की चेष्टा की, 'मुझे लगता है, मैं यहीं आराम से रहूँगा, जब तक कि वे यहाँ नहीं पहुँचते और मुझे पकड़कर नहीं ले जाते। आप लोग चाहें तो जा सकते हैं, लेकिन मैं जानता हूँ, मेरे लिए यही अच्छा है।' वह समझ गया था कि उसे पीछे ठहरे रहकर मौत का इंतजार करना होगा; लेकिन कोई और विकल्प नहीं था। साथ जाने का मतलब था—उन तीनों पर बोझ बन जाना। उन्होंने उसकी पीठ थपथपाई और कहा, 'तो साथियो, भाग्य ने चाहा तो जल्दी मिलेंगे।' कोई आँसू नहीं टपका, किसी ने शाबाशी नहीं दी। फिर

वे आगे चल पड़े—तिघे को रेगिस्तान के उस खामोश वीराने में अकेल छोड़कर।

अगले कुछ दिनों और रातों तक उन्हें समय का कोई होश नहीं रहा और कुछ ऐसे निशान भी वहाँ नहीं थे, जो बता देते कि कितना फासला तय हो चुका है। बस सीधी-सपाट रेत-ही-रेत थी और कहीं-कहीं ऊँट की पीली हड्डियाँ बिखरी पड़ी थीं। ऐसा लगता था जैसे घने कोहरे के बीच से निकल रहे हों और असलियत से उतने ही दूर। उनके अपने जिस्म की ऊर्जा—जिसे करीब एक सप्ताह से भोजन रूपी ईंधन हासिल नहीं हुआ था—क्षीण होती जा रही थी। इसलिए वे सोचते कि हर बर्फीली रात उनकी आखिरी रात होगी और हर सुबह वे करीब आधा घंटा एक-दूसरे के हाथ-पाँव की मालिश करते, ताकि चलने काबिल हो सकें। फिर भी वे इस सबके बारे में मसखरी करते। 'अफ्रीका की गरमी के बारे में बात करो।' विंचेस्टर ने कहा। जनवरी में किसी भीगे रविवार के तीसरे पहर किसी भी समय मुझे ग्लासगो दे दो। लेकिन इस समय तक ईस्टन दिल्लगी करने लायक नहीं रह गया था। उसके गले का घाव उसे कष्ट दे रहा था और वह ठीक तरह चल भी नहीं पा रहा था। तिघे को जब उन्होंने सारा में छोड़ा था, उसके कई दिनों के बाद वह अंततः दरक गया। सुबह वह अपने पाँव पर खड़ा नहीं हो सका। कई बार दूसरों ने उसे खड़ा करने की कोशिश की, लेकिन हर बार वह गिर पड़ा। 'चलो, हिम्मत करो, पहले सप्ताह का सबसे खराब समय निकल गया! हम पहुँच जाएँगे।' उन्होंने उसे सँभालने की बहुत कोशिश की; लेकिन जल्दी ही वे समझ गए कि अब वह एक कदम भी नहीं चल पाएगा। फिर उन्होंने उसे रेत के गड्ढे में लिटा दिया और पानी दे दिया, जो उसने माँगा था। कुछ मिनट बाद वह मर गया।

अब केवल दो रह गए। उन्होंने अपने साथी को रेत में दफना दिया और चुपचाप आगे चल दिए। अब उन दोनों में से किसी के भी मन में कोई आशा नहीं थी, लेकिन उनकी अटूट हिम्मत उन्हें आगे चलाती रही। उनके पास नाममात्र का पानी बचा था और उन्हें पानी पीने के लिए रुकना पड़ा। उनका गला भारी घूँट भरने के लिए चीख रहा था, फिर भी उन्होंने मुँह में पानी भरने और गले को गीला करने के बाद मुँह का पानी वापस बोतल में उगल दिया। इस तरह चलते-चलते उन्होंने 50 मील का सफर और तय कर लिया।

फिर विंचेस्टर की टाँगें जवाब दे गईं। रात आने पर उसने मूर से कहा कि वह उसके लेटने के लिए रेत में गड्ढा खोद दे। दोनों ने बराबर-बराबर पानी पी लिया। मूर ने कहा, 'मैं अभी भी वहाँ पहुँच जाऊँगा। तुम्हें और तिघे को उठा लाने के लिए मैं उन्हें वापस भेज दूँगा।' और वह अकेला ही आगे चला गया।

उस रात मूर अकेला सोया। वह इतना थका हुआ था कि ठंड की उसे बिलकुल भी चिंता नहीं रही। अगले दिन, जो नौवाँ दिन था, जब से उन्होंने चलना शुरू किया था, हालाँकि उसने दिनों का हिसाब रखना छोड़ दिया था—उसे लगा कि उसका अपना समय भी करीब आ गया है। बीच-बीच में सुस्ताते हुए वह केवल एक मील तक जा सका। उस सुबह उसने क्षितिज पर दो लारियाँ देखीं और तत्क्षण उसने हिम्मत जुटाकर अपने हाथ हिलाए, ठोकर लगाकर रेत उड़ाई और चिल्लाने की कोशिश की, लेकिन वे गायब हो गईं—उसे कमजोरी एवं निराशा से काँपते हुए छोड़कर। कुछ देर बाद उसने यह मान लिया कि वे लारियाँ नहीं, बल्कि मृग-मरीचिका थीं, या उसकी अपनी कल्पना की उपज थीं। वह चलता गया।

अगले दिन मूर सिर्फ चल सकने योग्य था। उसका दिमाग उसे छलावे में डाल रहा था और कई बार चलते-चलते उसे लगा कि वह तिघे, विंचेस्टर तथा ईस्टन से बातें कर रहा है। इसी बीच सुबह उसने नजर उठाई और देखा कि एक लारी दौड़ती हुई उसी की तरफ आ रही है। लेकिन वह चलता रहा—उसपर ध्यान दिए बिना। यह सोचा कि रेगिस्तान में ट्रक कहाँ!

लेकिन तभी वहाँ आई लारी में सवार फ्रेंच सैनिक उसके साथ भद्रता से पेश आए। उन्होंने उसे बताया कि यह उसके प्रयाण का दसवाँ दिन था, कि वह 225 मील का सफर तय कर चुका है और वह फ्रेंच भूमध्यवर्ती अफ्रीका की सीमा के 25 मील के दायरे में हैं। उन्होंने उसे पीने के लिए पानी दिया—बहुत ज्यादा नहीं और थोड़ा सा खाना भी। इसके बाद वह गहरी बेहोशी में खो गया और उसे लेकर वे लोग दक्षिण में सबसे करीब चौकी की ओर चल दिए, जहाँ एक डॉक्टर मौजूद था।

बाद में जब वह घड़ी की सुई दो बार पूरी घूम जाने तक सो चुका, तब उसे अपने साथियों के बारे में जानकारी मिली। तिघे, जो सारा में रह गया था, जहाँ मूँग के पौधे थे, वास्तव में पहले तो वह एक घुमक्कड़ गश्ती दल की नजर पड़ने पर उठा लिया गया था। उसे फ्रेंच नहीं आती थी, इसलिए बहुत कोशिश करने पर भी वह अपने उन दोस्तों के बारे में नहीं बता पाया, जो दक्षिण की ओर चले गए थे। अगले दिन जब एक फ्रांसीसी को लाया गया, जो थोड़ी-बहुत अंग्रेजी जानता था, तब कहीं जाकर उन लोगों को बचाने के लिए ट्रक भेजे गए। उन्होंने विंचेस्टर को रेत में अर्ध-मूर्च्छित अवस्था में पड़ा पाया और मूर अभी तक पाँव घसीटते हुए दक्षिण दिशा में चला जा रहा था और उनसे अनेक मील दूर चला आया था।

कुछ दिनों के बाद ही वे तीनों फिर से अपनी यूनिट के साथ थे।

□

जैक बिल्बो जब बीस साल का था, उसे एक अमरीकी डाकू ने ब्रॉडवे पर लूट लिया था। करीब एक सप्ताह बाद दरिद्र अवस्था में उसकी मुलाकात फिर उसी डाकू से होती है, जो उसे खाने के लिए देता है और 'गिरोह' में शामिल होकर काम करने का प्रस्ताव उसके सामने रखता है। इस जर्मन लड़के को उनके साथ काम करते हुए अभी कुछ ही समय हुआ होगा कि उसे पता चलता है कि वह अल कैपन के विशाल संगठन का हिस्सा बन चुका है। उसकी कहानी का खुलासा तब होता है जब अल कैपन का एक लेफ्टिनेंट ओ कैनोर उसे बॉस का वैयक्तिक अंगरक्षक नियुक्त करा देता है।

अल कैपन पर घात लगाकर हमला

जैक बिल्बो

ओ कैनोर साढ़े ग्यारह बजे घर आया और उसने मुझे बुलाकर कहा, 'मैंने तुम्हारे बारे में बॉस को बता दिया है। तुम्हें उसके परीक्षाधीन अंगरक्षक (बॉडीगार्ड) के रूप में काम शुरू करना है। मुझे आशा है, सबकुछ ठीक रहेगा।'

हम आठ लोग कोनी के साथ दो कारों में गए। कोनी ने रास्ते में मुझे मेरे काम के बारे में विस्तार से समझाया।

'बॉस की सुरक्षा की जिम्मेदारी अंगरक्षक पर होती है।' उसने कहा, 'तुम्हारा काम इस धारणा पर आधारित है कि उसका जीवन हमेशा खतरे में रहता है—आम तौर पर शत्रु-गिरोहों से। लेकिन कभी-कभी पुलिस से भी उसकी जान को खतरा रहता है। इन दिनों हम पुलिस पर भी भरोसा नहीं कर सकते। अंगरक्षक दल में छत्तीस आदमी हैं और उनमें से अठारह आदमी हर सप्ताह ड्यूटी पर रहते हैं। छह आदमी, जिनका एक मुखिया होता है, उसके घर पर या उसके दफ्तर में हमेशा

ड्यूटी पर तैनात रहते हैं; पहरा हर आठ घंटे बाद बदल जाता है। अपने अतिरिक्त समय में यदि तुम चाहो तो बाहर के काम कर सकते हो, लेकिन ऐसा कुछ नहीं जिससे तुम पर संकट आए।' उसने विराम लिया, फिर हर शब्द पर जोर देते हुए आगे कहा, 'याद रहे, कोई भी अजनबी बॉस के एकदम करीब न जाने पाए, पाँच कदम का फासला अवश्य होना चाहिए। अगर कोई व्यक्ति संदेहजनक व्यवहार करता है तो पहले उसे गोली मारो और बाद में सवाल पूछो।'

कोनी ने मेरे निकट बैठे व्यक्ति से मेरा परिचय कराया। वह साँवला था। उसे 'कैप्टन' कहते थे और वह एक मेक्सिकन जैसा लगता था। बाद में मुझे पता चला कि वह सेंट लुइस से था और मेक्सिको में लुटेरों-डकैतों के किसी गिरोह में रह चुका था। कोनी ने उससे कहा, 'तुम जवान सॉएरक्राडट पर एक नजर रखो।' कैप्टन ने मुझे दो संकेत शब्द (पासवर्ड) दिए, जो फूलों के नाम थे—'फ्लॉक्स' और 'डेजी'।

जब हम शिकागो की सड़कों से गुजरते हुए कैपन के घर की ओर जा रहे थे, मैंने गौर किया कि हम किसी तड़क-भड़कवाले रिहाइशी इलाके की ओर नहीं जा रहे थे, जहाँ मेरा अनुमान था कैपन रहता होगा; बल्कि ऐसे इलाके में दाखिल हो रहे थे, जहाँ देखकर लगता था कि बहुत अच्छा व्यापारिक केंद्र है। हम एक तीन-मंजिला इमारत के सामने रुके, जहाँ निजी मकान होने की उम्मीद कोई नहीं कर सकता था। दो छोटे संकेतों से पता चलता था कि उस इमारत में एक थोक स्टॉकिंग कंपनी के कार्यालय हैं और 'स्मिथ एंड वैबर' के। जैसाकि मुझे बाद में पता चला, दोनों कंपनियाँ मौजूद थीं और वे एक नियमित एवं अच्छा कारोबार कर रही थीं। लेकिन स्टॉकिंग एजेंसी कैपन के लिए हथियार गोदाम के रूप में काम करती थी, जबकि 'स्मिथ एंड वैबर' का उपयोग एक गुप्त पते के रूप में किया जाता था।

हम उस बिल्डिंग की पौरी में दाखिल हुए। वहाँ एक लिफ्ट थी, जिसे एक भीमकाय अफ्रीकी-अमेरिकी चलाता था। कोई सीढ़ियाँ मुझे वहाँ नजर नहीं आईं और बाद में मुझे पता चला कि सीढ़ियाँ थीं ही नहीं। जब लिफ्ट ऊपर जा रही थी, उस व्यक्ति ने लिफ्ट में लगे फोन से किसी से बात की।

हम तीसरी मंजिल पर पहुँच गए और एक बहुत छोटी लॉबी में हमने कदम रखे, जहाँ हम आठ लोग मुश्किल से समा सकते थे। वहाँ भूरे रंग का एक भारी-भरकम दरवाजा हमारा रास्ता रोके हुए था। उसमें बाहर की तरफ न तो कोई हत्था था और न कोई ताला लगा था। उसे सिर्फ अंदर से खोला जा सकता था। अचानक

कोई आवाज किए बिना दरवाजा खुल गया और दीवार के अंदर सरक गया।

जिस आदमी ने हमारा सत्कार किया, वह किसी एशियाई देश का लगता था। उसकी उम्र का अनुमान करना मुश्किल था और उसने गहरे नीले रंग की वरदी पहनी हुई थी। वह हमें एक गलियारे से ले जा रहा था और उसके जूते कतई आवाज नहीं कर रहे थे। मैंने उसकी चाल की नकल करने की कोशिश की। दूसरे लोगों के जूते आवाज कर रहे थे। जैसे ही हम हॉल से होकर निकले, मैंने एक कमरे में निगाह डाली, जिसका दरवाजा खुला था। उसमें नए जमाने का बढ़िया फर्नीचर सजा था। खिड़की से पहले, एक बहुत बड़े डेस्क पर, एक आदमी बैठा था, जिसकी पीठ हमारी तरफ थी। मैंने देखा, उसका सिर बड़ा कूबड़दार, घने काले बालों से भरा हुआ था। उसके कंधे चौड़े थे और गरदन छोटी वृषभ जैसी थी।

वह चुपचाप और अपने वजन के हिसाब से हलके से उठा। उसका कद पाँच फीट सात इंच के लगभग था। वह मुसकराता, लंबे डग भरता हुआ हमारी तरफ आया। उसके चलने के अंदाज में दृढ़ता थी। उसने काला सूट पहन रखा था, जो उसपर बहुत फब रहा था। सूट के साथ एक भड़कीली टाई थी। उसने हम सबसे हाथ मिलाया—सबसे पहले कोनी से और अंत में मुझसे।

'तुम्हीं हो वह जर्मन बॉडीगार्ड?' उसने एक गहरी, लगभग फटी आवाज में पूछा।

'हाँ।'

'क्या तुम लड़ाई में थे?' उसने आगे वही सवाल पूछा, जो अल्फांसो पहले पूछ चुका था।

'मैं बहुत छोटा था।'

'जर्मन अच्छे लड़ाकू थे।' उसने टिप्पणी की।

अधिकतर तसवीरों में कैपन वैसा नहीं दिखता है जैसा वह है। सच! उसके चेहरे पर एक तरह का पशुवत् वहशीपन था, जो जंगली बिलाव की हिंसक प्रवृत्ति की याद दिलाता था। छोटी गरदन के बावजूद वह अपना सिर सीधा रखकर चलता था। उसकी चीक-बोन काफी उभरी हुई थी, ठोड़ी सक्रिय, बाल थोड़े पीछे की ओर घटते हुए, काली घनी भौंहें करीब-करीब जुड़ी हुई थीं। उसकी आँखें छोटी-छोटी थीं। आँखों के परदे एकदम सफेद और पुतलियाँ भूरी थीं। उसकी दृष्टि पैनी, कड़ी, धूर्ततापूर्ण और शायद कुछ मलिन थी। उसकी नाक सपाट थी, मुँह बड़ा चौड़ा मोटा था और उसके होंठ टेढ़े थे। तिरस्कार का भाव जतानेवाले उसके दाँत सफेद थे। उसके बाएँ गाल पर नीचे तक चोट का एक निशान था, जो चोट उसे काफी

समय पहले ब्रुकलिन बार-रूम में एक लड़ाई में लगी थी। उसके चेहरे पर एक फीकी घनी-नीली छाया थी, जो उसकी भारी दाढ़ी का प्रभाव था। वह स्पष्टतया इतालवी था, लेकिन उसके पूर्वजों की नसों में दूसरा रक्त भी प्रवाहित था।

हमारा स्वागत-सत्कार करने के बाद कैपन अपने डेस्क पर बैठ गया और उसने अपने होंठों के बीच एक मेंथाल सिगरेट दबा ली। वह कोनी से बात करने लगा। हम तीनों को एक-दूसरे कमरे में प्रतीक्षा करने के लिए भेज दिया गया।

यह कमरा भी दूसरे कमरों की तरह सुसज्जित था। करीब से देखने पर मैंने पाया कि फर्नीचर वास्तव में प्राचीन था। हमारे चारों तरफ पुस्तकों से भरी आलमारियाँ थीं; बाद में मुझे पता चला कि वह कैपन की लाइब्रेरी थी।

मैंने 'द काउंट' नाम के आदमी से कहा, 'दूसरे कमरे में क्या बातचीत चल रही है, हमें कुछ भी सुनाई नहीं देगा। मान लो, अगर कैपन ने हमें बुलाया तो?'

काउंट ने एक शब्द भी कहे बिना ऊपर लगी एक अलार्म घंटी की ओर इशारा किया।

मैं किताबों की आलमारी तक गया। यह देखने के लिए कि कैपन को क्या पढ़ना पसंद है! काउंट हँसा—'आप जान जाएँगे कि बॉस की पसंद अच्छी है।' उसने कहा। पहले तो मेरी नजर श्रृंगारिक पुस्तकों के बड़े संग्रह पर पड़ी। उनमें अनेक प्राचीन कीमती पुस्तकें थीं। नेपोलियन के बारे में काफी पुस्तकें थीं। उनमें से कुछ पर चमड़े की महँगी जिल्द थी। 'कोट्स बाइ नेपोलियन' शायद अकसर पढ़ी गई थी। प्रतीत होता था कि लगभग हर विषय की पुस्तक को पढ़ा गया है—विज्ञान, व्यवसाय प्रबंधन, विक्रय कला, अराजकतावाद, नौसेना, संग्राम, वास्तुशिल्प, अंगूर की खेती, गृह युद्ध का इतिहास, रजकोल्ट, फोर्ड, मार्क-ट्वेन, उपटन, सिंक्लेयर, स्टीवेंसन, होशिमर और कार्ल मार्क्स की पुस्तकें। सभी पुस्तकें अंग्रेजी में थीं। फ्रेंच श्रृंगार साहित्य की कुछ पुस्तकों को छोड़कर।

मैं एक किताब में झाँक रहा था, जब हमारे पीछे वाला दरवाजा अचानक खुला और कैपन कमरे में दाखिल हुआ—गुस्से में लाल-पीला होकर। उसने एक मुड़ा-तुड़ा अखबार हिलाते हुए कहा—

'जब माइकल हुग्स जैसे लोग अपने लिए भद्दा प्रचार पाने के वास्ते मेरे नाम का इस्तेमाल करते हैं तो मैं गुस्से से पागल हो जाता हूँ। मैंने हुग्स नाम के इस आदमी को कभी नहीं देखा है। और बेहतर यही होगा कि वह मेरे सामने न आए। वह नया हो सकता है, लेकिन उससे अधिक कुछ नहीं। जरा इस पर नजर डालो।' उसने एक सुर्खी की ओर इशारा किया।

‘पुलिस कमिश्नर हुग्स का कहना है कि उन्होंने शिकागो में एवं अपराधों को जन्म देनेवाले इलाकों में कैपन तथा उसके गिरोह का काम रोक दिया है।’

‘मैं कुल इतना ही कह सकता हूँ कि अगर उसे वही करना है तो उसे बहुत जल्दी उठना होगा।’ कैपन ने एक आरामकुरसी में धँसते हुए कहा। वह गुस्से में आगबबूला होता रहा। टेलीफोन की घंटी बजी और वह अपने कमरे में लौट गया।

मैंने कमरे में मौजूद अन्य दो लोगों से कहा, ‘मैं हुग्स की जगह नहीं लेना चाहूँगा।’

‘उसमें तुम्हें ज्यादा जोखिम नहीं उठाना होगा।’ दूसरे ने कहा, जो एक लंबा ऊँचा, गौर-वर्ण एवं सुनहरे बालोंवाला एंडी नाम का व्यक्ति था। ‘तुम्हें शायद पता नहीं, इस हुग्स को पुलिस कमिश्नर किसने बनाया? बिग बिल थॉमसन ने बनाया—बिग बिल, शिकागो का नया मेयर, जो किंग जॉर्ज की नाक को अमेरिका के कार्यकलापों से दूर रखने की तैयारी कर रहा है और जिसने कल ही घोषणा की थी कि वह अटलांटिक सागर जितना नीला और उसके मध्य से भी अधिक गीला है अर्थात् जिस काम का बीड़ा उसने उठाया है, उसमें वह पूरी तरह धँस चुका है। और बिग बिल को किसने निर्वाचित कराया? डेबर को किसने हराया? बॉस ने!’

‘वह सही है।’ काउंट ने कहा।

‘वाह!’ एंडी ने बात जारी रखते हुए कहा, ‘फिर इस थॉमसन ने चुनाव के बाद कहा कि वह शराब बनाने और शराब की चोरबाजारी के धंधे में लगे छोटे लोगों पर मुकदमा नहीं चलाएगा; बल्कि अपराध और कैपन को शिकागो से निकाल बाहर करेगा—यानी हमें।’

‘उन लोगों को बाहर निकालेगा जिन्होंने उसे चुनाव में जीत दिलाई थी। बहुत कुछ बोला उसने यही सब और हुग्स के साथ भी यही बीमारी है। इस तरह उन्हें प्रसिद्धि मिल जाती है, उनका नाम हो जाता है। हम यहाँ हैं। और हम यहीं रहने वाले हैं—भले ही ये टुच्चे अखबारवाले कुछ भी लिखें! लेकिन बॉस को इस बात का बहुत गुस्सा है कि यही वे हुग्स हैं, जो हिगिन्स के साहूकारी ब्यूरो (सूद पर कर्ज देने का धंधा) में सबसे बढ़िया ग्राहकों में से एक हुआ करता था। अगर बॉस चाहता तो हुग्स के बारे में एक छोटा सा बढ़िया लेख अखबारों के लिए लिख सकता था।

‘हुग्स का भाग्य अच्छा है।’ काउंट ने कहा।

‘बॉस को उसके बारे में इतनी चिंता नहीं है, जितनी आज के बारे में है।’

‘हाँ,’ एंडी ने कहा, ‘इस शहर में बाहर से आए हथियारबंद डाकुओं ने अड्डा जमा लिया है—आइलो के आदमी सेंट लुइस न्यूयॉर्क और क्लीवलैंड से आए हुए

हैं, जो कैपन को गिराने की फिराक में हैं। डाकुओं की युद्धविराम संधि में छेद हो गए हैं, जैसे किसी अपहरणकर्ता के छिपने की जगह में छेद होते हैं। धंधे के लिए होड़ फिर सक्रिय है और इनमें से कुछ अजनबी तो 42वें और 43वें वार्ड में भी घुस गए हैं—कैपन के अपने इलाके में। हाइमी वैसा ही एकमात्र आदमी था, जो हमें नुकसान पहुँचा सकता था, लेकिन उसकी मौत हो गई। समझौते के अनुसार बॉस के लिए तय किए गए सभी इलाकों पर बॉस का नियंत्रण है, लेकिन पुराने ओ' बनियन के जमावड़े के बचे लोगों को लेकर नए-नए गिरोह बनाए जा रहे हैं और उनका लक्ष्य कैपन को जीतना है।'

'और जरा सोचो,' काउंट ने सुर में सुर मिलाया, 'हम हुग्स से हमारी रक्षा करने के लिए भी नहीं कह सकते हैं।'

'उससे?' एंडी ने कहा। 'अपने लिए हम चौकस रह सकते हैं। हुग्स को कुछ पता नहीं है। क्या हुग्स जैसा नामी-गिरामी व्यक्ति उस आदमी की पहचान नहीं जानना चाहेगा, जिसने बढ़िया-कीमती वस्त्र पहने हुए थे, जिसके हाथ में हीरे की बड़ी अँगूठी थी तथा जेब में नोट भरे हुए थे और जिसे उस दिन फंदे में भरा हुआ पाया गया था? उसके बदन में दस गोलियाँ लगी थीं। हुग्स न तो उसका नाम बता सकता है और न ही उसे गोली मारनेवाले का। भाड़ में जाए हुग्स, हमें इन दूसरे उल्लू के पट्ठों को भी देखना है!'

'युद्ध-विराम के दौरान शिकागो में नब्बे दिनों तक एक भी गोली नहीं चली सोएरकाउट' काउंट ने बताया।

'वे दिन बीत गए।' एंडी ने कहा, 'हमें फिर कुछ खलबली भरे दिन देखने, पड़ सकते हैं।'

वे हँसे और उनके साथ मैं भी हँस पड़ा। मैं सारा माजरा ठीक से नहीं समझ पाया, क्योंकि कुछ कड़ियाँ गायब थीं। मुझे समझना था कि ये सारी चीजें एक-दूसरे में कैसे ठीक बैठती हैं। मुझे उम्मीद से भी जल्दी इस बात का पता लगाना था—सिद्धांत में भी और व्यवहार में भी।

कैप्टन कमरे में आया।

'जल्दी करो, बच्चो! बॉस बेचारे माइक को देखने जाने वाला है। क्या सब कुछ तैयार है, जर्मन?'

दो पल के अंदर हम हॉल में पहुँच गए। जरा भी आवाज किए बिना वह कांस्य-द्वार खुला। संकेत मिलते ही काउंट और मैं दरवाजे तथा लिफ्ट के छोटे से चबूतरे पर कूद गए। हमारे बाद ही बॉस बाहर निकला और उसके पीछे दूसरे लोग।

कैपन हँस रहा था।

किनारे पर एक गहरी-नीली मोटरकार इंतजार में थी। कैपन आराम से गाड़ी में सवार हो गया। कैप्टन ने जॉर्ज को आगे की सीट पर बिठा दिया—चालक की बगल में, जबकि वह, एंडी और मैं कैपन के साथ पीछे की सीट पर बैठे। मोटर-साइकिलों पर सवार दो आदमी ठीक हमारे पीछे आ रहे थे। 'तुम सड़क के बाएँ तरफ नजर रखो।' कैप्टन ने रूखेपन से मुझसे कहा।

मैं अपनी जगह में बैठा सड़क पर निगाह गड़ाए हुए था, ताकि खतरे का जरा भी संकेत मिलते ही गोली चला सकूँ। लेकिन कुछ भी संदेहास्पद नहीं दिखाई दिया। हम तेज गति से लेक के मुख्य मार्ग के साथ-साथ शहर के बाहर जा रहे थे।

'लुभावना मौसम।' कैपन ने अचानक कहा।

हमने 'हामी' भरी और खामोशी से निगरानी करते रहे।

हमने शहर पीछे छोड़ दिया और खुली सड़क पर आ गए। सड़क के दोनों ओर पेड़ थे और झाड़ियाँ थीं। हम बहुत दूर नहीं गए थे, जब यह घटना घट गई और यह इतना जल्दी हुआ कि सारी तफसील से याद रखना मुश्किल है।

मुझे पता था कि एक कार तेजी से हमारे से आगे निकलने की कोशिश कर रही थी। जैसे ही वह गाड़ी पास से निकली, ऐसा लगा कि उसमें से गोलियों की बौछार आ रही है। गोली चलने का शोर मोटर की घरघराहट से ज्यादा था।

पहला निशाना आते ही एंडी और कैप्टन दोनों ने कैपन को ढक लिया। तत्क्षण मैंने भी उसे ओट में कर लिया। एंडी का एक हाथ मुक्त था और उससे वह बगल में चल रही काली कार पर गोली चला रहा था। मैंने भी वही किया।

जॉर्ज, जो आगे की सीट पर था, अचानक अपनी सीट पर ढह गया। और उसके सिर से खून बहने लगा। एक क्षण बाद ही हमारा ड्राइवर स्टीयरिंग व्हील पर गिर गया। हमारी कार घूम गई, फिसली और उलट गई। और यह सबकुछ बीस सेकंड में हो गया।

कार से बाहर निकलने के लिए हमें बहुत जद्दोजहद करनी पड़ी। बाहर आ जाने पर हमने उस काली कार पर गोली दागनी शुरू कर दी, जो हमारे आगे अब धीमी हो गई थी। लेकिन हमारे लिए वहाँ ठीक आड़ नहीं थी। हम सड़क के किनारे पेड़ों की ओट में हो गए। जो सड़क कुछ क्षण पहले तक आती-जाती कारों से भरी हुई थी, अब सुनसान हो गई थी। काली कार करीब 100 फीट दूर रुकी हुई थी। दोनों मोटरसाइकिल सवारों ने उसका पीछा नहीं किया था, बल्कि वे अब हमारे साथ थे।

'काली कार पर धावा बोलो।' कैपन ने स्थिति को हाथ में लेते हुए हुक्म दिया।

हम छह लोग यथासंभव आड़ लेते हुए, पेड़ों और झड़ियों के पीछे छिपते-छिपाते, कार पर गोली दागते हुए आगे बढ़े। एक मोटर-साइकिल सवार साशा आगे-आगे चला। कार से पहले अंतिम पेड़ तक पहुँचनेवाला वह पहला आदमी था। वह टोह ले रहा था, एक पेरिस्कोप की तरह। उसने पेड़ के पीछे से अपना सिर बाहर निकाला, लेकिन झट से पीछे कर लिया, मानो उसे विश्वास नहीं हो रहा था कि काली कार से हो रही गोलीबारी कम हो गई है। फिर एक ही कदम में वह कार पर कूद पड़ा। मैंने तीसरी बार अपनी बंदूक में गोली भरी। मेरे आगे-आगे कैपन तेजी से कार की तरफ बढ़ रहा था और उसका चेहरा एकदम भावशून्य था—लोहे की चादर की तरह।

काली कार से अब डरने की कोई आवश्यकता नहीं थी। हमने अंदर झाँककर देखा। कोई हलचल नहीं हुई। चार लोग खून में लथपथ पड़े थे। उनमें से किसी को भी हमने नहीं पहचाना।

'ये आदमी डाकू नहीं हैं।' कैपन ने लंबी चुप्पी तोड़ते हुए कहा, 'उन्होंने इतनी फुरती और सफाई से काम नहीं किया कि उन्हें डाकू माना जाए। जल्दी उनकी तलाशी लो।'

जिंदगी में पहली बार मैंने किसी मुरदे की जेबों की तलाशी की। कुछ नहीं मिला। उनकी जेबों में ऐसा कुछ भी नहीं था जिससे उनकी पहचान हो सकती।

'हमें अपने आदमियों को लेकर अस्पताल चलना चाहिए।' कैपन ने हुक्म दिया, 'हमें तत्काल यहाँ से चले जाना चाहिए।'

आस-पास ठहरे रहना हमारे लिए खतरे से खाली नहीं था। हमारी कार का चालक मर चुका था, इसलिए हमने उसे पलटी कार में ही छोड़ दिया। साशा और जॉर्ज बुरी तरह घायल थे। एक गोली मुझे छू कर गई थी। मैं जॉर्ज को अपने कंधे पर उठाकर ले गया। वह बेहोश था और सीसे के बोरे जितना भारी था। हमें सड़क के साथ-साथ धीरे चलकर जाना पड़ा। हालाँकि सड़क के दोनों ओर मकानों की कतारें थीं, फिर भी कोई आदमी नजर नहीं आ रहा था। विचित्र बात है कि आस-पास पुलिस के होने का भी कोई संकेत नहीं था।

'कमिश्नर हुग्स कहाँ हो सकता है?' कैपन ने हँसी उड़ाते हुए कहा।

अचानक बगल की गली से एक टैक्सी निकलकर सड़क पर आई। हमें देखकर कार ने मुड़ने और दूसरी दिशा में भागने की दुःसाहसपूर्ण कोशिश की। हम

शायद बड़े भयानक लग रहे होंगे या चालक ने मुझे जॉर्ज को उठाकर ले जाते देखकर सोचा होगा कि वह मर गया है। एंडी ने हवा में एक गोली चलाई और टैक्सी रुक गई।

बॉस टैक्सी चालक के पास गया और 10 डॉलर का नोट उसके हाथ में थमाया। कैप्टन ने दरवाजा खोला और हम अंदर बैठ गए। हमने जॉर्ज को एंडी और मेरे बीच बिठा दिया। टैक्सी चालक गायब हो गया और कैप्टन ने गाड़ी चलाई।

दस मिनट के बाद जॉर्ज को कुछ होश आना शुरू हुआ। एंडी ने एक बोतल निकाली और उसके मुँह में व्हिस्की उड़ेल दी।

अचानक जॉर्ज ने अपना हाथ अपने सिर पर रखा।

'मेरा बायाँ कान कहाँ चला गया?' उसने गुस्से से पूछा।

'वह उड़ गया, गोली ने उड़ा दिया।'

जॉर्ज ने इतना जी भरकर और तसल्ली से कोसा कि हम जान गए कि उसे गंभीर खतरा नहीं है।

'ऐसा कान न हो तो और भी अच्छा।' एंडी ने उससे कहा, 'जैसा कान तुमने सही कोण में बाहर निकाल रखा था। कोई संदेह नहीं कि तुम्हारे बाएँ कान ने एक गोली रोक दी।'

अब मुझे जॉर्ज के बारे में बहुत चिंता नहीं थी। लेकिन साशा की हालत खराब थी। मैंने एंडी से पूछा कि क्या वह अस्पताल भरोसे योग्य है, जहाँ हम जा रहे हैं? पूछने से मेरा अभिप्राय यह था कि क्या वहाँ मरीजों की देखभाल अच्छी होती है। एंडी ने मुझे गलत समझा।

'तुम शर्त लगा लो, वह भरोसा करने काबिल है।' उसने कहा, 'वहाँ हमारी चलती है। पुलिस उसमें पाँव तक नहीं फटक सकती।'

जॉर्ज की हालत सुधर रही थी, लेकिन साशा कराह रहा था। एंडी ने एक आपातकालीन पट्टी बाँधकर उसे राहत देने की कोशिश की, लेकिन उसका दर्द बहुत तीव्र था। बाद की हमारी आधी यात्रा खामोशी में कटी।

कैपन ने सारे रास्ते कुछ नहीं कहा था। अचानक उसने जोर से एक चीत्कार मारी और कहा, 'मैं जानता हूँ। हमें कू-क्लक्स-कलान से धमकी मिली थी। वह अमेरिका को मुझसे मुक्त कराना चाहता है। खैर, पहले उन्हें ठीक से गोली चलाना सीखना होगा।' इसके बाद वह कुछ नहीं बोला।

अस्पताल एक खूबसूरत दो मंजिला इमारत में था, जो औपनिवेशिक शैली में बनी हुई थी और सड़क से कुछ फासले पर स्थित थी। दो नर्सों ने जॉर्ज और साशा

को अपनी देखभाल में ले लिया। बेचारा माइक इसी अस्पताल में पड़ा था। कैपन ने उसके कमरे का नंबर पूछा और कैप्टन के साथ ऊपर उस कमरे तक गया। हम लोग नीचे ठहरे रहे और व्हिस्की के घूँट भरते रहे।

दस मिनट में बॉस लौट आया। वह उदास और चुप लग रहा था। हममें से किसी का भी उससे कुछ पूछने का साहस नहीं हुआ। इससे पहले कि वह एक शब्द भी कहता, हम कार में थे और शिकागो के रास्ते जा रहे थे।

'पूअर माइक मर गया।' उसने सादगी से कहा, 'वह एक अच्छा बंदूकची था।'

□

यह प्रसंग उस स्त्री के जीवन का एक पन्ना है, जो उसने स्वयं लिखा है। उसके पिता ने पिछली सदी के अंत में सोने के लिए रेल-पेल के दौरान बहुत धन कमाया था। यहाँ जिन घटनाओं का वर्णन उसने किया है, वे सब उसके पूजनीय पिता की मृत्यु के बाद घटी थीं। उसके पिता का नाम टॉम वॉल्श था और सन् 1910 में उनका निधन हुआ था। नेड मेक्लीन उसके पति हैं और विन्सम उस समय उसकी एकमात्र संतान थी।

शराब, नशीली दवाएँ (ड्रग्स) और डायमंड

इवेलिन वॉल्श मैक्लोन

पिता की मृत्यु के एक महीने बाद हम अटलांटिक नगर से बार हार्बर में अपने घर गए; लेकिन वहाँ भी मेरी माँ ने खुद को अपने कमरे में बंद कर लिया। खिड़कियों के परदे खींच दिए, ताकि रोशनी अंदर न झाँके। उसने कोई भी नाटक न करते हुए कहा कि वह मेरे पिता के पास जाना चाहती है। मैंने उससे व्यवसाय संबंधी मामलों पर बात करने की कोशिश की। पिता ने अपनी सारी धन-संपत्ति एक संयुक्त उत्तरजीविता समझौते के साथ हमारे वास्ते दस वर्ष के लिए ट्रस्ट में छोड़ दी थी। आधा हिस्सा माँ का था, आधा मेरा—इस विवरण के प्रति भी उसने कोई रुचि नहीं दरशाई। तथापि कोई एक था जिसने उसकी कुछ दिलचस्पी जगाई—मेरा बच्चा। वह उससे बहुत प्यार करती थी।

'अब यह तुम्हारे ऊपर निर्भर करता है, माँ!' मैंने एक दिन उससे कहा, 'मैं अपने बच्चे की सारी जिम्मेदारी तुम्हारे हाथों में सौंप रही हूँ। नेड और मैं फ्रांस जा रहे हैं।'

वह सहसा उठकर बैठ गई। कुछ ही दिनों में वह बाहर निकल आई और बगीचे में चक्कर लगाने लगी। जब तक हम वहाँ से चले, वह लगभग पहले जैसी हो गई थी।

एक दिन हम अपनी पीले रंग की तेज दौड़नेवाली फिएट में विशी जा रहे थे। मेरी जुआ खेलने की तीव्र इच्छा हुई।

उस रात मेरे ठीक पास में एक भला वृद्ध आदमी बैठा था, जिसने हार-जीत के धन का हिसाब रखने में मेरी मदद की। मैंने रात करीब साढ़े दस बजे खेलना शुरू किया था। सुबह चार बजे जब मैंने खेलना बंद किया, तब तक मैं करीब 70 हजार डॉलर जीत चुकी थी।

नेड एक 'ड्रिंक' लेने चला गया था और मैं भी उसके पीछे चल दी।

'वह रकम कहाँ है?' नेड ने पूछा।

'वह बूढ़ा उसकी रखवाली कर रहा है।' मैंने कहा।

'वह कौन है?'

'मैं नहीं जानती।'

हम शराब के गिलास छोड़कर वापस आ गए। वह वृद्ध आदमी गायब हो गया था और उसके साथ मेरी जीती हुई सारी रकम भी चली गई।

करीब तीन मिनट तक नेड और मैंने जोर लगाकर चीख-पुकार की कि हमें लूट लिया गया है। तभी मैंने उस बूढ़े आदमी को फिर देखा। वह खूब हँसता-मुसकराता हुआ हमारे पास आ रहा था। मेरी जीत की सारी रकम उसके पास थी, जिसे उसने बड़े मूल्य वर्ग के नोटों में बदल दिया था और सफाई से बंडल बाँध दिए थे। नोटों के बंडल मुझे थमाते हुए उसने अपना परिचय अंगोस्तुरा बिटर्स के मालिक के रूप में दिया। लेकिन उससे पहले मैं यही कह सकती थी कि वह एक धोखेबाज रहा होगा।

मैंने वापस कैसीनो जाने तथा एक-दो दौर जीतने के बारे में बात चलाई, लेकिन नेड आपत्ति जताने लगा।

'मैं तुमको बताऊँगा कि हम क्या करने जा रहे हैं।' उसने कहा, 'हम अपना सामान समेटकर वापस पेरिस के लिए निकल रहे हैं। अगर तुम यहाँ रुकोगी तो जो कुछ तुमने जीता है, वह सब और उससे भी कुछ अधिक तुम हार जाओगी।'

उसने चालक के बारे में सलाह-मशविरा किया, जिसकी तबीयत ठीक नहीं थी। हमने नौकरानी को पेरिस जानेवाली द्रुतगामी रेल में चढ़ा दिया और फिर नेड ने शोफर से गाड़ी में पीछे की सीट पर चले जाने के लिए कहा।

नेड गाड़ी चलाने में बहुत माहिर था और उसने बड़े जोश एवं निडरता से गाड़ी चलाई। उस दिन सड़कों पर बहुत धूल थी, जो गरमियों में होती है और हमारे आगे एक कार चालक हमें निकल जाने की जगह देने में आना-कानी कर रहा था। अतः नेड ने फिएट की रफ्तार खोल दी। अफीम और व्हिस्की के नशे में धुत्त। मुझे जोखिम की चिंता नहीं थी, बशर्ते कि हमें दूसरे की कार से उड़ती धूल खाते हुए न जाना पड़े। नेड ने तीन-चार बार हॉर्न बजाया और उस दूसरी कार की बगल से सटता हुआ तेजी से निकल गया।

जब हम पेरिस में होटल ब्रिस्टल के सामने पहुँचे, नेड ने अपनी घड़ी देखी। हम उस फास्ट एक्सप्रेस से दस मिनट पहले पहुँच गए थे। एक मिनट के लिए हम खूब खुश हुए और फिर हमने गौर किया कि हमारी मदद करने के लिए हमारा ड्राइवर (शोफर) बाहर नहीं निकला। मैंने चारों तरफ नजर घुमाई और देखा कि वह मेरे पीछे आधा सीट पर और आधा फर्श पर पड़ा हुआ है—आँखें फाड़े तथा मुँह से लार टपकाते हुए। मेरी चीख सुनकर होटल का दरबान दौड़कर आया और उसे छूकर फ्रेंच में बोला, 'हे भगवान्! इसकी तो हवा निकल गई है।'

उसके कहने का मतलब था कि चालक मर गया—और वह सही था। उसे दिल का दौरा पड़ा था। हमें पहले पता नहीं था, लेकिन ऐसा लगता है, काफी समय से वह दिल की बीमारी से ग्रस्त था। अगर उस दिन हमारी गाड़ी उसने चलाई होती और गाड़ी चलाते हुए मर गया होता तो हमारी भी हड्डियाँ साबुत नहीं रही होतीं।

उस दिन बाद में पियरे कार्टियर हमसे मिलने आया। उसके हाथ में एक सीलबंद डिब्बा था, जो उसने बहुत सँभालकर पकड़ रखा था। उसका तरीका बहुत ही रहस्यपूर्ण था। मैं समझती हूँ, वह पेरिस का कोई जौहरी था, जो अति धनाढ्य लोगों में व्यापार करना चाहता है और जिसे एक सूत्रधार एवं एक अभिनेता की भूमिका निभानी पड़ती है। अवश्य ही वह एक बड़ा विक्रेता होगा। सच में कार्टियर ऐसी सज-धज में था, जैसे कोई महिला अपने सबसे पहले विशाल सामूहिक नृत्य के लिए तैयार होकर जाती है। उसका रेशमी हैट, जिसे उसने भड़कीले ढंग से आगे निकाला हुआ था, इस कदर चमकदार था कि उसने जैसे ही हमारी देहरी लाँघी, मुझे लगा कि वह अभी-अभी नया लाकर उसे दिया गया है। उसके कस्तूरा मछली जैसे रंग के मोजे, चाकू जैसी पैनी धारवाली उसकी पतलून, उसका प्रभाती कोट, उसकी उँगलियों के नाखूनों का गुलाबीपन—ये सब और उसकी सभी वस्तुएँ लगता था, मेरे लिए—अर्थात् मैडम मेक्लीन के प्रति फ्रांस की ओर से सम्मान व्यक्त करने के लिए थीं।

नेड के चेहरे पर अभी तक एक दिन पुरानी दाढ़ी थी और वह मोर के रंग

जैसी आरामपरस्ती की ड्रेस में नाश्ते के दौरान कॉफी पीते हुए मुझ पर आँखें झपका रहा था। उसने जैम और अंडे मँगवाए थे, लेकिन वह उन्हें या मुझे या पियरे कार्टियर को देखना भी बरदाश्त नहीं कर सका।

'आपको तुर्की की क्रांति के बारे में पता है?' कार्टियर ने कहा और उसने अपने पॉलिश चढ़े नाखूनों से अपने पैकेट पर इस तरह थपकी दी जैसे कोई केलर या मुल्होलांड जादू की कोई चाल दिखाने वाला हो।

'क्यों?' मैंने उसे बताया, 'हम कॉन्स्टन टीनोपोल में थे, जब सड़कों पर गोली चल गई। हम वहाँ अपने हनीमून पर गए थे। श्री लेशमन की कृपा से मुझे सुल्तान के रनिवास (हरम) में प्रवेश मिल गया—वहाँ बहुत सारी मोटी औरतें थीं, सिर्फ दो या तीन को छोड़कर, जिन्होंने बढ़िया गाउन पहने हुए थे।

'अरे, मैं ऐसी बातें नहीं भूलता हूँ। आपने मुझे बताया, जब आपने मुझसे अपना शादी का उपहार 'पूर्व का सितारा' (स्टार ऑफ दि ईस्ट) खरीदा था। मुझे अच्छी तरह याद है। मुझे लगता है, तब आपने मुझे बताया था कि आपने हरम में एक रत्न देखा था, एक बेशकीमती नगीना, जो सुलतान के मनपसंद गलहार में जड़ा हुआ था। ओह, गलहार कितना सुंदर था!'

'मैंने बताया होगा, शायद।' यह बहस करने का समय नहीं था और यह भी है कि मैंने तुर्की औरतों को ऐसे-ऐसे नगीने पहने देखा था कि मेरी उँगलियों में खुजली होने लगती थी।

'बेशक तुमने बताया था।' कार्टियर ने कहा।

'ऐसी चीजें मुझे लुभाती हैं और एक बात यह भी है कि पश्चिम की बहुत कम औरतों को ऐसी किसी जगह में जाने का मौका मिला है।'

'मुझे ऐसा लगता है कि मैंने वह रत्न देखा था।'

'स्वाभाविक है। हम सुनते हैं कि जिस औरत ने सुलतान के हाथ से वह रत्न प्राप्त किया था, उसे छुरा भोंककर मार दिया गया।'

उसकी बातों को सुनते-सुनते मेरी सारी बोरियत गायब हो गई।

इस रत्न का इतिहास जैसा हम मानते हैं, उस समय से आरंभ होता है जब यूरोप में इसका प्रकटन हुआ। तब लुई चौदह फ्रांस का सम्राट् था। जीन टेवरनियर नाम का एक व्यक्ति ऐसे समय में उसे भारत से लाया था, जब राजा-महाराजा अपनी धन-संपत्ति हीरे-जवाहरात व रत्नों-नगीनों के रूप में जमा किया करते थे। उन दिनों विश्व में रत्नों-मणियों के सबसे बड़े बाजार पूर्व में थे। यह बेशकीमती नगीना जब लुई चौदह को बेचा गया, उस समय इसे टेवरनियर ब्लू डायमंड (नीला हीरा) नाम

दिया गया। मेरी एंतोइनेट ने इस पहना, वो हम समझते हैं। हमें निश्चित रूप से पता है कि फ्रांस के शाही रत्न नगीनों में सबसे बड़ा नीला हीरा यही था। मेरी एंतोइनेट की गरदन काट दी गई और सारी धन-संपत्ति पर क्रांतिकारियों ने कब्जा कर लिया। शाही आभूषणों की सूची बनाई गई और टेवरनियर ब्लू उस सूची में शामिल था। उसके बाद राजघराने की अन्य मूल्यवान् वस्तुओं के साथ यह बड़ा ब्लू डायमंड भी लुप्त हो गया, शायद चोरी हो गया।

अब तक कार्टियर ने मेरी उत्सुकता को बहुत उकसा दिया था और मैं जल्दी देखना चाहती थी कि आखिर उस सीलबंद डिब्बे में ऐसी क्या चीज है! लेकिन एक चतुर विक्रेता की तरह उसने वह डिब्बा नहीं खोला। वह सिर्फ बातें बनाता रहा। उस आभूषण के इतिहास या उस इतिहास के बारे में उसकी अपनी जो राय थी, उसका बखान करता रहा। उसने कहा, 'वह समझता है कि टेवरनियर ने वह रत्न किसी हिंदू से चुराया था, शायद किसी हिंदू देवता से। जहाँ तक मेरी याददाश्त का सवाल है, उसने कहा कि टेवरनियर को बाद में खूँखार कुत्तों ने चीरकर मार डाला और वे उसे खा गए। उस सुबह मुझे शायद इसलिए क्षमा कर दिया गया होगा, क्योंकि मेरी यह मान्यता थी कि फ्रांस की क्रांति में जो भी हिंसा का तांडव हुआ, वह उस हिंदू देवता के शाप का परिणाम था।' कार्टियर का किस्सा अत्यंत दिलचस्प था।

बाद के वर्षों में सर कैस्पर पुर्दो-क्लार्क ने, जो न्यूयॉर्क नगर में महानगर कला संग्रहालय का निदेशक रह चुका था, उस हीरे के इतिहास की कुछ पुष्टि की। उसने कहा, 1830 में डेनियल इलियासन ने लंदन में एक बड़ा नीला रत्न, जिसका वजन 44 1/4 कैरट था, बेचने की पेशकश की। टेकनियर ब्लू डायमंड का वजन 672/10 कैरट था; लेकिन उस हीरे को दुनिया भर में कहीं भी उसके पुराने रूप में साफ मालिकाना हक के साथ नहीं बेचा जा सका। यह फ्रांस सरकार से चुराई गई संपत्ति थी और इसी कारण वह कानूनी विवाद का विषय बन सकती थी तथा उन कानूनी पचड़ों में पड़कर कोई भी नकली मालिक उसपर अपना हक खो सकता था। सन् 1874 में ब्रंसविक ब्लू नाम का एक और हीरा बाजार में आया और उसे छोटा टेवरनियर बताया गया। इलियासन ने बड़ा वाला हीरा लंदन के एक बैंकर हेनरी टॉमस होप को बेच दिया था। होप की पत्नी पेरिस से थी और उसका नाम बिशैट था। वह बड़ा नीला नगीना 1887 में उसकी मृत्यु होने तक उसके पास रहा। उसकी बेटी न्यूकैसल की डचैस (ड्यूक की पत्नी) बन गई थी। लेकिन जब बैंकर की विधवा की मृत्यु हो गई, उसने अपनी संपत्ति अपनी बेटी के लिए नहीं छोड़ी, जो उस समय विधवा

थी, बल्कि अपनी बेटी के छोटे बेटे लॉर्ड फ्रांसिस पेल्हम क्लिंटन के नाम छोड़ी थी। किंतु उसकी एक शर्त थी; उसने अपनी देहाती संपत्ति डोर्किंग के निकट डीपडेन और भौनेघन प्रदेश में बलेनी महल, जो उसकी दूसरी संपत्ति थी और अपने गहनों-जेवरों का संग्रह, जिसका नाम नीला होप डायमंड था, पेल्हम के लिए इस शर्त पर छोड़ी थीं कि इसके बाद वह खुद को 'लॉर्ड फ्रांसिस वेल्हम क्लिंटन होप' कहलाएगा। इसके लिए वह राजी हो गया। लॉर्ड फ्रांसिस ने अपनी दौलत लुटा दी और वह गहरे कर्ज में डूब गया। 1894 में उसने मेयोहे से शादी कर ली, जो अमेरिका की एक अभिनेत्री थी। जहाँ वह गाती थी, उन संगीत-भवनों के मंच पर वह अपने पति के आभूषण पहना करती थी। वे उन गहनों को न तो बेच सकते थे और न ही गिरवी रख सकते थे। ऐसा करने पर उन्हें जेल हो सकती थी, क्योंकि लॉर्ड और लेडी फ्रांसिस होप का उनपर आजीवन अधिकार था। तथापि जब लॉर्ड फ्रांसिस होप दिवालिया घोषित किया गया, तब तक जेवरात गायब हो चुके थे।

उसके कुछ समय बाद सर कैस्पर पुर्दो-क्लार्क के पास एक बूढ़ा आदमी आया, जो पुरानी चीजों का लेन-देन करनेवालों और गिरवी रखनेवालों की दुकानों से उठाए गए मामूली गहनों व जेवरात का धंधा करने लगा था। उसके पास जो थैला था, उसे उसने कपड़ा-ढकी एक मेज पर उलट दिया और तरह-तरह के गहनों का ढेर लगा दिया, जो मैले और बेचमकदार थे। उस बूढ़े व्यापारी ने अपने इस संग्रह के बारे में बताया कि उसने उन्हें ब्राइटन में एक शैरिफ की बिक्री में खरीदा था। वे गहने-जेवरात म्यूजिक हॉल की एक अभिनेत्री के सामान में पाए गए थे। वह अपने पति के पास वहाँ से भाग गई थी और जाने से पहले उसने अपनी मकान-मालकिन या किसी भी लेनदार को कोई भुगतान नहीं किया था, जो उसे हमेशा घेरे रहते थे। गहनों के उस बूढ़े व्यापारी के अलावा किसी ने भी यह नहीं माना था कि उसे अभिनेत्री के परित्यक्त संदूक में पाए गए गहने नकली थे। स्टेज पर पहननेवाले दिखावटी आभूषण थे। सस्ते बसेरे के कारण ही यह धारणा बनी थी।

जब उसे एहसास हुआ कि उसका सौदा अत्यधिक महत्त्व एवं मूल्य का है, वह व्यापारी सलाह लेने के लिए अपने पुराने ग्राहक सर कैस्पर पुर्दो-क्लार्क के पास गया। प्राचीन मूल्यवान् वस्तुओं के उस जानकार ने तुरंत पहचान लिया कि उनमें से कई चीजें होप के संग्रह में से हैं। लेकिन होप ब्लू डायमंड को पहचानने में उसे एक पल भी नहीं लगा। वह जानता था कि उस जैसा हीरा दुनिया में दूसरा नहीं है। उसने व्यापारी को होप एस्टेट के ट्रस्टियों से संपर्क करने

की सलाह दी। बूढ़े आदमी ने वही किया और उन सारी वस्तुओं को उनके हवाले कर देने पर उसे अच्छा-खासा इनाम मिला।

उसके बाद होप डायमंड एक अमेरिकी सिंडीकेट को बेच दिया गया। उस ग्राहक का नाम 'सलीम हबीब' था, जिसने उनके हाथ से वह हीरा छीन लिया। क्या तुर्की का सुलतान अब्दुल हामिद कभी उसका मालिक था? मुझे ठीक से पता नहीं। कार्टियर ने मुझे बताया कि उसकी कंपनी ने वह पेरिस में रोसेनो नाम के एक आदमी से प्राप्त किया था।

लेकिन मैं और अधिक इंतजार नहीं कर सकी।

'मुझे वह हीरा देख लेने दें।' मैंने अधीर होते हुए कार्टियर से कहा। उसने कम-से-कम एक मिनट तक कोई हरकत किए बिना शांति से साँस भरी, जैसे संगीत समारोह में पियानो बजानेवाला कोई उस्ताद अपने साज की कुंजियों को अपनी कुशल उँगलियों से छूने के पहले करता है। वह विराम अर्थपूर्ण था, कुछ कहता लगता था और उसके कारण मुझे एहसास हुआ—जैसा एहसास वह मुझे कराना चाहता था—कि बहुत से लोगों में मुझे ही इस रत्न के दर्शन करने का सौभाग्य प्राप्त होने जा रहा है।

कीमत के बारे में कुछ नहीं कहा गया था। यह तो एक गहना व्यापारी की तरफ से उस दोस्त से एक मुलाकात भर थी, जिसकी वह बहुत कद्र करता है।

अंततः उसने रैपर खोलकर फेंक दिए और फिर होप डायमंड मेरी आँखों के सामने पेश कर दिया। कोई भी दूसरा हीरा एक असल नीले हीरे जैसा असाधारण नहीं है। मैंने किसी दूसरे हीरे में ऐसी नीली आभा नहीं देखी है जैसी होप डायमंड की है। इसके नील वर्ण के लिए मुझे कोई नाम नहीं सूझ रहा है। चीनी रेशम जैसा नीला (पीकिंग) रंग बहुत गहरा होगा। वेस्ट पॉइंट ब्लू बहुत फीका होगा। अश्वारोही का कोट! पॉलिशदार मिट्टी का बरतन (डेल्फ्ट) एक हार्बर ब्लू? कभी-कभी जब मैंने उसपर नजर डाली है, मैंने महसूस किया है कि प्रकृति इसे बनाते समय नीलम बनाने के लिए आधे मन से ही तैयार थी, लेकिन इसकी हीरे जैसी कठोरता उस विचार को छिन्न-भिन्न कर देती है और वास्तव में इसके अंदर कोमल नीलम का चतुर्थांश से अधिक नहीं है। रंग के उस अनूठेपन ने मुझे विश्वास दिला दिया कि होप और ब्रंसविक कभी फ्रांस साम्राज्य का एकमात्र खजाना थे।

नगीना हीरों की माला में था। और जैसे ही मैंने उसे देखा, एम. कार्टियर ने मुझे वे बातें बताईं, जिनकी सच्चाई पर उसे विश्वास नहीं था; कि इसे अमंगलकारी माना जाता है और जिस किसी ने भी इसे पहना या छुआ भी, तो उसपर विपत्ति आएगी। माना जाता है कि सलीम हबीब ने जब उसे बेच दिया तो उसका जहाज

डूब गया और उसके साथ वह भी डूबकर मर गया। हम सब जानते हैं कि मेरी एंतोइनेट का गला चाकू से रेत दिया गया। लॉर्ड होप को अनेक विपत्तियों का सामना करना पड़ा। वह अंधविश्वासी था और मानता था कि उसकी मुसीबतों का कारण किसी हिंदू देवता का शाप है। मैं योहे होप की पत्नी खूबसूरत लापरवाह कैप्टन पुट्नम ब्रैडली स्ट्रांग के साथ भाग गई। हो सकता है कि पत्नी का भागना दुर्भाग्य न हो, लेकिन लज्जा की बात तो थी। अन्य लोग भी थे।

आपने सुना ही होगा, हमने उस दिन होटल ब्रिस्टल में उन सभी संभावनाओं पर कितनी ईमानदारी से विचार किया।

'अशुभ वस्तुएँ,' मैंने कार्टियर से कहा, 'मेरे लिए शुभ होती हैं।'

'अरे हाँ,' उसने कहा' 'मैडम ने मुझे पहले बताया था, और मुझे याद आ गया। मैं खुद भी समझता हूँ कि जिन अंधविश्वासों की हम बात करते हैं, वे निराधार हैं। फिर भी, इतना तो मानना होगा कि वे मनोरंजक होते हैं।'

मैंने जब उस हीरे को नीचे रख दिया, उसके बाद नेड ने उसे उठा लिया और काफी देर हाथ में लिये रहा।

'कितनी कीमत?' उसने पूछा। पता नहीं क्यों, सच तो यह है कि वह कभी भी पसंद की गई चीजों की कीमत नहीं चुकाता था, जब तक कि उसे मुकदमे की धमकी देकर बाध्य न किया जाए।

इससे पहले कि कार्टियर जवाब देता, मैंने खुद घोषणा कर दी, 'नेड, मुझे यह नहीं चाहिए। मुझे इसकी सज्जा पसंद नहीं।'

अक्तूबर में हम रॉटरडेम पर सवार होकर संयुक्त राज्य की ओर चले गए और जिस रत्न के बारे में हम सोच रहे थे, वह कोई ब्लू डायमंड नहीं बल्कि मेरा अमूल्य नन्हा पुत्र था।

एक लहर बाहर जाती है, एक अंदर आती है; मैं अपनी मनोदशा को इसी तरह व्यक्त कर सकती हूँ। जब मैं उसे छोड़ने गई और वापस आई। छोटे विल्सन के लिए जो बेहद अनियंत्रित प्यार मेरे अंदर था, उसका कोई श्रेय मैं लेना नहीं चाहती हूँ। मैं स्वयं जीवन का एक कण मात्र हूँ। लेकिन मैं सोचती हूँ, इसकी पूर्णतम शक्ति स्वयं को तब प्रकट करती है जब कभी जीवन, जीवन को जन्म देता है। मैं याद नहीं कर सकती कि मेरे अंदर रोमांच के लिए भूख कब नहीं होती थी। मेरी सारी लापरवाही का कारण वही भूख थी, मैं ऐसा मानती हूँ। कुछ रोमांचक अनुभवों के लिए मैंने भारी मूल्य चुकाया है और सच कहूँ तो सबसे बड़ी कीमत मैंने विल्सन के लिए चुकाई है।

मैक्लीन की निजी पुलमैन कार में हम न्यूयॉर्क से बार हार्बर चले गए। हमने अपने बच्चे को स्वस्थ और हँसते-खिलखिलाते हुए पाया। वह अभी नौ महीने का था। उसका एक दाँत निकलने लगा था। उसका गुलाब की पंखुड़ी जैसा कोमल कान जब मेरी गरदन से चिपकता और मेरे पेट पर वह अपनी नन्ही टाँगें जोर-जोर से मारता तो मुझे अतीव आनंद का अनुभव होता।

लेकिन पियरे कार्टियर मुझे भूला नहीं था। माँ, नेड, हमारा बच्चा और मैं नवंबर में वापस आकर कमरा नं. 2020 में ही ठहरे हुए थे, जब हमें 712, फिफ्थ एवेन्यू स्थित कार्टियर संस्था से एक पत्र प्राप्त हुआ। यह पत्र नेड को संबोधित था।

'प्रिय महोदय, हम सहर्ष आपको सूचित करना चाहते हैं कि पियरे कार्टियर लुसितानिया द्वारा इस सुबह यूरोप से आ गए हैं। वह होप डायमंड से संबंधित दस्तावेज अपने साथ लेकर आए हैं। उनके पास टेवरनियर द्वारा स्वयं लिखी गई एक पुस्तक है। आपको शायद याद हो, टेवरनियर वही व्यक्ति है, जिसने उक्त हीरा किंग लुइस XIV को बेच दिया था।'

इसके अलावा फ्रांस की सम्राज्ञी के सभी आभूषणों के बारे में महान् फ्रांसीसी विशेषज्ञ द्वारा लिखी गए एक पुस्तक भी उनके पास है। उसमें आपको पूरा विवरण मिल जाएगा, जो आप चाहते हैं।

'श्री पियरे कार्टियर को यदि आप मिलने का समय दे सकें तो वह गौरवान्वित महसूस करेंगे। वह आपसे मिलकर आपको हर तरह की अतिरिक्त जानकारी दे सकेंगे, जो भी आप चाहते हों।'

आपके उत्तर की प्रतीक्षा में,

भवदीय
'कार्टियर'

नेड ने पियरे कार्टियर के साथ बात की और बताया कि हीरा व्यापारी सिर्फ इतना चाहता है कि मैं होप डायमंड को शनिवार से सोमवार तक अपनी निगरानी में रख लूँ। मैंने सहमति दे दी और नेड से वह हीरा मेरी ड्रेसिंग टेबल पर रख देने के लिए कहा।

घंटों तक वह हीरा मुझे घूरता रहा। उसकी सज्जा पूरी तरह बदल दी गई थी और उसे हीरों के फ्रेम में लगा दिया गया था। साथ में हीरों की एक शानदार चेन थी—मेरी गरदन को सुशोभित करने के लिए। उस रात के दौरान किसी समय मुझे उस चीज को पाने की इच्छा होने लगी।

क्या मैं अनेक मूर्खतापूर्ण अंधविश्वासों, हीरों की काल्पनिक कहानियों में विश्वास करती हूँ? मैं स्वीकार करती हूँ, मैं बेहतर जानती हूँ और फिर भी जानने से ज्यादा मैं मानती हूँ। उससे मेरा अभिप्राय यह है कि मैंने अपने मित्रों या बच्चों को उसे कभी छूने भी नहीं दिया। आप चाहें तो इसे एक बेवकूफ औरत की वस्तु-पूजा का नाम दे सकते हैं; अब निश्चय के साथ ऐसा कह चुके हों तो अब मुझे कहने दें कि मैं ऐसा महसूस करती हूँ—न कि सोचती हूँ कि इसके बुरे प्रभावों के प्रति मैं एक तरह से निरापद हो गई हूँ। अर्थात् मुझ पर इसका बुरा असर नहीं हो सकता। अगर मैंने इसे कभी देखा या छुआ नहीं होता, तब कौन सा पहाड़ टूटने वाला था! मुझमें यह जानने की काफी समझ-बूझ है कि ज्योतिषियों को भविष्य-वक्ताओं के रूप ख्याति इसलिए प्राप्त होती है, क्योंकि उन्हें संभावनाओं के बारे में पहले से बताने का अभ्यास हो जाता है। मेरे अनुभव मुझे यह बताते हैं कि किसी के भी जीवन में जो मुसीबतें आनी हैं, उनसे बचा नहीं जा सकता।

पियरे कार्टियर सोमवार की सुबह मुझसे भेंट करने आया, लेकिन सौदा कई महीनों तक लटका रहा। कीमत 1,54,000 डॉलर तय हो गई। मैंने 40,000 डॉलर का भुगतान जल्दी करना मान लिया और बाकी 1,14,000 डॉलर का भुगतान तीन वर्ष के अंदर किया जाना था। मेरे पास हीरे की एक कंठी के साथ पन्ना एवं मोती का एक पेंडेंट था, जो मुझे अब कम भाता था और कार्टियर ने उसे कीमत के एक हिस्से के रूप में स्वीकार कर लिया। फिर मैंने एक रुक्के पर दस्तखत किए और नेड ने भी कर दिए। मैंने चेन अपनी गरदन में पहन ली और फिर अपना जीवन उसके भले या बुरे भाग्य पर छोड़ दिया।

मुझे पता था कि नेड की माँ मुझे रोकने की कोशिश करेगी। यही कारण था कि मैंने खरीद को अपरिवर्तनीय बनाने की जल्दबाजी दिखाई। जब कार्टियर ने हमारा रुक्का अपनी जेब में रख लिया, उसके बाद मैंने श्रीमती मैक्लीन से फोन पर बात की।

'मम्मी, मैंने होप डायमंड खरीद लिया है।'

उस समय श्रीमती रॉबर्ट गोइलत उनके साथ थीं। और उन्होंने ही बाद में मुझे बताया कि मेरी सास करीब-करीब बेहोश हो गई थीं मेरी बात सुनकर।

मैंने उन्हें कहते सुना, 'यह एक शापित हीरा है और तुम उसे वापस भेज दो। इसको वापस करने से उतना अशुभ नहीं होगा जितना बुरा इसकी खरीद से होता है। तुमने निहायत लापरवाही का काम किया है इसे खरीदकर। पैसे का उपयोग बेहतर चीजों के लिए किया जाना चाहिए, न कि गहने-जेवर खरीदने के लिए।'

उनका प्रवचन वाग्दंड चलता रहा। और बीच-बीच में मेरे मुँह से इतना ही निकला, 'लेकिन मम्मी…'

उन्होंने मुझे आगे कुछ भी नहीं कहने दिया, क्योंकि मेरी बात काटने के लिए उनके पास हजारों बहाने थे।

अंतत: मैंने दृढ़ता से कहा, 'लेकिन मम्मी, मुसीबत किसी पर भी आ सकती है। आप कभी जान नहीं पाते हैं।'

फिर उन्होंने कहा कि वह श्रीमती गोइलत के साथ मुझे मनाने के लिए आ रही हैं, क्योंकि मैंने उनके विचार से महामूर्खता का काम किया है और उसके घोर परिणाम से मुझे बचाना उनका कर्तव्य है। श्रीमती गोइलत ने मुझसे टेलीफोन पर बात की। फिर वे दोनों कार चलाकर मुझसे मिलने आईं और मुझे अपना फैसला बदलने के लिए आग्रह करती रहीं, हालाँकि वह हीरा उन्होंने हाथ में लेकर देखा भी और पसंद भी किया। चूँकि मैं समझ रही थी कि एक अच्छी बहू साबित होने के लिए मुझे उनका कहना मानना ही होगा, इसलिए अंत में मैंने हार मानकर वह हीरा कार्टियर को वापस भेज दिया।

और कार्टियर ने तुरंत उसे मेरे पास वापस भिजवा दिया।

दुर्भाग्य! एक या दो साल के अंदर, बहुत ही कम समय के अंतराल पर, दोनों महिलाओं की मृत्यु हो गई। श्रीमती गोइलत की मृत्यु उनकी नौका में हुई, मम्मी बार हार्बर में निमोनिया से मर गईं। कभी-न-कभी तो उन्हें जाना ही था, जैसे हम सभी को किसी दिन जाना है। फिर भी, ऐसी घटनाओं की व्याख्या करने के लिए किसी और सिद्धांत का सहारा न मिलने पर मैंने अपना ही सिद्धांत गढ़ लिया। जरूरत के मुतबिक अंधविश्वास एवं सहज बोध से, जैसाकि मैं समझती हूँ, अधिकतर लोग करते हैं। उन संतों के संबंध में मेरे अंदर अर्ध-विकसित आस्था थी, जिनके विषय में मुझे कुछ भी ज्ञान नहीं था। जो भी हो, मैं शायद बहुत डर गई थी, क्योंकि मेरी भी धारणा थी कि नीला हीरा (ब्लू डायमंड) बुराई का ताबीज था।

हर दिन मुझे पास या दूर के उन व्यक्तियों से पत्र मिलने लगे, जिन्होंने पढ़ लिया था कि मैं इस हीरे की मालकिन बन गई हूँ। एक आदमी ने मुझे लिखा कि किस तरह वह मौत के मुँह में जाने वाला था, जब एस.एस. सेन डूबा। उसके कहने का मतलब था कि होप डायमंड उस जहाज पर था, लेकिन उसने यह नहीं बताया कि हीरा बचाया किसने? यद्यपि वह बाद की अपनी मुसीबतों के लिए मुझसे मुआवजा माँग रहा था, जिनके लिए वह उस वस्तु के अपने पहले करीबी संबंध को दोषी मानता था, जो अब मेरे गले की शोभा बनी हुई थी। मुझ में योहे से एक के बाद एक

अनेक पत्र प्राप्त हुए, जो अपने बरबाद जीवन से कुछ खुशी तलाशने की कोशिश कर रही थी। वह अपनी तबाही के लिए होप डायमंड को दोषी मानती थी; दूसरी स्त्रियों की तरह उसने भी मुझसे विनती की कि मैं उसे दूर फेंक दूँ और उसके सम्मोहन को तोड़ दूँ। जब-तब मुझे दर्जन भर खत मिले। मुझे नई पुलक, नए रोमांच का अनुभव हुआ; लेकिन उसके बावजूद मुझे अपने जीवन के बारे में वह अनुभूति हो रही थी, जिसके साथ हम किसी नाटक में परदा उठने की प्रतीक्षा करते हैं।

एक दिन मैंने मैगी बग्गी से कहा, 'क्या हमें कोई ऐसा पुरोहित नहीं मिल सकता, जो इसके शाप को शांत कर दे?'

'पुरोहित इस हीरे को अभिमंत्रित कर देगा।' मैगी ने कहा, 'और विश्वास रखो, उसके आशीर्वाद से इसके अंदर का राक्षस निकल जाएगा।'

हम अपनी इलेक्ट्रिक विक्टोरिया में बैठकर महामान्य रसेल के चर्च की तरफ चल पड़े।

'देखो, फादर,' मैंने उनसे कहा, 'इस चीज ने मुझे परेशानी में डाल दिया है। क्या मेरे लिए आप इसे शाप-मुक्त करने की कृपा करेंगे?'

हम चर्च के बगलवाले एक छोटे कमरे में थे। और महामान्यवर रसेल ने अपने वस्त्र धारण किए तथा मेरी उस चमकदार वस्तु को एक मखमली तकिए पर रख दिया।

जब वह अपनी तैयारी कर रहे थे, आँधी चलनी शुरू हो गई। बिजली चमकी, गड़गड़ाहट ने चर्च को हिला दिया। न कोई हवा थी और न बरसात, सिर्फ अँधेरा था और बिजली की भयंकर कड़क। सड़क के पार एक पेड़ सहसा टूटकर बिखर गया। मैगी डर से आधी पागल जैसी हो गई। उसकी उँगलियाँ माला जपने में व्यस्त थीं। मेरा मन किया, ऐसी आस्था मेरे अंदर भी होनी चाहिए। मैगी उन श्रेष्ठ व्यक्तियों के नाम पुकार रही थी, जो मेरे विचारों में विरले ही आते होंगे।

महामान्य रसेल के लैटिन वचनों से मुझे विलक्षण सुकून मिला। उस दिन से मैंने अपना हीरा एक ताबीज की तरह पहना है। बेशक मैं खुद को धोखा देती हूँ— लेकिन मुझे यह सोचकर अच्छा लगता है कि यह वस्तु मेरे लिए शुभ है, मंगलकारी है। वास्तव में इसके बारे में सबसे अच्छी बात तो यह है कि अगर मुझे कभी ऐसा करना ही पड़ा तो मैं इसे काट सकती हूँ।

मेरे पिता के न रहने से मुझे इतना दुःख हुआ कि कुछ समय के लिए मुझे मार्फिया का सहारा लेना पड़ा।

मार्फिया (मॉर्फीन) की पुड़ियों को छिपाकर रखने के लिए मैं बड़ी चालाक

होती जा रही थी—किसी जानवर से भी ज्यादा चालाक। गिलहरी की समझ बस इतनी होती है कि वह सर्दियों के मेवों, दानों, गिरी एवं गुठलियों को बचाकर रखने के लिए जमीन के छेदों या खोखले पेड़ों से आगे नहीं सोच पाती है। लेकिन मैं इतनी कम-अक्ल नहीं थी। मिसाल के तौर पर, कोई गिलहरी किसी लालची डॉक्टर या दवा विक्रेता को पैसे नहीं भेज सकती है, ताकि वे रोजाना थोड़ी सी दवा डाक से भिजवाने का प्रबंध कर सकें। मेरी यह चाल काम कर गई और तब तक कारगर रही, जब तक कि नेड ने डाक से आनेवाली वस्तुओं का पता 2020 से बदलकर वाशिंगटन पोस्ट नहीं कर दिया।

छोटी-छोटी पुड़ियाँ मेरे शयनकक्ष में गलीचे के नीचे छिपी रहती थीं। मैं एक कैंची लेकर फर्नीचर में आसानी से न दिखनेवाली जगहों पर होशियारी से कट कर देती और फिर कुरसियों, काउचों, सोफों की गद्दियों में—जहाँ तक भी मेरी पतली-दुबली होती जा रही बाँह जा पाती, मैं एक छोटी भूरी बोतल घुसा देती, यह उम्मीद करते हुए कि यह नशीली दवा मेरे भावी जीवन को फिर से हरा-भरा करने में सहायक होगी। मुझे कुछ-कुछ याद है कि मैंने एक बड़ी बोतल पाइप ऑर्गन (एक प्रकार का बाजा) के अंदर छिपाकर रख दी थी।

मैं हमेशा दवाइयों की दुकानों में घुसी रहती, हालाँकि अधिकतर तो मैं किसी नौकर को इशारे से बुलाकर अपने इस काम करने के लिए भेज देती। उन दिनों हीरों से लदी किसी महिला के लिए अफीम से बनी औषधि की चौथाई गैलन मात्रा खरीदना बहुत आसान था, बशर्ते कि वह औषधि विक्रेता को मुँह माँगा दाम देने के लिए तैयार हो। मैं हमेशा कोई-न-कोई नुस्खा लेकर जाती थी।

महीनों गुजर गए और मैं चाहे जो भी नशा कर लूँ, मुझे भूख बिलकुल नहीं लगती थी। मैं अपने पेट में कुछ नहीं रख सकती थी, इसी कारण मैं नशीली दवाओं से पेट भर लेती और गाड़ी लेकर निकल पड़ती—पूरी तरह बेहोशी की हालत में दो-दो तीन-तीन घंटे गाड़ी में घूमती रहती।

इस लत से मेरे लिए एक फायदा था। सामान्य तौर पर मुझे हमेशा धन के बारे में चिंता रहती थी—उन सभी चीजों के बारे में चिंता लगी रहती थी, जिनसे कभी मेरे पिता का सरोकार था; लेकिन जब मैंने मार्फिया लेना शुरू किया, मुझे कोई चिंता नहीं रही, कोई परवाह नहीं रही। हाँ, यह जरूर हुआ कि मैं इतनी पीली पड़ गई कि अपने चेहरे में मुझे अपना ही भूत नजर आने लगा।

अगर दुर्भाग्यवश कभी ऐसा हुआ कि मुझे वह दवा नहीं मिली, जो मुझे तुरंत चाहिए थी, मैं तब क्लोरल की एक खुराक या कोई भी नशीली दवा ले लेती, जो

मुझे ड्रग स्टोर में मिलती।

फिर एक दिन मैंने नेड को सब बता दिया।

उसे सुनकर झटका तो लगा, फिर भी उसने नरमी से कहा, 'क्या तुम यह सब लेना छोड़ नहीं सकतीं? अगर दिल से पूरी कोशिश करो तो छुटकारा मिल सकता है। तुम जानती हो, हमारा एक बच्चा है। हमें उसके बारे में सोचना चाहिए।'

'मैं बंद कर दूँगी।' लेकिन मुझे अपना वचन निभाने के लिए सहायता की आवश्यकता थी, इसलिए एक दिन मैंने डॉ. हार्डिन को याद किया। मैंने डॉक्टर को बताया कि मुझे दुबारा मार्फिया की लत पड़ गई है। उससे छुटकारा पाना मेरे वश के बाहर है, और इस लत से वही मुझे मुक्ति दिला सकते हैं।

वह आए। कुछ सवाल उन्होंने मुझसे पूछे और मेरे पलंग की बगल में एक बड़ी हरे रंग की बोतल छोड़ गए, जिसमें से मुझे एक छोटी नपी-तुली खुराक तब लेनी थी, जब तक मैं खुद पर काबू न रख सकूँ। खैर, उस रात के दौरान मैंने पूरी बोतल खाली कर दी।

करीब दस दिनों बाद मेरी चेतना लौटी, अर्थात् मुझे होश आया। और तब मैंने दो औरतों को कमरे में बैठे हुए पाया। उन्होंने झक्क सफेद कलफ लगी वरदी पहनी हुई थी। मैं डॉ. बार्कर की देख-रेख में थी।

मुझे यह भी पता चला कि मैं जिन दिनों महामूर्ख और हक्की-बक्की थी, उस दौरान डॉ. बार्कर मुझे किसी आरोग्य आश्रम में डलवा देना चाहते थे। वही समय था, जब नेड मैक्लीन ने मेरे लिए कुछ अच्छा किया।

'हम यहाँ ऊपर ही स्वास्थ्य-सुधार गृह बनवा देंगे।' उसने कहा, 'इस घर की सबसे ऊपरी मंजिल पर। अगर उसे यहाँ से निकालकर कहीं दूसरी जगह बंद करके रखा तो उस सदमे से वह कभी निकल नहीं पाएगी। वह यहीं रहेगी।'

मुझे धीमी होती रोशनी की तरह बुझ जाना था। कभी-कभी मुझे ऐसी पीड़ा होती है जैसी उस प्राणी को होती है जिसे कोई उससे बड़ा जानवर खाता है और उसके सीने को बीच से चीरता है। ईश्वर जानता है, कैसी-कैसी भयानक चीजें मेरे बिस्तर के नीचे छिपी हुई थीं, और मुझे यह बताने का कोई लाभ नहीं था कि वे वहाँ नहीं हैं। मैं जानती थी, वे हैं और उनकी निरंतर बदलती भयानक शक्लों को मैं महसूस करती थी।

एक दिन मैंने डॉ. बार्कर को टेलीफोन किया—'उससे मुकाबला करने के लिए अब मैं खुद तैयार हूँ। मैं वही करूँगी, जो आप कहेंगे—यानी मैं कोशिश करूँगी और मैं निश्चित रूप से आपकी हर आज्ञा का पालन करूँगी। आप चाहें तो मैं यह

साबित कर सकती हूँ। मार्फिया की गोलियों की एक शीशी आप मेरे बिस्तर के पास रख दें। मैं उन्हें हाथ भी नहीं लगाऊँगी और मैं न तो शराब पिऊँगी, न सिगरेट।'

मुझे नहीं पता कि क्या वह वास्तव में मार्फीन थी, जो डॉ. बार्कर ने मेरे पास छोड़ी थी; लेकिन मैंने मान लिया कि यह वही नशीली दवा थी। खुद को रोकने के लिए अपने आपसे जद्दोजहद करते हुए मैं पसीने से नहा जाती। घंटों तक लड़कर भी मैं जीत नहीं पाती थी।

मुझे मालूम है, एक महीना ऐसा था, जब मैंने किसी भी रात के दौरान आधा घंटे से अधिक समय बिस्तर पर नहीं बिताया। हम सारी-सारी रात उस विशाल घर का चक्कर काटते—मेरी नर्सें और मैं। हम हर गैगरी का इतनी बार चक्कर लगाते, जितनी बार मैंने जहाजों की छत पर कदम रखे हैं। हम सबसे ऊपर की मंजिल से बिलकुल नीचे की मंजिल पर जाते। मेरी एक-एक बाँह एक-एक नर्स ने कसकर पकड़ी होती और जब हम किसी कोने का चक्कर लगाते या किसी दूसरे कमरे में जाते, मैं चौंक उठती और काँपने लगती।

'दीवार पर वह क्या रेंग रहा है?'

'अब, अब देखो, यह सिर्फ छाया है, और कुछ नहीं, डार्लिंग।'

'अगर वह छाया है तो उसकी मजबूत टाँगें और एक पतली-सी छटपटाती हुई पूँछ कैसे है?'

मुझसे इसका कोई कारण न पूछें। मैंने वास्तव में वे चीजें देखीं, जिनके बारे में नर्सों का कहना था कि मैं परछाइयों में उनकी कल्पना कर लेती हूँ। मैंने इसके बारे में बहुत सोच-विचार किया है। मेरा मानना है कि एक पेंसिल के बराबर या उससे भी कम आकार की किसी छिपकली या साँप की जो अतीतकालीन तसवीर मेरे मन-मस्तिष्क में दर्ज थी, वे मेरे स्मृति-पटल पर रेंगते हुए चले आए और मेरी विक्षिप्तता में ये पुराने चित्र बड़े हो गए तथा मेरे घर की दीवार एवं अंदरूनी छत पर उभर आए।

अंतत: मैंने महसूस किया कि मेरी लालसा कम हो रही है। लेकिन डॉ. बार्कर जब भी आते, मुझे चेतावनी देते—'शराब और सिगरेट दोनों से परहेज।'

नेड समेत उन सभी लोगों ने मुझे सहारा दिया, जो मुझे प्यार करते थे। हम आपस में मेरे मन:स्ताप के बारे में बात किया करते, लेकिन मेरे व्यसन का कोई जिक्र नहीं होता था। वह हमारे बच्चे की खातिर चाहता था कि मैं अपने आप पर संयम रखूँ, लेकिन वह स्वयं पर नियंत्रण रखने के लिए तैयार नहीं था।

एक रात जिस समय डॉ. बार्कर इस बात से गर्वित हो रहे थे कि उन्होंने मुझे स्वस्थ कर दिया है, नेड घर नहीं आया। मैंने उसके सचिव को नेड को उसके ऑफिस

से लाने के लिए भेजा। जब सचिव अपने बॉस को नहीं ला सका तो मैंने नेड को फोन किया और उसे तुरंत 2020 चले आने के लिए कहा।

'मैं आज रात घर नहीं आ रहा हूँ।'

'अगर तुम नहीं आओगे तो मैं अपने लिए शराब का एक बड़ा गिलास भरने जा रही हूँ।' भयंकर उलझनें थीं। वहाँ क्या मुझे दुबारा स्वीकारने की जरूरत है कि मुझे बिगाड़ा गया?

'चालू रहो, अपना ड्रिंक लो। मैं घर नहीं आ रहा हूँ।'

मैं एक ऐसे आदमी के शिकंजे में थी, जो बंदूक तो खींचता है, लेकिन चलाने की हिम्मत नहीं जुटा पाता। मैंने बार्कर को बाल्टीमोर में बुलाया और उन्हें बता दिया कि नेड व मैं झगड़ रहे हैं और मैं एक ड्रिंक लेने वाली हूँ। वे दोनों नर्सें मिस शीर्न और मिस ओ' ब्राइन अभी तक मेरे पास ठहरी हुई थीं, हालाँकि यह माना जा रहा था कि मैं काफी ठीक हो गई हूँ।

'सुनो,' डॉ. बार्कर ने कहा, 'ऐसी किसी चीज को हाथ भी मत लगाना। अपना हैट और कोट उठाओ और जितनी जल्दी हो सके, मेरे पास चली आओ। मैं इंतजार कर रहा हूँ। समझ गईं अब।'

मैंने कार मँगवाई और दोनों नर्सों को तैयार रहने के लिए कहा। माँ ने यह शोरगुल सुन लिया था। माँ ने मुझसे शांत हो जाने और घर में बने रहने की याचना की। मैंने उनकी बात नहीं सुनी और पैर पटकते हुए दरवाजे से बाहर हो गई, जहाँ शीशे की छतवाली ड्योढ़ी के नीचे कार प्रतीक्षा में थी।

'खोलो इसे।' मैंने शोफर से कहा, 'और अगर तुमने आगे वाली किसी भी कार को पीछे नहीं छोड़ा तो यकीन मानो कल मेरी कार कोई और ही चलाएगा।'

मुझे लगता है, मैंने उसे पागल कर दिया था। उसके अहं को ठेस पहुँचाई; जो भी हो, उसने वाशिंगटन से बाल्टीमोर तक जाने में रफ्तार के कई रिकॉर्ड तोड़ दिए और एक मडगार्ड भी खो दिया।

जब हम पहुँच गए, वे दोनों शांत नर्सें शांति के अलावा सबकुछ थीं। उन्होंने रक्षा के लिए इतने आइरिश संतों को पुकारा कि मुझे लगा, मेरी कैथोलिक शिक्षा लगभग पूरी हो गई।

किसी एक होटल में कई कमरे बुक करा लिये थे। डॉ. बार्कर मेरे बैठक खाने में इंतजार कर रहे थे। वह बहुत ही सराहनीय व्यक्ति हैं—सुंदर, प्रभावी, संयमी और समर्थ। मैं उनकी बहुत ऋणी हूँ।

'मैं पूरी तरह ठीक हूँ।' मैंने डॉ. बार्कर से कहा, 'नेड नखरे कर रहा है बहुत

ज्यादा। वह आज रात घर नहीं आएगा और मैं ठीक होकर आ गई हूँ।'

बार्कर ने अपनी भौंहें चढ़ाईं और मुझ पर निगाह डाली।

'अब,' मेरे अंदर के नाटककार ने कहना जारी रखा, 'मैं तीन कॉकटेल और सिगरेट का ऑर्डर कर रही हूँ। मैं अब पूरी रफ्तार से नरक के रास्ते पर दौड़ने जा रही हूँ।'

बार्कर एक आरामकुरसी पर बैठ गए और मुझ पर एक उड़ती-सी निगाह डाली।

तभी होटल का एक नौकर आया और उसने कॉकटेल तथा सिगरेट की एक ट्रे मैंटलपीस पर रख दी। दरवाजा बंद हो गया और हम दो लोग फिर अकेले रह गए। मैंने अपने हाथ रगड़े। फिर मैं कॉकटेल तक गई—तीन मैनहट्टन।

मैं किसी गिलास तक पहुँचने का साहस नहीं कर सकी। मैंने खुद से कहा कि बार्कर ने मुझे सम्मोहित कर दिया है। शायद सच्चाई यह थी कि मैं किसी बहुत भले सुसंस्कृत आदमी का मुझे घृणा से देखना सहन नहीं कर सकती थी। तब करीब साढ़े नौ बजे का समय था।

हम सुबह के साढ़े तीन बजे तक वहाँ थे और इस बीच बार्कर ने दो शब्द भी कहे हों तो मुझे याद नहीं। वह सिर्फ मुझे देख रहे थे। मैं बार-बार मैंटलपीस तक जाती और रुक जाती—बहुत सख्ती से चाबी भरी हुई घड़ी की तरह। बार्कर ने वास्तव में मुझे सम्मोहित किया था या सिर्फ मेरे आत्मसम्मान को जगाया—मुझे नहीं पता। सुबह होने से कुछ देर पहले नर्सों ने मुझे बिस्तर पर लिटा दिया और बार्कर ने मुझे कुछ दिया और कहा कि इससे मुझे नींद आ जाएगी। वाकई उसके असर से मुझे नींद आ गई।

मार्फिया के साथ वह मेरी आखिरी जंग थी। मैं समझती हूँ, इसका आधा श्रेय बार्कर को जाता है और आधा नन्हे विल्सन वॉल्श मेक्लीन को।

जब मैं घर वापस आई, मुझे पता चला कि नेड अभी तक कहीं बैठा शराब पीने में मस्त था। उसके बाद मेरी नर्सें कुछ समय तक मेरे साथ रहीं और जब वे चली गईं, तब भी मैं सावधानी बरतती रही। मार्फिया के साथ मेरी शक्ति-परीक्षा सदा के लिए समाप्त हो गई।

□

इर्विंग एडिसन बैचलर की कहानी 'क्रिकेट हेरॅन' में काफी कुछ आप बीती है—इस कहानी में पिछली सदी में अमेरिका में तेजी से हुए रेलमार्ग निर्माण एवं औद्योगिक विकास के दौरान घुमक्कड़ लड़कपन और व्यावसायिक जीवन का वर्णन है। चलो, क्रिकेट हेरॅन के साथ सड़क पकड़कर उसकी कहानी सुनें।

खुली सड़क

✍ इर्विंग बैचलर

भूख से बेहाल मैंने फिर सड़क पकड़ ली। मैं आपको बता दूँ, मेरे जैसी यात्रा पर निकले व्यक्ति को आदमियों और औरतों की अच्छाई में विश्वास करना ही पड़ेगा। मुझे याद है, मैं लगभग टूट ही गया था, जब मैंने एक फार्महाउस में जाने और द्वार खोलनेवाली उस भली औरत से यह कहने का साहस किया कि मुझे अपना नाश्ता अर्जित करने के लिए कुछ काम दिया जाए। मैं जब उस औरत से बोला, मेरी आवाज में और मेरी मुख–मुद्रा में जरूर कुछ ऐसा रहा कि वह मुझे मना नहीं कर सकी या मुझसे रुखाई से पेश नहीं आ सकी। मैं जो कुछ चाहता था, वह सब और उससे भी कहीं अधिक मुझे मिल गया। और मैं दोपहर के भोजन में खाने के लिए दी गई ढेर सारी चीजें और मन में कृतज्ञता का भार लिये अपने रास्ते चल दिया।

मेरे पीछे निरभ्र आकाश में सूर्य चमक रहा था और मैं समझ गया कि मैं सही दिशा में जा रहा हूँ। सफेद गरदनवाली गौरैया वृक्ष–संकुल ढलान पर बालू से खेल रही थी।

बगल में रेलपथ पीले व नीले फूलवाले पौधों की कतारों से शोभित था और हवा में एक तरह की कस्तूरी महक थी तथा हर झड़ी से संगीत फूट रहा था। दस

बजे के लगभग एक छोटे से गाँव से गुजरते हुए मैंने अपनी माँ को लिखा एक पत्र डाक में डाल दिया।

दोपहर के करीब मैं एक लड़के से आगे निकल गया, जो मुझसे दो या तीन साल बड़ा था। उसका एक पाँव लकड़ी का था—एक मोटा सा डंडा, जिस पर उसका घुटना टिका हुआ था—और उसे हाथ में कसकर पकड़े हुए वह चलता था। वह एक रूखा, गंभीर दिखनेवाला लड़का था, जिसका चेहरा धूप से पक गया था। उसने मेरा नाम और 'निवास-स्थान' पूछा।

'मैं एक वाणिज्य यात्री हूँ।' उसने भी मुझे बताया।

'तुम क्या बेचते हो?'

'बैठ जाओ, मैं दिखाता हूँ।'

हम दोनों घास पर बैठ गए और उसने अपना थैला खोला। उसमें छोटे-बड़े आकार की गोल सफेद गेंदें भरी हुई थीं, जो रंगीन टिशू पेपर में सफाई से लिपटी हुई थीं।

'यह क्या है?' मैंने पूछा।

उसने स्वाभिमान के साथ जवाब दिया, 'यह साल है, सर साल।'

'साल?' मैंने अचंभे में कहा।

'साल।' उसने कहा, अपने हाथ में सफेद गेंद पर प्यार भरी नजर डालते हुए। 'साल चाँदी के बरतनों, काँच के बरतनों, सोना, पीतल और जस्ते को साफ करती है और चमकाती है, लकड़ी की बनी वस्तुओं से धूल-मिट्टी निकालती है और घर चमकदार एवं सुंदर बनाती है।'

वह अपनी बात इस अंदाज से कह रहा था जैसे कविता की किसी किताब से कोई उद्धरण पढ़कर सुना रहा हो; फिर यह देखने के लिए बीच में रुका कि मुझ पर उसका क्या असर पड़ रहा है।

'आपका कार्य-क्षेत्र क्या है?' उसने पूछा।

'मैं पश्चिम की ओर जा रहा हूँ रोजगार की तलाश में।' मैंने कहा।

'क्या आप 'साल' अपने साथ ले जाना चाहेंगे?' उसने पूछा।

'मैं नहीं जानता।' मैंने जवाब दिया।

'मैं तुमको नुस्खा बेचने का एक डॉलर लूँगा।' लकड़ी की टाँगवाले लड़के ने कहा, 'पचास सेंट के माल से एक सौ गोले बन जाते हैं। वे हाथोहाथ बिकते हैं। दस सेंट में छोटा गोला, बड़ा गोला पच्चीस सेंट में।'

'मेरे पास ज्यादा पैसे नहीं हैं—केवल सोलह सेंट हैं।' मैंने कुछ लज्जित

महसूस करते हुए जवाब दिया। तभी मुझे याद आया कि मैंने अभी-अभी तीन सेंट डाक-शुल्क देने में खर्च किए हैं।

उसने मुझे सिर से लेकर पाँव तक देखा और कहा, 'अगर तुम इसे आजमाने के इच्छुक हो तो मैं तुम्हारा विश्वास कर लूँगा।'

'ठीक है।' मैंने कहा।

उसने अपना थैला खोला और उसमें से दस छोटे गोले तथा उतने ही बड़े गोले गिनकर निकाले।

'ये लो,' उसने कहा, 'तुम्हें ये सभी गोले एक दिन में बेचने हैं। उसके बाद तुम मुझे इस माल के बदले एक डॉलर भेज सकते हो।'

'इसे बेचने के लिए आप कहाँ जाते हैं और क्या करते हैं?' मैंने पूछा।

'शहरों में जाना सबसे अच्छा है।' उसने कहा, 'जब मैं किसी शहर में जाता हूँ, तो वहाँ की मुख्य सड़कों का नक्शा बना लेता हूँ और नाम लिख लेता हूँ—होटलवाले खुशी से आपकी मदद कर देते हैं। थोड़ी देर बाद मैं दरवाजे की घंटी बजाने लगता हूँ। मैं घर की महिला को नहीं बुलाता हूँ—नहीं सर; मैं कहता हूँ 'क्या श्रीमती स्मिथ घर पर हैं?' यह वाक्य बड़ा काम करता है। वह एकदम प्रकट हो जाती हैं। 'दयालु गृहिणी' मैं कहता हूँ, 'मैं साल बेचता हूँ। यह चीज चाँदी-सोने के बरतनों आदि को झकाझक कर देती है। साल किराए की नौकरी से बेहतर है।'

'यह कहना न भूलें कि साल घर को चमकदार और सुंदर बना देती है। यह भाषा बड़े काम की है और वही कहती है, जो औरतें करने की कोशिश कर रही हैं। बेशक वह कहती है, 'नहीं, धन्यवाद।' फिर मैं उससे कहता हूँ, 'अगर आपके पास चाँदी का कोई पुराना बदरंग बरतन है तो मैं इसका करिश्मा आपको दिखाना चाहूँगा। जैसे कि कवि कहता है—'मैं इसे चमकीला बना दूँगा। जैसी चमक आपकी आँखों में है।'

'कभी-कभी थोड़ी शायरी का इस्तेमाल बुरा नहीं होता। अच्छा लगता है, और याद रखना आसान होता है। लेकिन इसमें सावधानी बरतन बहुत जरूरी है। कुछ औरतें शायरी-पसंद नहीं होती हैं। जो औरतें एप्रन, अँगूठियाँ और कुच-कवच पहनती हैं तथा बाजू चढ़ाकर रखती हैं, वे आमतौर पर शायरी हजम कर लेती हैं, विशेषकर वे जिनके बाल घुँघराले होते हैं। उन खूबसूरत औरतों की परवाह करें, जो हीरे पहनती हैं और अपने पाँव ऊपर उठाकर बैठती हैं तथा कविताएँ पढ़ती हैं। इसलिए ऐसा लगता है कि उनके दिमाग में शायरी बहुत भरी रहती है। उन्हें अपनी शायरी कभी न सुनाएँ।

‘औरतें निराली होती हैं। इधर दो प्रकार की औरतें हैं—अंदरवाली और बाहरवाली। बाहरवाली औरतें अपने पड़ोसियों के बारे में बातें करती हैं, अंदरवाली अपनी बीमारियों के बारे में बतियाती हैं। मैं एक औरत को जानता हूँ, जो अपने प्रेमी के बारे में घिनौनी बातें करती है। तुम सोचोगे कि यह दुनिया में सबसे अधिक नीचता की बात थी।

‘वे सब एक जैसी नहीं हैं। कुछ स्थानों पर तुम उन्हें अपने वंशवृक्ष में बसा हुआ पाओगे। लॉर्ड, मैं एक ऐसी महिला को जानता हूँ, जो घंटों अपने वंश का ही बखान करती रहती है। तुम उसे बोलने देना, फिर थोड़ी देर बाद तुम उसे पारिवारिक चायदान तक लाने में सफल हो सकते हो। अगर ऐसा कर सके तो तुम सही हो। अचंभा होता है, वे कैसे इतनी कतरनी चलाती हैं! तुम्हें मजा आएगा और तुम आधी लड़ाई जीत लोगे।

‘बच्चों का ध्यान रखें। मैं अपनी लकड़ी की टाँग के साथ उन्हें हमेशा दिल्लगी करने देता हूँ। कभी-कभी मैं एक सिरा कुरसी पर रख देता हूँ और उन्हें उस पर बैठ जाने देता हूँ। मैं समझता हूँ, दुनिया में ऐसी कोई दूसरी टाँग नहीं होगी जिसके साथ बच्चों ने इतनी खिलवाड़ की हो।

‘तुम्हारे पास लकड़ी की टाँग नहीं है और यह खेद का विषय है, तुम कह सकते हो; क्योंकि इससे व्यवसाय में कितनी मदद मिलती है, तुम नहीं जानते। बहुत बार यह जान-पहचान कराने में मददगार साबित होती है और उससे आपको एक मौका मिला जाता है। फिर कहा, ‘उधर देखो।’ उसने लकड़ी का वह डंडा अपने टखने पर पटक दिया और उसपर हाथ फिराते हुए बताया, ‘एक बच्चे ने इस जगह एक कील घुसा दी थी और इधर एक बच्चे ने गरम लोहा रख दिया था तथा एक लाल खोपड़ीवाले छोटे बच्चे ने अपनी बरछी से यहाँ एक छेद कर दिया था। उत्सुकतावश वे इसे उठा ले जाते हैं और मैं ज्यादा बुरा नहीं मानता। मुझे कारोबार बढ़ाने में मदद मिलती है और बच्चे खुश हो जाते हैं।’

उसने लकड़ी के उस डंडे में छोटे-छोटे गड्ढों की ओर मेरा ध्यान दिलाया।

‘इस जगह कुत्तों ने दाँत गड़ाए हैं।’ वह कहता गया।

‘अगर कोई कुत्ता मेरी तरफ आता है तो मैं इसे आगे कर देता हूँ। यह उन्हें व्यस्त रखता है।’

उसने मुझे एक छोटा छिड़काव-यंत्र (स्प्रेयर) दिखाया और कहा, ‘थोड़ा सा अमोनिया सारी मुसीबत उनपर डाल देगा।’

हम खड़े हो गए और फिर अपनी यात्रा शुरू कर दी। मैंने साल का वह अल्प

स्टॉक अपने कोट की जेबों में भर लिया।

'यह लो नुस्खा,' उसने एक कागज मुझे पकड़ाते हुए गंभीरता से कहा।

उसमें लिखा था कि साल मुख्यतः खड़िया मिट्टी और अमोनिया से बनती है।

'आपको बस एक छोटा सा स्पंज और कुछ टिशू-पेपर लेने हैं और यह साँभर की खाल का एक टुकड़ा है, जो तुम रख सकते हो।'

उसने साल का प्रयोग करने का तरीका बताया और अपना एक कार्ड मुझे दिया, जिस पर यह लिख था—

'जेम्स हेनरी मेकार्थी,
कमर्शियल ट्रेवलर
हरमॅन सेंटर, न्यूयॉर्क।

'मैं अधिक समय वहाँ नहीं होता हूँ।' उसने आगे कहा, 'घर में लड़के मुझे खूँटीवाली टाँग (पेग लेग) कहते हैं, और वही एक कारण है मेरे बाहर रहने का। उम्मीद करता हूँ, तुम मुझे 'मिस्टर एच. मेकार्थी' कहकर पुकारोगे। मैं एक भला आदमी बने रहना चाहता हूँ और भला बनने की कोशिश करता हूँ। क्या बता सकते हो, सज्जन पुरुष यानी नेक आदमी किसे कहते हैं?'

मैं सोचने लगा, पर बोला कुछ नहीं।

मि. एच. मेकार्थी ने कहना जारी रखा, 'वह आदमी जो शराब में धुत्त नहीं होता या औरतों के आगे कसम नहीं खाता है या फर्श पर थूकता नहीं है या सबके सामने नाखून नहीं काटता है, जो मेज पर जाने से पहले हाथ जरूर धोता है और जान-बूझकर धीरे-धीरे खाता है तथा रात्रि भोज के बाद संभवतः एक बढ़िया सिगार पीता है और हमेशा वही करता है, जैसा वह चाहेगा कि किया जाना चाहिए। यही कारण है कि मैं तुम्हारी मदद करने की चेष्टा कर रहा हूँ।'

मैंने पूरे दिल से अपनी कृतज्ञता व्यक्त की।

'तुम मुझे अच्छे लगे। बता दो, अगर इसमें कुछ गलत है।' मि. मेकार्थी ने मेरी सहायता करने की भावना से कहा, 'तुम कामयाब रहोगे, चिंता मत करो।'

एक क्षण की चुप्पी के बाद उसने फिर बोलना शुरू किया, 'जैसाकि तुम देख रहे हो, मैं इन सभी चीजों के बारे में सावधान रहता हूँ। मैं अपनी आँखें और कान खुले रखता हूँ और मैं अपने आपको सिखा रहा हूँ कि मैं एक हस्तनिर्मित भद्र पुरुष हूँ और वह अत्यंत मजबूत एवं टिकाऊ है। लेकिन मेरी बात अभी पूरी नहीं हुई है। तुम रुको; मैं तुमको आजकल काम आनेवाला कुछ दिखाऊँगा। क्या कारण है

कि तुम सड़क पर हो?'

मैंने उसे अपनी कहानी सुना दी।

'चिंता की कोई बात नहीं।' वह कहता गया, 'मि. जेम्स हेनरी मेकार्थी तुम्हें कामयाबी दिलाएगा। मैं परोपकारी बनने की कोशिश करता हूँ।'

थोड़ी दूर हम खामोशी से चलते रहे।

'मैं समझता हूँ, तुमने ध्यान दिया होगा कि मैं कुछ अधिक ही भारी-भरकम शब्दों का प्रहार कर सकता हूँ।' उसने चुप्पी तोड़ते हुए कहा, 'खैर, मैं हमेशा एक जेबी शब्दकोश लेकर चलता हूँ और जब भी मैं कोई ऐसा शब्द सुनता हूँ, जो मुझे अच्छा लगता है, मैं उसे शब्दकोश में खोजता हूँ और अपनी नोटबुक में लिख लेता हूँ। इससे बातचीत में मदद मिलती है। यात्रा के दौरान मैं इसका काफी अध्ययन करता हूँ। मैंने बहुत कम पढ़ाई की है। स्कूल में पढ़ाई करने का कभी बहुत अवसर ही नहीं मिला—बस थोड़ा-बहुत पढ़ना-लिखना और मतलब निकालना सीख लिया। मेरा ज्ञान बहुत श्रेष्ठ नहीं है। अब इस 'श्रेष्ठ' शब्द को ही लो। सुनने में कैसा लगता है?'

'ठीक ही है।' मैंने जवाब दिया।

'मैंने इस शब्द का इस्तेमाल पहले कभी नहीं किया—किताब में यह शब्द आज ही देखा। मैंने करीब 40 डॉलर बचाए हैं और तीस नए शब्द सीख लिये हैं, ताकि मैं उनका प्रयोग कर सकूँ। जब मैं घर जाता हूँ, एक-एक करके वे मेरा मुँह ताकने लगते हैं।'

मैं छोटा अवश्य था, लेकिन उसके अनूठे प्रभाव से मैं अछूता नहीं रहा। मैं अकसर अमेरिका के उस युवा पुत्र की स्पष्टवादिता के विषय में सोचता हूँ—दरिद्रता की हद तक गरीबी के स्तर से ऊपर उठने के उसके तरीके के बारे में और उसके निष्कपट हृदय के बारे में सोचने-समझने की कोशिश भर कर रहा हूँ।

फिर मैंने उसके बारे में नहीं सोचा, जो उसे दुनिया में करना था।

'मेरे साथ इस घर के अंदर चलो।' मि. मेकार्थी ने कहा, 'मैं तुमको अपना एक नया नाटक दिखाऊँगा। ओह! यह मेरे नए तमाशों में से एक है।' बहुत सुंदर एक फार्म हाउस। कोई आश्चर्य नहीं, अगर वहाँ चाँदी की कोई पुरानी चीज मिल जाए।

वह मुझे एक बड़ी चौकोर पुरानी देहाती हवेली के मुख्य प्रवेश-द्वार की तरफ ले गया। एक नौकरानी ने दरवाजा खोला और पूछा कि हम किस काम से आए हैं। मि. मेकार्थी ने अपना हैट उतारा और सिर झुकाया।

‘क्या आप घर की स्वामिनी को सूचित करने की कृपा करेंगी!’ उसने कहा, ‘और उन्हें बताएँगी कि मैं साल बेचता हूँ? कृपया उन्हें बता दें कि साल चाँदी के बरतन, काँच के बरतन, सोना, पीतल और जस्ता साफ करने, लकड़ी के सामान से धूल-मिट्‌टी दूर करने के काम आता है और यह घर को चमकदार एवं सुंदर बना देता है। अगर आपके पास चाँदी की कोई पुरानी वस्तु है तो मैं दिखाना चाहूँगा कि इससे वह कैसे चमक जाएगी।’

नौकरानी एक बदरंग चायदान ले आई और मि. मेकार्थी अपने काम में जुट गया। उसने चायदान को ऐसा चमका दिया जैसे धूप में ओस की बूँद चमकती है। नौकरानी उसे अपनी मालकिन को दिखाने ले गई और साल खरीदने के लिए 50 सेंट लेकर लौटी।

‘मैं तुमको सिर्फ यह दिखाना चाहता हूँ कि साल क्या कर सकता है!’ मि. मेकार्थी ने कहा, जब हम वहाँ से चल पड़े। ‘आप जो कहते हैं, पूरे विश्वास के साथ कहना चाहिए, वरना आप कुछ भी नहीं बेच सकते। अपना विश्वास पक्का करें और आप सफल होंगे।’

हम सड़क के चौराहे पर आ गए, जहाँ मेरे नए मित्र ने उसके साथ बैठ जाने के लिए कहा। उसने अपनी नोटबुक खोलकर देखी।

‘यहाँ,’ उसने कहा, ‘जेहोशफाट नुक्कड़ है।’

सीधी सड़क कैनान, वाटरविले और वैन क्लीक हॅंडॅल की ओर जाती है; बाईं सड़क पुटनी पॉरिजविले और लॉरेंस को जाती है। एक सड़क तुम पकड़ लो और मैं दूसरी सड़क पकड़ लूँगा। अब से दो सप्ताह बाद हम बुफैलों में ग्राहम के होटल में मिलेंगे और हिसाब-किताब करेंगे। वहाँ एक दिन का सिर्फ एक डॉलर लगता है। अभी मैं तुमको पचास सेंट दे रहा हूँ। लो, रखो, तुम्हारे काम आएँगे ये पैसे, जब तक कि तुम कुछ कमाओ।’

‘आप बहुत दयावान् हैं और इसके लिए मैं आपका आभारी हूँ।’

‘ऐसा मत कहो।’ उसने कहा, ‘किसी भी भलेमानुस को जो करना चाहिए, यह उससे अधिक कुछ भी नहीं है।’

इस तरह हम एक-दूसरे से अलग हुए और मैं सीधी सड़क पर बढ़ गया, जबकि वह बाईं तरफ मुड़ गया।

मि. मेकार्थी से बिछुड़कर मैं अकेला महसूस कर रहा था, लेकिन पूरी तरह आशान्वित था। कैनान पहुँचकर मैंने काम शुरू किया और करीब आधा माल बेच दिया। फिर मैं गाड़ी से वाटरविले चला गया। वहाँ मैंने एक छोटा हैंडबैग खरीदा

और नुस्खे के लिए मूल पदार्थों का स्टॉक खरीदा। अगले दिन सुबह अभी मैं होटल छोड़कर निकला ही था कि उस छोटे शहर की मुख्य सड़क पर एक भोंपू बजने की आवाज सुनाई दी। मैंने मुड़कर देखा तो पाया कि लाल रंग की चौपहिया गाड़ियों का एक बड़ा काफिला बहुत तेजी से मेरी तरफ चला आ रहा था, जिसे चार खूबसूरत सफेद घोड़े खींच रहे थे। पहली गाड़ी की ऊँची सीट पर एक आकर्षक स्त्री एक भद्र पुरुष के साथ बैठी हुई थी और वह सफेद घोड़ों को हाँक रहा था।

'सर्कस।' पास खड़े लोगों को मैंने कहते सुना और फिर हरेक के कदम रुक गए तथा सभी की आँखें लाल गाड़ियों की तरफ मुड़ गईं। वे गाड़ियाँ तेजी से नजदीक आ रही थीं। गाड़ी चलानेवाले ने एक सफेद ऊदबिलाव बालों का हैट और पतलून तथा नीला मखमली कोट पहना हुआ था, जिसके काज (बटन होल) में एक सफेद फूल लगा हुआ था। उसके पास बैठी महिला बहुत ही आकर्षक थी; उसने एक बड़ा हैट पहना हुआ था और रिबन हवा में लहरा रहे थे। चमकते गहने उसकी शोभा बढ़ा रहे थे और उसका चेहरा इतना सुंदर था कि मैंने सोचा, मेरी किसी भी अकिंचन आँख ने ऐसा मोहक मुखड़ा पहले कभी नहीं देखा था। तीनों चमचमाती गाड़ियाँ पास से निकल गईं। प्रत्येक गाड़ी को दो खूबसूरत घोड़े खींच रहे थे और हर गाड़ी पर अलंकृत अक्षरों में यह लिखा हुआ—

'जेम्स फिस्क का चलता-फिरता इंपोरियम, शुष्क माल एवं अमरीका की सस्ती वस्तुएँ।'

पहली और तीसरी गाड़ी पर लगे बैनर पर लिख था—

'हमारा विशाल भंडार क्रॉसबी तथा
मुख्य सड़क के कोने पर खाली पड़े
प्लाट पर, आज दो बजे से छह बजे तक खुला रहेगा।'

मैंने अपना काम शुरू कर दिया। एक-डेढ़ घंटे से गाड़ियाँ सड़कों-गलियों से होकर गुजर रही थीं। मैंने देखा कि अधिकतर औरतें मुझे छोड़कर चली गईं और अपने दरवाजों-खिड़कियों से बाहर झाँकने लगीं। मैं कुछ ज्यादा बिक्री नहीं कर सका, क्योंकि लगभग दो बजे तक सभी घर खाली हो गए थे। माताएँ, बेटियाँ और नौकरानियाँ उस सफरी स्टोर की तरफ जा चुकी थीं। मैं भी भीड़ के साथ हो लिया और लाल गाड़ियों को उस खाली जमीन पर एक कतार में खड़े पाया। बहुत लोग उनके पास जमा थे। प्रत्येक कैन को अगल-बगल से खोल दिया गया था, ताकि उतारे गए पल्ले काउंटर का काम दे सकें। उनपर सामान सजा दिया गया। वह

चतुर-होशियार दिखनेवाला आदमी, जो सफेद घोड़ों की गाड़ी हाँक रहा था, उस आकर्षक महिला के साथ लाल और सफेद झंडे-झंडियों की छतरी के नीचे बैठा हुआ था। दूसरे अनेक लोगों के साथ खड़े हुए मैं भी उनको देख रहा था।

'क्या तुम सोचते हो, मैं एक शिलिंग के लिए झूठ बोलूँगा?' वह एक आदमी से कह रहा था, जो उसकी बगल में खड़ा था।'

'बॉस! एक डॉलर की खातिर मैं आठ झूठ बोल सकता हूँ, लेकिन सिर्फ एक शिलिंग के लिए झूठ—नहीं। वह मेरी कीमत से कम है।' उसने अपना बीवर हैट हटा दिया और बैठा-बैठा रेतीले रंग की अपनी मूँछें मरोड़ता रहा। उसके घुँघराले बाल अच्छी तरह तराशे हुए थे। 'ऐ लड़के!' उसने मेरी तरफ इशारे से कहा, 'क्या आधा डॉलर कमाना चाहता है?'

'हाँ।' मैंने जवाब दिया।

'तो ठीक है, दौड़कर डिपो तक जाओ और मेरे लिए पिछली रात के अखबार 'यूटिका आब्जर्वर' की एक कॉपी ले आओ।' कहते हुए उसने एक शिनप्लास्टर मेरे हाथ में रख दिया।

जब मैं अखबार लेकर वापस आ गया तो उसने पूछा, 'तुम्हारे थैले में क्या है?'

'साल।' मैंने जवाब दिया।

'साल!' वह विस्मय से हँसा, 'साल कौन है? मुझे आश्चर्य है।'

मैंने कहा, 'सफाई करता है और चमकाता है। चाहे काँच या चाँदी के बरतन हों, सोना, पीपल या जस्ता हो। यह घर को चमकदार एवं सुंदर बना देता है।'

वह फिर हँसा और मुझसे बोला कि मैं उसके जूतों पर लगे चाँदी के बकसुओं को चमकाकर साल का करिश्मा दिखाऊँ। मैंने उसका कहा कर दिखाया और वह इतना खुश हुआ कि उसने मेरे पास बचा सारा माल 1 डॉलर में खरीद लिया। मुझे यह सौदा पसंद आया।

तीन बजे के करीब मैं हॅडल के लिए पैदल चल पड़ा। आधा रास्ता तय करने पर मुझे सड़क पर एक पिल्ला मिला—एक छोटा, अकेला दयनीय प्राणी! जिससे तंग आकर कोई उसे वहाँ छोड़ गया था। मेरे अंदर शायद ही कभी इतनी करुणा जागी होगी जितनी उस नन्हे जिंदादिल प्राणी को देखकर जागी, जो रेशमी फर के अत्यंत कोमल कपड़े में लिपटा हुआ था और जिसकी प्यारी आँखें कह रही थीं, 'सर, कृपा करके मुझे साथ ले चलो और मुझ पर तरस खाओ।'

वह पपी मेरे पीछे-पीछे चलता आया, जब तक कि मैंने हार मानकर उसे

अपनी बाँहों में नहीं उठा लिया। जो भी हो, किसी का साथ न होने से तो अच्छा ही था। मैंने उसे अपने कोट के अंदर अपने सीने से लगाकर बटन बंद कर दिए, जहाँ वह आराम से सो गया और उसकी केवल नाक बाहर निकली हुई थी। शाम होने पर मुझे एक फार्म-हाउस में ठहरने की जगह मिल गई। और मैं संतोष के साथ अपने कमरे में चला गया। मेरे पास दोपहर के खाने में से कुछ बचा हुआ था। एक भली वृद्ध औरत ने कहा था कि मैं ठहर सकता हूँ और उसने एक नौकर को मेरे साथ ऊपर भेज दिया। उसने मुझे बताया कि 'मालिक और उसकी पत्नी' बाहर गए हुए हैं और अभी लगभग एक घंटे तक वे वापस नहीं आएँगे। मैंने उससे कहा कि अगर वह उस पपी की देखभाल की जिम्मेदारी सँभाल ले तो मैं उसे भुगतान करने के लिए तैयार हूँ। लेकिन उसे एक ट्रेन पकड़ने की जल्दी थी। उसने कहा कि वह बाद में ऊपर आकर मुझसे भेंट करेगा।

मैंने कुछ साल बनाने का निश्चय किया, और इस प्रयोजन से मैंने खरीदे गए मूल पदार्थों को चिलमची में डाल दिया और पानी मिला दिया। यह एक जिद्दी भद्दा घाल-मेल बन गया, और अगर इससे कुछ बन सकता तो छाछ के भी गोले बनाए जा सकते होंगे। मेरे सभी प्रयत्न बेकार गए। समझ में नहीं आ रहा था कि मैं उसका क्या करूँ और मैं निराश होकर पलंग पर लेट गया। नौकर अभी तक वापस नहीं आया था। और पपी एक कोने में जाकर सो गया था। मैंने सोचा कि इंतजार करते हुए कुछ आराम कर लूँ और इसी बीच मुझे नींद आ गई। कुछ घंटों बाद पपी का जोर-जोर से रोना-चिल्लाना सुनकर मेरी नींद टूट गई। नौकर को अपना वादा याद नहीं रहा होगा। मैं बिस्तर से उठा और पपी की हालत देखी। वह मेरी चिलमची में कूद गया था और नरम साल उसके सारे बदन पर बुरी तरह चिकट गया था। इसके बाद पपी ने उस लेस से निजात न पाने पर चीखना-चिल्लाना शुरू कर दिया। लोग चौंक गए और बिस्तर से बाहर आने लगे।

एक क्षण के अंदर मैंने अपने दरवाजे पर ठक-ठक सुनी और मैंने दरवाजा खोल दिया। सामने एक अधनंगा आदमी था और जैसे ही पपी उसके नंगे पैरों की ओर दौड़ा, वह छिटककर एक तरफ हो गया। उस अँधेरे कमरे में मुझे सुनाई दे रहा था, वह मेरे पालतू पिल्ले को पुकार रहा है और उसका पीछा कर रहा है। फिर फर्श पर कुछ गिरा हो, ऐसा महसूस हुआ। उस आदमी ने मेरे पपी को उठाकर एकदम छोड़ दिया था, यह कहते हुए, 'हे भगवान्!'

उसके मुँह से एक ही शब्द निकला था, लेकिन काफी गुंजायमान और अर्थपूर्ण था।

मैंने फर्श साफ करने की कोशिश की, जबकि मेरा उपकारी उस दुखी जीव का पीछा करने में लगा हुआ था।

'उसे पकड़कर उठा लो।' एक औरत ने जोश में कहा।

'पकड़कर उठा लूँ! कभी नहीं।' उस बंदे ने कहा।

'ऐसा लगता है, वह झाग में लिपटा हुआ था।' औरत ने कहा।

'हो सकता है, वह पागल हो।' किसी दूसरे ने कहा।

'यह चादर उसके ऊपर डाल दो।'

'चलो, मैंने पकड़ लिया है अब उसे।' पहली औरत ने कहा।

कुछ ही क्षणों के बाद दरवाजे पर जोर की खट-खट हुई। दरवाजा खोलते ही एक लंबा पतला और लंबी नाकवाला अमरीकी अंदर आया।

'इधर देखो, बच्चे!' उसने धीरे से कहा, 'इस घर को क्या तुम पिल्लों से भर देना चाहते हो?'

'सिर्फ एक है सर।' मैंने जवाब दिया।

'सिर्फ एक!' उसने तीखेपन से कहा, 'मैं समझता हूँ, एक ही काफी है। वह एक ही हाथी जितना बड़ा है। उसने तहखाने से लेकर अटारी तक सारी जगह भर दी और हम सबको बिस्तर से बाहर कर दिया, फिर भी ज्यादा जगह के लिए चिल्लाता रहा। बताओ, उसपर क्या चढ़ा हुआ है?'

'सिल्वर पॉलिश।' मैंने जवाब दिया।

'सिल्वर पॉलिश!' उसने कहा, 'ओहो, मैंने यह तो पढ़ा है कि वे कुत्तों को बाथ-टब (स्नान-टब) में डाल देते हैं, लेकिन ऐसा पहली बार सुन रहा हूँ कि उनकी पॉलिश भी की जाती है।'

'वह उस बेसिन में कूद गया था, जिसमें मैंने इसे मिलाया था।'

मेरे मेहमान ने नरम साल की चिलमची उठा ली और उसे जाँचने के लिए रोशनी में ले गया।

'गॉडफ्रे कॉर्डियल।' उसने कहा, 'यह तो बड़ा भयानक-सा घोल है। तुम क्या कहते हो इसे?'

'साल।' मैंने जवाब दिया।

'साल!' उसने विस्मय से कहा, 'अफसोस मुझे याद नहीं कि तुम और साल मेरे वंश-वृक्ष में कभी थे। अच्छी जोड़ी है तुम दोनों की।'

मैंने उसे बताया कि भाड़े के आदमी ने वादा किया था कि वह पपी को बाहर रखेगा, लेकिन वह पपी को बाहर ले जाना भूल गया और चला गया।

सुबह उजाला होने के बाद ही मैं नाश्ता करने चला गया। वापस आया तो पाया कि साल मेरे कमरे में नहीं है। कोई उस कटोरे को, उसमें भरे घोल सहित, ले गया था। मैं उस लॉज के मालिक को देखने नीचे गया। उसे मैंने बगीचे में मिट्टी खोदते हुए पाया।

'कोई मेरी पॉलिश ले गया है।' मैंने हँसी-हँसी में उससे कहा।

'हाँ, और मैं उसे और उस कुत्ते को भी जमीन में गाड़ने वाला हूँ।'

'क्या कुत्ता मर गया?' मैंने दुःख भरी टीस के साथ पूछा।

'हाँ, अपनी ही लापरवाही ने उसे मार डाला। अहा! रात भर उसने मजे मारे। हमारी पुरानी बिल्ली के साथ खेलता रहा। उसने बिल्ली को चमकाया और बिल्ली ने उसे। उसके सारे पंजे चिपचिपे हो गए हैं, आँखें सूजी हुईं और चमकीली हैं। वह ज्यादा जानती है और वह जान गई। वह रात में हमारे भेड़ें हाँकनेवाले कुत्ते पर चढ़ गया और उसे चमका दिया। उस कुत्ते का मुँह सूज गया है और ऐसा चमक गया है, जैसा पहले कभी नहीं था। तुम्हारे पपी का आखिरी कारनामा था मेरी पुरानी घोड़ी की पिछली टाँग को चमकाने की कोशिश करना। उसके बाद वह अधिक देर जीवित नहीं रहा। सेवा-अनुष्ठान शुरू हो गया है और मैं समझता हूँ कि मातम मनानेवाले तुम अकेले हो। मैंने अभी प्रार्थना की है कि मैं उसे दुबारा कभी न देखूँ। प्रवचन संक्षिप्त होगा। जितनी जगह पाना आपका हक है, उससे अधिक जगह लेने की कोशिश कभी न करें।'

इस तरह व्यवसाय में मेरा पहला अध्याय समाप्त हुआ। इससे मुझे जानकारी हासिल करने और उसके बारे में विश्वस्त होने की सीख दी। और यह भी सिखाया कि इनसान को यह ध्यान रखना चाहिए कि दुनिया में उसके हिस्से की जितनी जगह है, उससे अधिक हथियाने की चेष्टा कभी न करे।

□

मास्टर जॉन पाइक इतना उत्साही मछलीमार था कि वह प्रत्येक दिन 'मछली का शिकार' करता और रविवार के दिन उसके बारे में ही पढ़ता तथा मछली के शिकार के लिए मक्खी बनाता। बाकी सारे समय वह इसके संबंध में ही सोचता रहता। रिचर्ड डॉड्रिज ब्लैकमूर का यही कहना है, जिसके पिता 'टैलिंग हाउस' से ली गई कहानियों में शामिल कहानी 'क्रॉकर्स होल' के अनुसार जॉन को पढ़ाया करते थे। चूँकि वह पुस्तक डेवॉनशायर में ब्लैकमूर की किशोरावस्था के किस्सों की स्मृतियों पर आधारित है, जॉन पाइक और उसकी विशालकाय मछली स्पष्टतः वास्तविक नायक जान पड़ते हैं, न कि काल्पनिक पात्र। लेखक की सुंदर भाषा एवं शैली तथा उसके हास-परिहास का निराला अंदाज पाठक को जॉन पाइक जैसे खुशदिल, प्रतिभावान् व्यक्ति का साथ पाने के लिए ललचाता है।

जॉन पाइक ने पकड़ी एक बड़ी मछली

आर.डी. ब्लैकमूर

और जॉन ने उसे जिस तरह खोजा, वह किस्सा इस प्रकार है। कुछ दिनों से एक दाँत उसे बहुत कष्ट दे रहा था, जिसके कारण उसका मछली पकड़ने का सारा मजा खराब हो गया था। अतः उसने वह दर्दीला दाँत निकलवाने का फैसला किया और दृढ़ता से गाँव के लोहार जॉन स्वीटलैंड की दुकान में घुसा तथा 6 पैंस चुका दिए।

गाँववालों को जब भी जरूरत पड़ती, वे दाँत निकलवाने स्वीटलैंड के पास

चले जाते और वह बड़े ही सरल एवं कारगर तरीके से उनके दाँत निकाल देता। दाँत के चारों तरफ एक तार बाँध दिया जाता और उसका दूसरा सिरा निहाई की नाक के चारों ओर। फिर वह तगड़ा लोहार अपनी दुकान के दरवाजे का निचला आधा हिस्सा बंद कर देता, जो करीब-करीब सीने तक ऊँचा था। रोगी बाहर रहता और निहाई अंदर। निहाई (लौहपिंड) को पैर से जोरदार धक्का लगाने से निहाई लुढ़क जाती और दाँत एक झटके के साथ निकलकर दूर जा पड़ता, जैसे कोई चीज हवा में उछाली जाती है।

जॉन पाइक जब इस तरह दाँत निकलवाने की तकलीफ बड़ी बहादुरी से सह गया, तब लोहार ने खीसें निकालकर कहा, 'आह, मास्टर पाइक! मैं समझता हूँ, तुम वहाँ इतनी बड़ी मछली नहीं निकाल पाओगे।' लोहार के कारखाने के सामने एक नदी दिखाई देती थी—'तुम चतुर जरूर हो, पर शायद इतने नहीं कि उस मोटी मछली को पकड़ सको।'

'कैसी बड़ी मछली?' लड़के ने गहरी दिलचस्पी से पूछा, हालाँकि उसके मुँह से बुरी तरह खून बह रहा था।

'किसलिए वह विशालकाय मछली क्रॉकर्स होल में अपना चक्कर मारती रहती है।'

पाइक अपने मुँह पर रूमाल रखकर भाग खड़ा हुआ। और उसके पीछे अलेक बोल्ट भी दौड़ गया, जो उसके शिष्यों में से एक था और दाँत निकालते देखने का मजा लेने के लिए दुकान पर आया है।

'हे, मेरे भगवान्!' बस इतना ही पाइक के मुँह से निकल सका, जब उसने तेजी से पहुँचकर उस बड़ी मछली को देखा।

'मैं एक क्राउन (पाँच शिलिंग) की शर्त लगाता हूँ, तुम उसे पकड़ नहीं पाओगे!' बोल्ट ने चिल्लाकर कहा, जो एक बकेल युवक था और मछली पकड़ने से नफरत करता था।

'कब तक दोगे मुझे?' चतुर पाइक ने पूछा, जो कभी जल्दीबाजी में दाँव नहीं लगाता था।

'अरे! छुट्टियों तक, अगर तुम चाहो; या इतना समय भी काफी न हो तो माइकल मास तक।'

गरमियों के बीच की छुट्टियाँ होने में अभी छह सप्ताह बाकी थे। तब लड़के 'छुट्टियों' के बारे में बात नहीं किया करते थे, 'अल्पावकाश' के बारे में तो और भी कम।

'मैं सोचता हूँ, मैं तुमसे शर्त लगाऊँगा।' पाइक ने अपनी धीमी चाल में सावधानीपूर्वक आगे झुकते हुए कहा और उसकी आँखें इस विकटाकार जीव पर लगी हुई थीं। लेकिन यह उचित नहीं होता कि इस कार्य के लिए माइकल मास तक का समय लिया जाए। मैं तुम्हारे साथ एक क्राउन की बाजी लगाता हूँ कि मैं छुट्टियों से पहले उसे जरूर पकड़ लूँगा, कोई और पकड़े, उससे तो पहले ही।'

क्रॉकर होल का वह महान् असामी, जो किसी भी दूसरी मछली को एक भी पंख वहाँ फड़फड़ाने नहीं देता था और सख्ती से अपना एकाधिकार जमाए रखने के कारण इतना भीमकाय हो गया था, अपने रसदघर अर्थात् खाद्य-सामग्री भंडार को, अगर इतना हलका शब्द उसके लिए प्रयोग करना उचित है तो, इस स्थान से एक वर्ग गज के दायरे में रखता था। तट के नीचे एक शांत गुहा में, जहाँ पानी का कोई शोर नहीं होता था, बल्कि पानी कोमल पाचन-क्रिया की भाँति उसके पेट को गुदगुदाता था, उसका एक उत्तम परिभ्रमण मंडल था, जो आराम और मनोरंजन दोनों के काम आता था। जिस प्राणी का चरित्र जितना उदात्त होता है, उसकी चाल भी उतनी ही मंद एवं अधिक गौरवपूर्ण होती है। किसी भी सच्चे मनोविज्ञानी ने विश्वास नहीं किया होता—जैसाकि उस लोहार स्वीटलैंड ने किया और कलईगर, मि. पूक ने किया—कि यह नदी की मछली (ट्राउट) कभी क्रॉकर का मूर्त रूप हो सकती है। क्योंकि यह लौकिक संसार में अंतिम ट्राउट मछली थीं, जिसने प्यार की खातिर खुद को डुबो दिया, अगर वास्तव में किसी ट्राउट ने ऐसा किया।

'अब तुम आ सकते हो और मेरी पीठ के सहारे देखने की कोशिश कर सकते हो।' जॉन पाइक ने सम्मानपूर्वक धीमे स्वर में मुझसे कहा। 'अब जल्दी मत करना, बेवकूफ लड़के; घुटनों के बल बैठ जाओ। डिनर के समय उसे तंग नहीं करना है, ध्यान रखो। तुम मेरे पीछे रहो और मेरी पीठ के सहारे देखो; मैंने इतनी बड़ी मछली कभी नहीं देखी।'

मुझे घुटनों के बल बैठना पड़ा, जिसने मुझे नरम पर बैठने की रमणीयता की याद दिला दी और मैं ध्यान से देखने लगा; मेरे पास हमारे जेबेडी के जैसी आँखें तो थीं नहीं (जिसने मेरे सामने दोनों हाथों और दोनों पैरों पर रेंगते हुए मुझे अपनी पीठ पर चढ़ा लिया, ताकि मैं कैमरे से तसवीर ले सकूँ) मुझे उस जीवन को ताड़ने में काफी समय लग गया, जो उन सभी से एकदम अलग था, जो अपनी पैनी आँखों से पानी को चीरकर देखने की विशेष क्षमता रखते हैं। 'द गेमकीपर एट होम' बड़ी मनोरम पुस्तक है। देखिए, इस विषय पर उसमें क्या कहा गया है।

'तुम एक अनाड़ी से बेहतर नहीं हो।' पाइक ने कहा और मैं इससे किसी

तरह इंकार नहीं कर सकता था।

'अगर सूरज ही चला जाता,' मैंने कहा। लेकिन सूरज का अभी जाने का कोई इरादा नहीं था, क्योंकि वह तो पानी की चमक और पत्तियों की झिलमिल के साथ मधुर खिलवाड़ कर रहा था और उसकी सुनहरी-रुपहली आभा तरंगायित निर्मल पानी में पड़ती हरियाली की कंपित छाया को नचाती हुई लग रही थी।

लेकिन अचानक एक पाँखी एक कमनीय धूसर कलहंस, जो किरमिची पृष्ठ या वन-कुक्कुट से भी अधिक कोमल था, एक तीव्र तीर की तरह वहाँ आ गया और कभी नीचे, कभी ऊपर उड़ान भरते हुए तथा टेढ़े-मेढ़े चक्कर मारते हुए नदी के ऊपर छोटा सा खेल खेलने में मगन हो गया। एक मच्छर की तरह ऊपर जाते और नीचे आते हुए अपने जालीदार पंखों को कंपित करते हुए और अपने शानदार पारदर्शी शरीर को मेहराबी आकार में लहराते हुए वह पाँखी जब-तब अपनी तीन लंबी शुंडाकार मुरछलों को पानी गड्ढों (जल-लहरी) में डुबो देता था।

'वह उसे देखता है। वह बंदूक की तरह उस तक पहुँच जाएगा।' पाइक ने एक हँफनी लेते हुए कहा, जैसे वह स्वयं उठ रहा हो।

'अब, क्या तुम उसे देख सकते हो, बेवकूफ?'

'आश्चर्य, अद्‌भुत !' मैं अत्यधिक उत्साहित होकर चिल्लाया, 'मैंने पाँच मिनट तक उस लंबे जीव को देखा है; लेकिन मैंने उसे एक पेड़ समझ लिया।'

'ऐ तुच्छ प्राणी! अब जरा भी हिलने की कोशिश मत करना, वरना मैं अपनी कोहनी तुम्हारे अंदर घुसा दूँगा।'

वह बड़ी ट्राउट अभी तक एक पत्थर की तरह जड़ बनी हुई थी। वह अपने बड़े-बड़े पंखों को धीरे-धीरे पसार रही थी, लेकिन प्रवाह का सामना वह मुख्यत: अपनी चौड़ी-नुकीली पूँछ को हिला-डुलाकर कर रही थी।

जैसे ही मेरी सुस्त आँखों ने एक बार उसका पूरा चित्र उतार लिया, वह चित्र पानी की कोख में इस तरह मेरी आँखों में बृहत्तर आकार लेने लगा, जैसे कोई चीज जेली में डालने से फूल जाती है। और मुझे संदेह है कि जॉन पाइक ने भी उसे मुझसे ज्यादा अच्छी तरह देखा होगा। उसका आकार ऐसा था, या ऐसा लगता था कि उसका वर्णन करने के लिए मैं एक शब्द भी नहीं कह सका; इसलिए नहीं कि भाषा में वैसा शब्द नहीं है, बल्कि इस भय के कारण कि कहीं अतिशयोक्ति न हो जाए। लेकिन उसकी शक्ल-सूरत और रंग का वर्णन इस ढंग से अवश्य किया जा सकता है कि उन लोगों की भावना को चोट न पहुँचे, जिनका अविश्वास आत्मज्ञान से उपजता है।

उसका सिर वास्तव में छोटा था, उसके कंधे चौड़े थे। उसकी पीठ का उठान दक्षिण की ओर गमन करते सूरज से बननेवाले एक इंद्रधनुष जैसा था। उसके गहरे लोचदार पेट का उदार फैलाव पुष्टिकर भोजन के कारण खूब फूला हुआ और मांसल था। जिसे देखकर उसके दिमाग की शक्ति का अनुमान करना आसान नहीं था, और उसका यह विशाल उदर उसकी बड़ी-बड़ी आँखों की स्पंदनशील सतर्कता के साथ समय-समय पर ऊँचा-नीचा होता रहता था। उसका पिछला सिरा भी सुसंगत था। शुरू में शंख की भाँति चौड़ा और गोल तथा आगे जाकर धीरे-धीरे बेलनाकार हो गया था। जैसे समुद्री मत्स्य माकरेल का पिछला हिस्सा सुविकसित सुपुष्ट होता है और एक शानदार लंबी द्विशाखी पूँछ में समाप्त होता है। उसके रंग में वह सबकुछ था, जिसकी चाह की जा सकती है। लेकिन रंगपट्टिका जैसा कोई तुच्छ शब्द, जिसका सही वर्णन नहीं कर सकता। इतना ही कहना काफी होगा कि पीले-सफेद और भूरे रंग से मिलता-जुलता, गहरे लाल रंग के सितारों के साथ सोने एवं नरम शुद्ध चाँदी जैसा चमकता हुआ था। लगता था जैसे उसपर गुलाबी बादामी और दूधिया रंग की परत चढ़ी हो।

अभी हम देख ही रहे थे कि एक अबाबील झपट्टे के साथ आई और देखते-ही-देखते गायब हो गई—पाँखी को पकड़ में लिये बिना। लेकिन उसके रास्ते की हवा या उसके पंख की फरफराहट ने उस खुशदिल नर्तक को इतना नीचे गिरा दिया कि वह एक क्षण के लिए लहर के ऊपर फड़फड़ाया और वह एक क्षण ही काफी था, उस बड़ी मछली ने अबाबील जैसी तीव्रता और अचूक निशाने के साथ एक ही झपट्टे में उस बेचारे क्षणजीवी पाँखी की मृत्यु की घंटी बजा दी। पानी के कलकल निनाद में कभी कोई विघ्न नहीं पड़ा; लेकिन एक बबूला जरूर उठा और घूमती लहर के साथ नीचे चला गया और अँधेरी गुहा में संगीत-लहरी उठने लगी।

'वह पाँखी को पकड़ना जानता है।' पाइक ने कहा, 'उसने इतने पाँखी पकड़कर हजम किए हैं कि मेरी मक्खी के धोखे में नहीं आ सकती। फिर भी मैं उसे पकड़कर रहूँगा, लेकिन मैं कब और कैसे यह कर सकूँगा?'

वेलिंग्टन जाते हुए पूरे रास्ते वह एक शब्द भी नहीं बोला, लेकिन मन में चिंता भरे हुए वह घिसटकर लड़खड़ाते हुए चलता रहा। मैंने जब-जब उसपर नजर उठाकर देखा, यह जानने के लिए कि उसके हैट गहराई में डूबी आँखों और सिकुड़े माथे के नीचे क्या चल रहा है, तो काफी-काफी देर बाद उसका जोर से हिलकर सँभल जाना, यह जता देता कि कुछ चिंतन दार्शनिकों या राजनेताओं के चिंतन-मनन से भी अधिक गहरे होते हैं।

सचमुच किसी भी ट्राउट को उस समय की कृत्रिम मक्खी से धोखा नहीं दिया जा सकता था, जब तक कि वह कोई बहुत युवा मछली न हो तथा कीट-विज्ञान से, जिसका अभी पूरा परिचय भी न हुआ हो अथवा वह क्षीण दृष्टि एवं भस्मक रोग, दोनों से पीड़ित न हो। आज भी हमारे नकली प्रदर्शन में काफी सुधार की गुंजाइश है; लेकिन उन दिनों उसका धड़ पीले-लंबे रेशमी बालों से बनता था, जिसे लाल रेशमी और सुनहरे फीतों से बाँधा जाता था और इतना मोटा था, जैसे वह कोई उर्वर गुंज मधुमक्खी हो। जॉन पाइक समझ गया कि क्रॉकर के ट्राउट को ऐसी कोई चीज पेश करने का मतलब होगा—उसे समुचित एवं स्वाभाविक क्रोध के जरिए एक अखाद्य मृत्यु के हवाले करना—भले ही उसकी पाचन-शक्ति उसे सहन करने की क्षमता रखती हो। दूसरी ओर, पाँखी (मेफ्लाइ) जब तक शेष है, कोई भी ट्राउट मछली, जो इतनी सभ्य, इतनी परिष्कृत है, प्रकाश एवं मधुरता से इतनी परिपूर्ण है, कभी भी स्वयं को इतने घटिया लालच में नहीं पड़ने देगी, या किसी कीट के बेहूदा पुत्र के बहकावे में नहीं आएगी।

पाँखी से निराश होकर पाइक अपनी चित्रकला के उत्कृष्ट नमूने के साथ उतरकर नदी तक आ गया। कृत्रिम पीली तितली (येलो सैलि) सामान्यत: हमेशा जैसाकि वे चेशॅर में कहते हैं—बहुत अधिक पीली होती है। दूसरी ओर, 'पीली मक्खी' (मछली के शिकार में प्रयुक्त) किसी शैली से कोई मेल नहीं खाती है। लेकिन पाइक ने एक बहुत बढ़िया सैलि बनाई थी, एकदम परिपूर्ण या हूबहू तो नहीं (क्योंकि वह बहुत जवान और बुद्धिमान था), फिर भी वह बंसी की दुकानों में उपलब्ध किसी भी नकली शैली से बहुत अच्छी थी। उसने यह कैसे बनाई, उसके बारे में उसने किसी को भी नहीं बताया। लेकिन अगर वह अभी जिंदा है, जैसीकि मुझे आशा है, वह जीवित होगा, तो मेरे पाठक जी.पी.ओ. के मार्फत उससे पूछ सकते हैं और जवाब पाने की उम्मीद कर सकते हैं।

यह मंद बयार में खूबसूरती से फड़फड़ाई और इतने सजीव ढंग से कि कोई भाई या बहन तितली (सैलि) उसे देखने के लिए आई और फिर दूर चली गई, अधिक उदास होकर तथा अधिक समझदारी की सीख लेकर। फिर पाइक ने कहा, 'दूर हटो, कमबख्त लड़के! चले जाओ अपने दीन-हीन नौकर के पास, जो यह कहानी सुनाता है। फिर भी अपने शब्दों से बेहतर व्यवहार करते हुए उस निष्ठावान् अनुयायी को उसने अपने पाचक अंगों पर बैठ जाने दिया और पूरा ध्यान लगाकर देखने दिया। वहाँ देखने के लिए महान् चीजें रही होंगी, लेकिन उन्हें ऐसे देखना मुश्किल था। और अगर मैं जल्दी-जल्दी बताने की कोशिश करूँ तो उसका कुछ

दोष उत्तेजना के हिस्से भी जाएगा।

पाइक ने इस प्रस्तावना के समय और तरीके को बहुत अच्छा रंग दिया था। उसे पता था कि वह विशाल अपशकुनी मछली अब पाँखियों को खाकर संतुष्ट थी या उनका स्वाद अब उसे कम भाने लगा था, जैसाकि हम सबके साथ होता है। एक महीने तक शतावरी, बड़ी मटर या स्ट्रॉबेरी खाने को मिले तो हम उकता जाते हैं। और उसने सोचा कि मौसम की पहली पीली तितली (येलो सैलि) घटिया किस्म की होने पर भी नएपन का विशेष आकर्षण सिद्ध हो सकती है। किसी जुलू जैसी कुशलता का परिचय देते हुए वह निचले कुंड के ऊपर लटकी शाखाओं में चढ़कर ऐसी जगह पहुँच गया, जहाँ उसे छड़ी को उछालने के लिए करीब एक गज चौड़ी खाली जगह मिल गई थी। फिर उसने अपने वांछनीय दोस्त को अपनी पूँछ हिलाते हुए भोजन में जुटे हुए पाया, उस भूखे भद्र पुरुष की तरह, जो लॉर्ड मेयर की बगल में बैठा जल्दी-जल्दी खा रहा हो और मेयर गुस्से से अपनी पोशाक सँभालने में लगा हो। जॉन पाइक ने एक जोरदार, दक्षतापूर्ण चक्कर के साथ, जैसा इस विषय से संबंधित किसी पुस्तक में नहीं बताया गया है, अपनी पीली तितली को, जो उसने केवल एक मक्खी के लिए बनाई थी, बहुत ही नाजुक ढंग से उस विशाल ट्राउट मछली के सामने करीब एक गज की दूरी पर फिरकी से लटका दिया। एक ही क्षण बीतने के बाद वह घटना घटना गई, जिसे शब्दों में बयान करना मुश्किल था।

एक भारी डूब के बाद एक भीषण आक्रमण हुआ। इस बात से अनजान कि नदी की तेज धार चट्टानों के बीच से आ रही है, जैसे कि उसके नीचे कोई हल चलाया गया हो; वह मजबूत डोरी बहुत वेग से छोड़ने के बावजूद लहर से टकराने पर वीणा के तार की भाँति झंकृत हुई और फिर पाइक एकदम खड़ा हुआ, उस जहाज की तरह, जिसका मस्तूल तूफान उड़ा ले गया हो। उसके हाथ में बंसी की मूठ भर रह गई थी—जोड़ के ऊपर को पूरा हिस्सा गायब था। उसके पास ऐसी-ऐसी मूर्खतापूर्ण चीजें थीं, हिकोरी की खोखली मूठ का आविष्कार उसने किया था और उसके अतिरिक्त ऊपरी हिस्से के सबसे ऊपर का छल्ला बाहर निकल आया था, यह पूछने कि बाकी का हिस्सा कहाँ गया। 'दुर्भाग्य' मछेरे के मुँह से चीख निकली, 'लेकिन कोई बात नहीं, अगली बार उसे पकड़कर रहूँगा मैं।'

इस महान् विषय पर विचार करने के बाद निष्कर्ष यह निकला कि मछली के मुँह में काँटा फँस गया था और वह शार्क जैसा तेज झटका मारकर काँटे समेत ही कुंड की गहराई में चली गई थी। आल्डर वृक्ष के नीचे घने पौधों की वजह

से वह बुद्धिमान शिकारी कुछ भी देख पाने में असमर्थ रहा; और जब उसने इलास्टिक लोच के साथ उसे पलटने की कोशिश की, उसकी बंसी लचक की कमी के कारण टूट गई।

'मैंने एक अफसोसनाक सबक सीखा है।' जॉन पाइक ने दु:खी भाव से कहा।

कितने लोग होंगे, जिन्होंने इसका जिक्र तक नहीं किया होता और इतनी बड़ी मछली को काँटे में फँसाने का गर्व से बखान किया होता, यह स्पष्ट करते हुए कि अगर वे चाहते तो उसे पकड़ सकते थे। लेकिन पाइक ने मुझसे इसके बारे में एक शब्द भी नहीं कहने के लिए कहा और एक दूसरी रस्साकशी के लिए तैयारी शुरू कर दी। उसने अखरोट के पेड़ की छिली हुई लकड़ी के टुकड़ों को जोड़-जोड़कर एक छोटी और सुगम एवं उपयोगी छड़ी बनाई, जिसका सबसे ऊपरी सिरा मजबूत बाँस का था, जिसे इतनी सावधानी से शुंडाकार व संतुलित, लोचदार बनाया गया था कि थोड़ा सा भी दबाव डालने पर वह एक चाप का आकार ले लेता, बिलकुल वैसे ही जैसे गरमियों की आँधी में किसी पीपल की पत्तियों भरी डाली वास्तव में झुक जाती है। 'अब तुम इसे तोड़कर दिखाओ, अगर तोड़ सकते हो!' उसने कहा, 'चाहे जितना जोर लगाकर मैं तुम्हारी जाकेट के कॉलर से तुम्हें टाँग दूँगा; तुम अब अलग हो जाओ और मैं तुम्हें उतार दूँगा।'

यह बहुत होशियारी का काम था और उसने यह अनेक बार किया; और जब-जब मैं ठीक से उतरा, मुझे एक लॉलीपॉप मिला, ताकि मैं यह सावधानी बरतूँ कि उसकी घिरनी न तोड़ बैठूँ। इसके अलावा उसने मोठ की संटी, तार की चकरी और मजबूत सूती जाली से बनी अपनी सबसे बढ़िया रात में पहनने की टोपी लेकर उसके लिए एक टेक बनाई। तत्पश्चात् उसने किसान से छुट्टी ली और लंबे-लंबे डग भरकर भद्दी झाड़ियों को पार किया; और अब सबसे प्रमुख सवाल यह था कि चारा क्या दिया जाए और कब दिया जाए?

जून में दूसरे सप्ताह के आस-पास जब पाँखी ने दिन भर मौज-मस्ती की थी, और मर गया था—क्योंकि मौसम कुछ जल्दी शुरू हो गया था। और क्रॉकर की ट्राउट मछली की भावनाओं एवं परोपकार को जो चोट पहुँची थी, उस चोट से वह उबर चुकी थी, एक ऐसी सुहानी बरसात की रात आई कि खिड़की की चौखटों पर बूँदों की प्यारी बौछार पड़ती रही, नई पत्तियों पर हलकी-हलकी बूँदें गुनगनाती रहीं और सुबह देखा तो तना पीला था।

'मैं यह काम आज ही करना चाहता हूँ।' पाइक ने फुसफुसाकर मुझसे कहा,

जब वह हाँफता हुआ वापस आया। एक बार पानी साफ हो जाए, फिर बहुत मजा आएगा।

गुलाब का प्रेमी एक प्रफुल्ल विलासप्रिय भँवरे को अच्छी तरह पहचानता है, जिसका सुख इसी में है कि वह सुंदरता के स्रोत के अंदर सकुचाई सुगंध की भीतर की ओर मुड़ी पंखुड़ियों के बीच गहराई में पड़ा रहे। कभी-कभी वह अपने आनंद में खो जाता है और तब तक खोया रहता है जब तक कि हवा का कोई तेज झोंका आकर पंखुड़ियों को बिखेर नहीं देता और उसे उजागर नहीं कर देता। और जब सूर्य की किरणें उसके लालित्यपूर्ण भोग-विलास पर पड़ती हैं, तब किसका दिल उसको वहाँ से हटाने का दु:साहस करेगा—ऐसे विकट प्रेमी को इतनी सुंदर प्रेमलीला से दूर करने का! उसकी पूरी पीठ मरकत जैसी चमकती है; उसका समस्त अग्र भाग असली रेड इंडियन है और उसपर यहाँ-वहाँ सफेद बिंदु होते हैं, ताकि आँखों में दर्द न हो। पाइक ने अपनी उँगली अंदर डाली और उसे बाहर खींच लिया तथा उसके आनंद में कुछ बदलाव लाने के लिए उसने एक छोटा काँटा उसके सीने में छेदकर उसके पंखकोष्ठों के बीच से बाहर निकाल लिया। अब चाहे उसे अच्छा लगा हो अथवा नहीं, फिर भी उसने बड़े ही स्वाभाविक ढंग से हवा में पंजे मारे और खूबसूरती से अपने पंख फड़फड़ाए।

'मैंने पत्तियों का जाल बनाने का इरादा किया था।' मछलीमार ने कहा, 'तभी मेरी नजर इस सुबह इनके जैसे एक भिखारी पर पड़ गई। अगर वह पानी के ऊपर उसी तरह काम करता है, वह जरूर करेगा। कृत्रिम चीजों को दुबारा आजमाने की कोशिश करना बेकार था। पानी का रंग कितना मोहक है! छुट्टियों के अब केवल तीन दिन बाकी हैं। मेरा लक्ष्य बहुत करीब है। तुम तैयार हो जाओ जवान।'

इन शब्दों के साथ वह आल्डर की एक शाखा पर चढ़ गया और वह इसलिए संभव हो सका, क्योंकि पानी कम हो गया था और बहाव मंद पड़ गया था। पानी कम चमकदार और मटमैला था। मास्टर माइक की अपनी टोन भी मछुआरे जैसी हो गई थी—शांत, सुविचारित, घबराहट से मुक्त लेकिन सावधानी एवं बाहुबल से भरपूर! वह आल्डर वृक्ष की डाली पर और ऊपर चढ़ गया, ताकि मछली के ज्यादा करीब पहुँच सके, क्योंकि उसने यह भौंरा किसी मक्खी जैसा नहीं बनाया था; उसे बहुत हलके से नीचे डालना और क्रीड़ा करने देना जरूरी था।

'तुम आओ और देखो।' उसने मुझसे कहा; 'जब पानी की दशा ऐसी हो, उनकी पूँछ में आँखें नहीं होती हैं देखने के लिए।'

गुलाब-प्रेमी भौंरा, कंपन के प्रभाव में मस्ती से पानी पर तैरा और काफी खुश

दिखा; उससे भी अधिक क्रियाशील एवं फुरतीला लग रहा था, जब वह गुलाब के परागकोश में ठाठें मार रहा था। मछली की दृष्टि से वह एक तगड़ा जीव था, जो साहस के साथ धारा से लड़ रहा था, लेकिन पंख न होने के कारण जिसकी हार निश्चित थी—और रहम एवं भूख का यही तकाजा था कि उसे निगल लिया जाए।

'उसके हलक में काँटा फँस गया, अब वह निकल नहीं सकता!' जॉन पाइक जोर से चिल्लाया अपने जोश को काबू में रखने की कोशिश करते हुए, 'पुली (घिरनी-डोरी) इतनी मजबूत है, जितनी चर्च का घंटा बजाने की रस्सी। अगर अब भी मैं उसे बाहर नहीं निकाल पाया तो मैं फिर कभी मछली का शिकार नहीं करूँगा।'

विधाता, जिसने पाइक की रचना सर्वप्रथम मछली पकड़ने के महान् कार्य के लिए की थी। कृमि और मीनिका के गर्हित विधाता ने, मैं यहाँ शपथ के साथ कहना चाहता हूँ, यह घोषणा कर दी थी कि पाइक ही उस ट्राउट का शिकार करेगा। सभी मछलीमार स्वर्ग से नहीं आते हैं और जिसने मछली पकड़ने के जुनून में अपनी किशोरावस्था में ही पढ़ाई-लिखाई आधे रास्ते छोड़ दी हो, उसके लिए तो इस कार्य में कामयाब न हो पाना, उस चैंपियन ट्राउट को मार गिराने से भी कहीं अधिक बुरा होता। पाइक ने कील-काँटा-घिरनी का सहारा छोड़ दिया और वेग से दौड़ते हुए चिल्लाया, 'मैं आज उसे पकड़कर ही रहूँगा, डिक! मेरी नाइट कैप के साथ तैयार रहो।'

धनुषाकार बंसी, देवताओं की स्तुति हेतु बजनेवाली वीणा के तार के समान गुंजायमान डोरी, काँटेदार बरछी के चक्र जैसा वेगवान् विंच—पाइक सबकुछ था, सभी परिस्थितियों से वह गुजर चुका था और जब वह कोई बीड़ा उठा लेता था तो कुछ भी करने के लिए तैयार रहता था; क्योंकि वह उस कुंड में कूद गया, अन्यथा मछली गायब हो जाती। लेकिन उस मछली ने भी बहुत चुस्ती दिखाई और प्रचंड प्रतिक्रिया द्वारा उसे बाहर निकाल दिया तथा उतावलेपन में एक दूसरे कुंड की ओर दौड़ गई। तब अगर वह अपने भ्रमण-मंडल में ही चली गई होती तो मछली-शिकारी की वही दशा होती, जो कृत्रिम मक्खी की हुई थी—इन सभी घटनाओं ने (मैं आपको इसलिए बता रहा हूँ, क्योंकि वे बार-बार मेरे मन में ऐसे कौंधती हैं जैसे कल की ही बात हो) मेरी कभी भी बहुत स्थिर न रहनेवाली बुद्धि को इतना भयभीत कर दिया कि मैं सिर्फ शोर मचा सका। लेकिन मैंने एक काम अवश्य किया—नाइट कैप तैयार रखने का।

'वह बहुत थक चुकी है, मैं समझता हूँ।' पाइक ने कहा और उसकी आवाज मरहम की तरह महसूस हुई, जब हम क्रॉकर हॉल के नीचे एक-चौथाई मील के करीब चलकर किसान एनिंग के घास के मैदान तक पहुँच गए थे।

'धैर्य से काम लो, मेरे बच्चे! हम उसे पकड़ लेंगे और हमें कुछ नहीं होगा।'

चालीस साल के अरसे में मुझे इतनी जबरदस्त जिम्मेदारी का एहसास कभी नहीं हुआ। मुझे कतई जानकारी नहीं थी कि मछली फँसानेवाले जाल का प्रयोग कैसे किया जाता है, लेकिन किसी शक्तिशाली महानायक ने मुझे दिशा दिखाई। 'ध्यान रखना, वह इसे देखने न पाए; उसे यह दिखना नहीं चाहिए। इसे उसके ऊपर मत थपकना; उसके नीचे जाओ, बेवकूफ! अगर उसने एक और हमला किया तो जरूर वह हाथ से निकल जाएगी। इसे उसकी पूँछ के ऊपर लाओ। बहुत अच्छे! बस, अब वह तुम्हारे शिकंजे में है।'

वह महाबली ट्राउट अब पाइक की नाइट कैप के अंदर पड़ी थी। नाइट कैप करीब तीन फीट लंबी थी, जिसके सिरे पर एक फुँदना था, क्योंकि उसकी माँ ने उसे सर्दियों की रातों में बैठकर बनाया था।

'अगर तुम उसे उठा नहीं सकते तो यहाँ आकर यह छड़ी पकड़ो।' मेरा उस्ताद चिल्लाया और मैंने तुरंत उसकी आज्ञा का पालन किया। फिर दोनों बाजुओं का जोर लगाते हुए और मुँह पूरा खुला रखते हुए जॉन पाइक ने एक तेज दौड़ लगाई और हम दोनों घास पर गिर पड़े तथा लुढ़कते रहे—और जब हम रुके, हमारे बीच वह गहरे कुंडवाली मछली पड़ी फड़फड़ा रही थी। हमारे अंदर अब इतनी ताकत नहीं बची थी कि 'हुर्रे' के अलावा कुछ कह सकते।

□

पिकविक क्लब क्रिसमस का दिन हँसी-खुशी से मनाने के लिए बड़े उत्साह से एक जमे हुए तालाब पर उतरता है। फिर देखिए, क्या-क्या रहस्य प्रकट होते हैं।

बर्फ पर पिकविक क्लब की मौज-मस्ती

चार्ल्स डिकिंस

तगड़ी बीयर और चौरी ब्रांडी के साथ, भरपूर जीमने के बाद, वार्डिल ने कहा, 'अब क्या किया जाए?' और पूछा, 'कैसा रहे, अगर एक घंटा बर्फ पर मस्ती की जाए? हमारे पास काफी समय रहेगा।'

'सर्वोत्तम!' मि. बेंजामिन ऐलन ने कहा।

'सर्वश्रेष्ठ!' मि. बॉब सॉयर सहसा बोले।

'सच में, तुम तो स्केटिंग करते हो, विंकिल!' वार्डिल ने कहा।

'ओ—हाँ! अरे, हाँ।' मि. विंकिल ने जवाब दिया, 'मैं··· करता तो हूँ, लेकिन बहुत दिन से मेरा अभ्यास छूटा हुआ है।'

'अरे, स्केट करो, मि. विंकिल।' अरबेला ने कहा, 'मुझे देखने में बहुत आनंद आता है।'

'आह, कितना मनोरम लगता है!' दूसरी जवान महिला ने कहा।

एक तीसरी युवा स्त्री ने कहा कि बहुत लालित्यपूर्ण था। और एक चौथी महिला ने राय व्यक्त की कि ऐसा लगता था जैसे कोई नाच रहा हो।

'इतनी प्रशंसा सुनकर मुझे जरूर खुश होना चाहिए।' मि. विंकिल ने लजाते

हुए कहा, 'लेकिन मेरे पास स्केट्स नहीं हैं।'

यह आपत्ति काम नहीं आई। ट्रंडिल के पास एक जोड़ा था और मोटे लड़के ने बताया कि और आधा दर्जन स्केट जोड़े नीचे मौजूद हैं। इसपर मि. विंकिल ने बहुत खुशी जाहिर की और बड़े ही निश्चिंत हो गए।

वृद्ध वार्डिल सबसे पहले चलकर गए बर्फ की उस विशाल चादर तक और मोटे लड़के तथा मि. वेलर ने रात के दौरान गिरी बर्फ को बेलचे से उठाकर दूर फेंक दिया। मि. बॉब सॉयर ने अपने स्केट, मि. विंकिल की राय के अनुसार अत्यंत कुशलता से बाँधे और बर्फ पर अपने बाएँ पैर से कई चक्र बनाकर बताए। आठ की आड़ी आकृति बनाई और साँस लेने के लिए एक बार भी रुके बगैर उसके दूसरे मनमोहक एवं आश्चर्यजनक करतब दिखाए, जो मि. पिकविक, मि. खुपमैन और महिलाओं को बहुत भाए। और जब वार्डिल तथा बेंजामिन ऐलन ने उपर्युक्त बॉब सॉयर की सहायता से कुछ गूढ़, जटिल क्रियाओं का प्रदर्शन किया, जिन्हें वे एक फिरकी कहते थे, तब तो उनका उत्साह देखते ही बनता था।

इतने समय तक मि. विंकिल, जिसका चेहरा और हाथ ठंड से नीले पड़ गए थे, अपने पैरों के तलों में एक बरमी घुसा रहा था और निशानों को बिना देखे अपने स्केट पहनने तथा फीतों को उलटे-सीधे ढंग से बाँधने की कोशिश कर रहा था और इस काम में उसकी मदद मि. स्नॉग्रास कर रहे थे, जिसे स्केट के बारे में उससे भी कम जानकारी थी। तथापि, काफी देर के बाद मि. वेलर की सहायता से उन अभागे स्केटों के पेंच और बकसुए मजबूती से कस दिए गए तथा मि. विंकिल को उसके पैरों पर खड़ा कर दिया गया।

'अब हो गया, सर।' सैम ने हौसला देते हुए कहा, 'चलता हूँ और आप उन्हें बताएँ, स्केटिंग कैसे की जाती है?'

'ठहरो सैम, ठहरो!' मि. विंकिल ने बुरी तरह काँपते हुए और सैम के बाजुओं को इस तरह कसकर पकड़ते हुए कहा, जैसे कोई डूबनेवाला पकड़ता है।

'यह कितना फिसलने वाला है, सैम!'

'बर्फ पर ऐसा ही होता है, सर!' मि. वेलर ने जवाब दिया, 'सँभालिए, सर।'

मि. वेलर ने यह बात मि. विंकिल के उस प्रदर्शन के संदर्भ में कही थी, जब मि. विंकिल ने हवा में पैर उछालकर दिखाना चाहा और बर्फ पर गिरकर अपने सिर के पीछे चोट लगा ली थी।

'ये बड़े अजीब से स्केट हैं! क्या ऐसा नहीं है, सैम?' मि. विंकिल ने लड़खड़ाते हुए पूछा।

'मुझे डर है, उनमें कोई भला-मानुस घुस गया है, सर।' सैम ने जवाब दिया।

'अब, विंकिल,' मि. पिकविक चिल्लाए—इस बात से बिलकुल अनजान कि कुछ गड़बड़ है, 'शुरू करो, सारी महिलाएँ उत्सुक हैं देखने के लिए।'

'हाँ, हाँ,' मि. विंकिल ने एक विकट हँसी हँसते हुए जवाब दिया, 'मैं आ रहा हूँ।'

'बस, अभी शुरू करिए।' सैम ने खुद को छुड़ाने का प्रयत्न करते हुए कहा। 'अब शुरू हो जाइए, सर।'

'एक मिनट रुको सैम।' मि. विंकिल ने हाँफते-हाँफतें कहा, मि. वेलर से लिपटते हुए—'घर में मेरे पास कुछ कोट पड़े हैं, जो अब मुझे नहीं चाहिए। तुम उन्हें ले जा सकते हो, सैम।'

'धन्यवाद, सर!' मि. वेलर ने कहा।

'तुम्हारा हैट छूने का बुरा मत मानना, सैम।' मि. विंकिल ने जल्दी में कहा। 'वह सब करने के लिए तुम अपना हाथ छुड़ाओ। इस सुबह मैं तुमको क्रिसम बॉक्स के लिए पाँच शिलिंग देने वाला था, सैम। मैं इस तीसरे पहर तुमको दे दूँगा, सैम।'

'आप बहुत अच्छे हैं, सर।' मि. वेलर ने जवाब दिया।

'तुम बस पहले मुझे पकड़ो, सैम! क्या तुम मुझे पकड़े रहोगे?' मि. विंकिल ने कहा। 'वहाँ—हाँ, वह ठीक है। मैं इसके बीच में शामिल हो जाऊँगा, सैम। इतनी तेजी से नहीं, सैम; इतनी तेजी से नहीं।'

मि. विंकिल आगे की ओर झुककर आधे शरीर को दोहरा किए था और बर्फ के ऊपर उसकी इस मुद्रा में मि. वेलर उसकी मदद कर रहा था—एक बहुत ही अनोखे और भिन्न ढंग से।

तभी मि. पिकविक ने अत्यंत भोलेपन से दूसरे तट से पुकारा—'सैम!'

'सर!'

'यहाँ मुझे तुम्हारी आवश्यकता है।'

'जाने दो, सर।' सैम ने कहा, 'क्या आप नहीं सुनते, गवर्नर बुला रहा है?' 'जाने दो, सर।'

काफी जोर लगाकर खुद को उस दु:खी पिकविकियन की पकड़ से छुड़ा लिया और ऐसा करते हुए व्यथित मि. विंकिल को काफी हौसला दिया। जो सफाई या शुद्धता कितनी भी दक्षता या अभ्यास से नहीं आ सकती थी, उस अभागे भद्र पुरुष ने उसी सफाई से चक्कर खाते हुए तीव्रता से फिरकी के केंद्र में तभी प्रवेश किया, जब मि. बॉब सॉयर बेजोड़ सुंदरता से अपने खेल का प्रदर्शन कर रहा था।

मि. विंकिल अंधाधुंध तरीके से उससे टकरा गया और एक जोरदार भिड़ंत के साथ वे दोनों बेतरह नीचे गिर पड़े। मि. पिकविक दौड़कर उस जगह पहुँचे। बॉब सॉयर अपने पैरों पर खड़ा हो गया था। लेकिन मि. विंकिल इतना समझदार नहीं था कि स्केट पहने-पहने ऐसा कुछ कर सके। वह बर्फ पर बैठ गया, मुसकराने की जबरन कोशिश करता रहा; लेकिन उसके चेहरे की एक-एक लकीर उसके कष्ट का बयान कर रही थी।

'क्या तुमको चोट आई है?' मि. बेंजामिन ऐलन ने बड़ी चिंता दरशाते हुए पूछा।

'कुछ ज्यादा नहीं।' मि. विंकिल ने जोर से अपनी पीठ सहलाते हुए कहा।

'मैं सोचता हूँ, मुझे तुम्हारा खून निकालना होगा।' मि. बेंजामिन बड़ी उत्सुकता से कहा।

'नहीं, धन्यवाद।' मि. विंकिल ने जल्दी से कहा।

'मैं सोचता हूँ, वही बेहतर होगा।' ऐलन ने कहा।

'धन्यवाद।' मि. विंकिल ने जवाब दिया, 'उसकी जरूरत नहीं है।'

'आप क्या सोचते हैं, मि. पिकविक?' बॉब सॉयर ने जानना चाहा।

मि. पिकविक उत्तेजित और क्रोधित थे। उन्होंने मि. वेलर को इशारे से बुलाया, और कड़े स्वर में कहा, 'उसके स्केट उतारो।'

'नहीं; मैंने वस्तुतः अभी शुरुआत ही की थी।' मि. विंकिल ने आपत्ति जताते हुए कहा।

'उतार दो उसके स्केट।' मि. पिकविक ने दोबारा जोर देकर कहा।

इस आदेश का विरोध करना संभव नहीं था। मि. विंकिल ने चुप रहकर सैम को आज्ञा का पालन करने दिया।

'उसे ऊपर उठाओ।' मि. पिकविक ने कहा। सैम ने उठाने में उसकी मदद की।

मि. पिकविक वहाँ खड़े लोगों से कुछ कदम दूर चले गए, अपने मित्र को पास आने का इशारा करते हुए। फिर उन्होंने खोजती निगाह उसपर डाली और एक धीमी किंतु स्पष्ट एवं सुनिश्चित आवाज में ये उल्लेखनीय शब्द प्रकट किए—

'तुम एक गपोड़िए हो।'

'एक क्या?' मि. विंकिल ने चौंककर पूछा।

'एक गपोड़िया, सर। अगर तुम चाहते हो, मैं साफ-साफ बोलूँ तो सुनो, तुम एक धोखेबाज, ढोंगी हो।'

इन शब्दों के साथ ही मि. पिकविक पीछे मुड़कर धीरे-धीरे चल दिए और पुनः अपने मित्रों के पास जा पहुँचे।

मि. पिकविक ने अभी-अभी जो भावना व्यक्त की थी, उसके बारे में वह अपने मित्रों को बता रहे थे। इसी दौरान मि. वेलर और उस मोटे लड़के ने अपने संयुक्त प्रयासों से एक ढालू जगह बना ली थी, जिसके ऊपर वे बहुत कुशलता और शानदार तरीके से अभ्यास कर रहे थे। विशेषकर मि. वेलर फैंसी स्लाइडिंग का खूबसूरत प्रदर्शन कर रहे थे, जिसे फिलहाल 'मोची के द्वार पर दस्तक देना' कहा जाता है और जिसमें कमाल हासिल करने के लिए एक पाँव से बर्फ को मात्र छूते हुए निकलता होता है और दूसरे पाँव से बीच-बीच में बर्फ पर डालिए की तरह दस्तक देनी होती है। यह एक अच्छी लंबी सरकन थी और उस क्रिया एवं चेष्टा में कुछ ऐसा था जिसे देखकर मि. पिकविक भी ईर्ष्या किए बिना नहीं रह सके, जो निश्चेष्ट खड़े थे और ठंड सह रहे थे।

'यह एक अच्छा गरमाहट देनेवाला व्यायाम है, क्या ऐसा नहीं लगता?' उसने वार्डिल से पूछा, जबकि वह भला आदमी ठीक से साँस भी नहीं ले पा रहा था, क्योंकि उसने बर्फ पर अपना करतब दिखाने के लिए अपनी टाँगों को एक परकार बना दिया था और बर्फ पर अनेक गूढ़ आकृतियाँ उकेर दी थीं।

'अहा, वास्तव में यह गरमी देता है। क्या आप स्लाइड करते हैं?'

'मैं ऐसा किया करता था, नालियों (गटर) पर, जब मैं लड़का था।' मि. पिकविक ने जवाब दिया।

'अब कोशिश करें।' वार्डिल ने कहा।

'ओह, मान जाइए और करिए, मि. पिकविक!' सभी महिलाओं ने एक सुर में कहा।

'तुम्हारा मनोरंजन करने में मुझे बड़ी खुशी होती।' मि. पिकविक ने जवाब दिया, 'लेकिन करीब तीस साल से मैंने ऐसी कोई चीज नहीं की है।'

'उँह! बकवास!' मि. वार्डिल ने कहा, अपने स्केट को उतावलेपन से घसीटते हुए, जो उसके सभी कार्यों में लक्षित होता था।

'इधर मैं तुम्हारा साथ दूँगा, चले आओ।' और इसके साथ ही वह भले स्वभाववाला बूढ़ा आदमी इस तेजी से ढलान से उतरा और मोटे लड़के को उसने बुरी तरह पछाड़ दिया।

मि. पिकविक ने एक क्षण के लिए रुककर सोचा, अपने दस्ताने उतारे और उन्हें अपने हैट में रख दिए; दो या तीन छोटे चक्कर मारे, कई बार खुद को झिंझोड़ा

और अंत में एक और फेरा लिया। इसके पश्चात् वह धीरे-धीरे एवं गंभीरतापूर्वक अपने पैरों को करीब सवा फुट की चौड़ाई में रखकर ढलान से उतरने लगे और दर्शक शोरगुल मचाकर उनका हौसला बढ़ाने लगे।

'सँभलकर चलते रहो, सर।' सैम ने कहा। और वार्डिल फिर नीचे चला गया, और उसके बाद मि. पिकविक, फिर सैम और फिर मि. विंकिल, उसके पीछे मि. बॉब सायर, फिर मोटा लड़का और फिर मि. स्नोडग्रास एक-दूसरे के कदमों को करीब से देखते हुए और ऐसी उत्सुकता के साथ एक-दूसरे के पीछे दौड़ते हुए गए, जैसे उनके जीवन की भावी संभावनाएँ उनके उस अभियान पर ही निर्भर हों।

मि. पिकविक का प्रदर्शन उस उत्सव में अत्यंत दिलचस्प था; जिस चिंता की यातना के साथ वह पीछेवाले व्यक्ति को देखते और सँभल जाते कि कहीं उसके अड़ंगी न पड़ जाए! जिस तरह वह पहले से जुटाई गई अपनी शक्ति को धीरे-धीरे खर्च करते और स्लाइड पर धीरे-धीरे चक्कर लगाते, अपना चेहरा उस बिंदु की ओर रखे हुए, जहाँ से उन्होंने शुरू किया था; जब वह दूरी तय करने में कामयाब हो जाते, तब उनके चेहरे पर छाई जिंदादिल मुसकान को वह जिस तरह महसूस करने की कोशिश करते और ऐसा कर चुकने के बाद जिस चाव से उन्होंने चाल बदली, अपने पूर्ववर्ती के पीछे दौड़े, उनके काले गेटिस जिस तरह गिरती बर्फ को खुशी से उछालते चलते और उनके चश्मे के पार उनकी आँखों में प्रसन्नता व खुशी की जो चमक नजर आती, वह सबकुछ बहुत ही रोचक एवं आनंददायक था। और जब वह गिर पड़ते (औसतन हर तीसरे फेरे पर ऐसा हुआ), तब उनको अपने हैट, दस्ताने और रुमाल उठाते देखने का नजारा वाकई बड़ा लुभावना लगता। उनके चेहरे पर खुशी की चमक बनी रहती और वह फिर अपने साथियों के बीच पहुँचकर कभी न थकनेवाले जोश एवं उत्साह के साथ अपनी जगह सँभाल लेते।

खेल अपनी पराकाष्ठा पर था, स्लाइडिंग अत्यंत तीव्रता और खिलखिलाहट आसमान छू रही थी, तभी कुछ टूटने-चटखने की तेज आवाज सुनाई दी। सब लोग किनारे की ओर दौड़े, औरतों ने दिल दहलानेवाली चीख मारी और मि. तुपमैन जोर से चिल्लाए। बर्फ का एक बड़ा ढेर गायब हो गया था; उसके ऊपर पानी बुदबुदाने लगा। मि. पिकविक का हैट, उनके दस्ताने और रुमाल पानी पर तैरने लगे। मि. पिकविक की बस यही निशानियाँ नजर आ रही थीं और उनका कुछ आता-पता नहीं था।

हर किसी के चेहरे पर दर्द और चिंता की लकीरें थीं। मर्द लोग पीले पड़ गए और स्त्रियाँ बेहोश हो गईं। मि. स्नोडग्रास और मि. विंकिल ने एक-दूसरे को पकड़ लिया और वे चिंता में बावले होकर उस जगह को ताकने लगे, जहाँ उनका

मुखिया डूबा था, जबकि मि. तुपमैन अत्यंत मुस्तैदी से सहायता पहुँचाने के लिहाज से सारे इलाके में पूरी ताकत से 'फायर', 'फायर' चिल्लाते हुए दौड़ पड़े, ताकि उनकी आवाज उन लोगों तक पहुँच सके, जो वहाँ आस-पास हो सकते थे।

यही वह क्षण था जब वृद्ध वार्डिल और सैम वेलर सावधानी से कदम रखते हुए उस विवर की ओर बढ़ रहे थे। और मि. बेंजामिन ऐलन व्यावसायिक व्यवहार में कुछ सुधार की अपेक्षा को ध्यान में रखते हुए मंडली को शोक समाचार सुनाकर दुःखी करने की वांछनीयता के बारे में मि. बॉब सायर के साथ त्वरित सलाह-मशविरा कर रहा था—उसी समय ऐसा हुआ कि पानी के नीचे से एक चेहरा सिर और कंधों के साथ बाहर आया और उसकी सूरत-शक्ल तथा चश्मा मि. पिकविक से मिलता था।

'अपने आपको एक क्षण के लिए सँभाले रखो, सिर्फ एक क्षण के लिए।' मि. स्नोडग्रास ने चीखकर कहा।

'हाँ, कृपया रुको, मेरी खातिर, मैं आपसे प्रार्थना करता हूँ।' मि. विंकल ने कहा। यह अभ्यर्थना एक तरह से अनावश्यक थी, क्योंकि संभावना इस बात की थी कि अगर मि. पिकविक ने किसी अन्य की खातिर स्वयं को ऊपर सँभाले नहीं रखा होता, तब भी वह अपने को बचाए रखने के लिए तो अवश्य ही ऐसा करते।

'क्या आपको वहाँ पाँव तले जमीन का एहसास होता है, बूढ़े आदमी?' वार्डिल ने कहा।

'हाँ, निश्चित रूप से।' मि. पिकविक ने अपने सिर और चेहरे से पानी झाड़ते हुए और साँस लेने के लिए हाँफते हुए जवाब दिया, 'मैं पीठ के बल गिर गया था। मैं अपने पैरों पर पहले उठ नहीं पाया।'

मि. पिकविक के कोट पर जमी बहुत सारी मिट्टी उनके बयान की सच्चाई का सबूत दे रही थी। और भयाक्रांत दर्शकों को उस समय थोड़ी राहत महसूस हुई जब मोटे लड़के को अचानक याद आया कि पानी की गहराई कहीं भी पाँच फीट से अधिक नहीं है। फिर तो उन्हें बाहर निकालने के लिए अदम्य साहस और वीरता का परिचय दिया जाने लगा। काफी पानी उछालने, तोड़-फोड़ करने और जद्दोजहद के बाद मि. पिकविक को सही-सलामत बाहर निकाल लिया गया और उनके पाँवों को फिर एक बार शुष्क धरती का स्पर्श नसीब हुआ।

'ओह, वह ठंड से मर जाएँगे!' एमिली ने कहा।

'प्यारा बुड्ढा।' अरबेला ने कहा, 'मुझे यह शॉल तुम्हें ओढ़ाने दो, मि. पिकविक!'

‘अहा, यह बढ़िया काम तुम्हीं कर सकती हो!’ वॉर्डिल ने कहा, ‘और जब आप शॉल लपेट चुके हों, तुरंत अपने घर की ओर दौड़ जाएँ और सीधे बिस्तर में घुस जाएँ।’

दर्जन भर शॉल उनके आगे बढ़ा दिए गए। उनमें जो तीन-चार शॉल सबसे मोटे थे, चुन लिये गए और मि. वेलर के मार्गदर्शन में मि. पिकविक पर अच्छी तरह लपेट दिए गए। और फिर इस वृद्ध भद्र पुरुष को छह अंग्रेजी मील प्रति घंटे की गति से चलता कर दिया गया; जबकि उसकी हालत यह थी कि बदन से पानी टपक रहा था, सिर पर हैट नहीं था, दोनों हाथ नीचे लटके हुए थे और शॉल में लिपटे हुए थे। और उन्हें जमीन को सिर्फ छूकर लाँघते हुए जाने को कहा गया था, जिसका कोई अर्थ स्पष्ट नहीं था।

लेकिन मि. पिकविक को ऐसी चरम स्थिति में अपने दिखने-दिखाने की परवाह नहीं थी और सैम वेलर के आग्रह पर वह यथासंभव तेज रफ्तार से चलते रहे, जब तक कि वह मैनोर फार्म के द्वार तक नहीं पहुँच गए, जहाँ मि. तुपमैन कुल पाँच मिनट पहले ही आ चुका था, और उसने वहाँ की देख-रेख करनेवाली वृद्ध महिला को अपनी घबराहट दिखाकर इस कदर डरा दिया था कि उसने रसोई के चूल्हे को तुरंत आग से दहका दिया; क्योंकि वह जब भी अपने किसी परिचित को जरा सी भी तकलीफ में देखती तो वह पूरे मन से उसकी सेवा-शुश्रूषा में जुट जाती थी।

मि. पिकविक ने आरामदायक बिस्तर में घुसने में एक मिनट भी नहीं लगाया। सैम वेलर ने कमरे में तेज आग जला दी और अपना रात्रिभोज किया; उसके बाद पेय से भरा एक कटोरा लाया गया और उसकी सुरक्षा के सम्मान में एक पान-गोष्ठी की गई—अर्थात् उठकर मदिरापान किया गया। वृद्ध वार्डिल ने उसे उठने से बिलकुल मना कर दिया और इसी कारण उन्होंने बिस्तर को ही कुरसी बना लिया तथा मि. पिकविक ने गोष्ठी की अध्यक्षता की। एक दूसरा, फिर तीसरा कटोरा मँगवाया गया और अगली सुबह जब मि. पिकविक नींद से जागे, उन्हें बदन दर्द की कोई शिकायत नहीं थी, जिससे यह साबित होता है, जैसाकि मि. बॉब सायर ने बड़ी गहराई से सोचकर कहा, कि ऐसे मामलों में गरम पंच (पेय) से बढ़िया कोई चीज नहीं है—और अगर गरम पंच एक निरोधक के रूप में कारगर नहीं होता है तो इसका एक ही कारण हो सकता है कि मरीज ने पंच की पर्याप्त मात्रा न पीने की भारी भूल की होगी।

□

"ऐसा लग रहा था, जावा को बजाने में किसी की दिलचस्पी नहीं थी। हर कोई जल्द-से-जल्द वहाँ से निकल भागने की फिराक में था।"

जावा से भागना

रस्किन बॉण्ड

यह कुछ दो-चार दिनों के अंदर ही हो गया। अमलतास के वृक्ष पर फूल अभी आने ही लगे थे, जब बाटाविया (अब जिसे जकार्ता कहते हैं) पर पहली बमबारी हुई और चमकीले गुलाबी फूल सड़कों में मलबे के ढेरों पर बिखर गए।

हमें खबर मिल चुकी थी कि सिंगापुर पर जापानियों का कब्जा हो गया है। मेरे पिता ने कहा, 'मुझे आशंका है, वे जल्दी ही जावा पर भी कब्जा कर लेंगे। ब्रिटिश फौजों की हार के बाद हॉलैंड के जीतने की उम्मीद कैसे की जा सकती है?' वह जानते थे कि उनको ऐसे किसी साम्राज्य का समर्थन प्राप्त नहीं है जैसा ब्रिटेन को मिला हुआ था। सिंगापुर को 'पूर्व का जिब्राल्टर' कहा गया था। इसके झुक जाने अर्थात् हथियार डाल देने के बाद पीछे हटने के अलावा कोई चारा नहीं था, जिसका मतलब था—दक्षिण-पूर्व एशिया में बड़ी तादाद में यूरोपीय लोगों का चले जाना।

यह दूसरा विश्वयुद्ध था। जावानियों की उस समय युद्ध के बारे में क्या सोच थी, मेरे लिए अब बताना कठिन है; क्योंकि मैं तब केवल नौ वर्ष का था और सांसारिक मामलों की मुझे कुछ जानकारी नहीं थी। अधिकतर लोगों को पता था कि हॉलैंड शासकों के बजाय अब उन्हें जापानी शासकों के अधीन रहना होगा; लेकिन ऐसे भी बहुत लोग थे, जो युद्ध-समाप्ति के बाद जावा की स्वतंत्रता की बात करते थे।

हमारे पड़ोसी श्री हर्टोनो उन लोगों में से एक थे, जो यह सोचते थे कि आगे चलकर किसी समय जावा, सुमात्रा तथा अन्य द्वीप समूह मिलकर एक स्वतंत्र राष्ट्र बन जाएँगे। वह एक कॉलेज प्रोफेसर थे और वह डच, चीन एवं जावा की भाषा बोलते थे तथा कुछ-कुछ अंग्रेजी भी। उनका पुत्र सोनो मेरी उम्र का था। मेरे परिचितों में वही एक लड़का था जो मुझसे अंग्रेजी में बात कर सकता था और हम काफी समय साथ बिताते थे। हमारा पसंदीदा खेल था—पार्क में जाकर पतंग उड़ाना।

बमबारी के कारण पतंग उड़ाना बंद हो गया। दिन-रात हवाई हमलों की चेतावनी बजती रहती और शुरू-शुरू में अधिकतर बम यद्यपि हमारे रहने के स्थान से लगभग तीन-चार मील दूर गोदी पर गिरे थे, लेकिन फिर भी हमें घर के अंदर ही रहना पड़ता था। अगर विमानों की आवाज बहुत करीब सुनाई देती तो हम पलंग या मेजों के नीचे दुबक जाते। अगर कुछ खंदकें रही हों तो मुझे याद नहीं। शायद खंदकें खोदने का समय नहीं मिला था और अब सिर्फ कब्रें खोदी जा रही थीं। घटनाएँ बहुत तेजी से घटी थीं और प्रत्येक व्यक्ति (बेशक जावा के मूल निवासियों को छोड़कर) जावा से चले जाने के लिए चिंतित था।

'तुम कब जा रहे हो?' सोनो ने पूछा, जब हम हवाई हमलों के बीच अंतराल में बरामदे की सीढ़ियों पर बैठे हुए थे।

'मुझे नहीं पता।' मैंने कहा। 'सब मेरे पिता पर निर्भर है।'

'मेरे पिता का कहना है कि एक सप्ताह में जापानी यहाँ पहुँच जाएँगे और अगर तब तक तुम यहाँ रहे तो वे तुमको रेलपथ निर्माण कार्य में लगा देंगे।'

'रेलमार्ग बनाने का काम करना कुछ भी बुरा नहीं है।' मैंने कहा।

'लेकिन वे तुमको पर्याप्त खाना नहीं देंगे। सिर्फ कीड़ोंवाले चावल मिलेंगे। और अगर तुम ठीक तरह काम नहीं करोगे तो वे तुम्हें गोली मार देंगे।'

'सैनिकों के साथ वे ऐसा करते हैं।' मैंने कहा, 'हम असैनिक हैं।'

'वे असैनिकों के साथ भी ऐसा ही करते हैं।' सोनो ने कहा।

मेरे पिता और मैं बाटाविया में क्या कर रहे थे, जबकि हमारा घर पहले भारत में था और फिर सिंगापुर में! वह रबर का व्यवसाय करनेवाली एक कंपनी के लिए काम करते थे। और उन्हें छह महीने पहले किसी डच (हॉलैंड की) कंपनी की साझेदारी में एक नया कार्यालय खोलने के लिए बाटाविया भेजा गया था। हालाँकि मैं बहुत छोटा था। फिर भी मैं अपने पिता के साथ लगभग हर जगह जाता था। मेरी माँ की मृत्यु बहुत जल्दी हो गई थी। मेरी देखभाल हमेशा मेरे पिता करते थे।

युद्ध समाप्त होने के बाद वह मुझे इंग्लैंड ले जाने वाले थे।

'क्या हम युद्ध जीत लेंगे?' मैंने पूछा।

'यहाँ से देखने से तो ऐसा नहीं लगता।' उसने कहा।

'नहीं, ऐसा नहीं लगता था मानो हम जीत रहे हों। अपने पिता के साथ बंदरगाह पर खड़े हुए मैंने सिंगापुर से आए जहाजों को देखा, जो शरणार्थियों से खचाखच भरे हुए थे—मर्द, औरतें और बच्चे, सबके-सब कड़कती-चिलचिलाती धूप के नीचे बंदरगाह में रह रहे थे। वे पीले पड़े हुए, श्रांत-क्लांत और चिंतित दिखते थे। वे कोलंबों या बंबई जा रहे थे। कोई भी बाटाविया के तट तक नहीं आया। यह ब्रिटेन का राज्यक्षेत्र नहीं था; यह हॉलैंड का था और हर व्यक्ति को पता था कि यह क्षेत्र अधिक समय तक हॉलैंड का नहीं रहेगा।'

'हम लोग भी नहीं जा रहे है?' मैंने पूछा। 'सोनो के पिता कहते हैं कि जापानी किसी भी दिन यहाँ आ जाएँगे।'

'हमारे पास अभी भी कुछ दिन बाकी हैं,' मेरे पिता ने कहा। वह छोटे कद के थे और हट्‌टे-कट्‌टे थे। कभी भी वह उत्तेजित नहीं होते थे। अगर वह चिंतित होते, तब भी वह दिखाते नहीं थे। मुझे व्यवसाय संबंधी कुछ मामलों को निपटाना है और फिर हम चल देंगे।'

'हम कैसे जाएँगे? उन जहाजों पर हमारे लिए कोई जगह नहीं है।'

'जगह अवश्य नहीं है। लेकिन हम कोई रास्ता निकाल लेंगे, बच्चे, चिंता मत करो।'

मुझे चिंता नहीं थी। कठिनाइयों से बाहर निकलने का रास्ता खोजने की मेरे पिता की क्षमता पर मुझे पक्का विश्वास था। वह कहा करते थे, 'और अगर आप समाधान खोजने की कोशिश में जुट जाते हैं तो एक नहीं, कई रास्ते मिल जाएँगे।'

सड़कों पर ब्रिटिश सैनिक जरूर नजर आते थे, लेकिन उनकी मौजूदगी हमें अधिक सुरक्षित होने का एहसास नहीं कराती थी। वे लोग सैनिक पोतों के आने और उन्हें दूर ले जाने का इंतजार कर रहे थे। वास्तव में कोई भी जावा को बचाने में दिलचस्पी नहीं ले रहा था, उन्हें तो बस जल्दी-से-जल्दी वहाँ से निकल भागने की फिक्र थी।

यद्यपि जावा निवासी डच लोगों को पसंद नहीं करते थे, फिर भी किसी यूरोपियन के प्रति कोई दुर्भावना उनमें नहीं थी। मैं सड़कों पर सुरक्षित घूम सकता था। कभी-कभी चीनियों की भीड़ भरी बस्ती में छोटे-छोटे लड़के मेरी ओर इशारा करते और चिल्लाते, 'ओरांग बलंडी' (डचमैन)।' लेकिन वे हँसी-मजाक में ऐसा

करते थे और चूँकि मुझे उनकी भाषा अच्छी तरह नहीं आती थी, इसलिए मैं रुककर उनको यह समझा नहीं सकता था कि अंग्रेज हॉलैंड के नहीं हैं। उनके लिए सभी श्वेत लोग एक जैसे थे और उनकी समझ के मुताबिक यह बात ठीक थी।

मेरे पिता का का ऑफिस व्यावसायिक क्षेत्र में था—नहर के तट से लगा हुआ। वहाँ से करीब एक मील दूर हमारा घर एक पुरानी इमारत में था, जिसकी छत लाल खपरैल की थी और एक चौड़ी बॉलकनी थी, जिसके दोनों सिरों पर पत्थर के बने परदार साँप (ड्रैगॉन) थे। उद्यान में पूरे साल फूल खिले रहते। बाटाविया में बमबारी के अलावा अगर कुछ अधिक होता था तो वह थी बरसात, जो लगभग प्रत्येक दिन दोपहर बाद छत और केले के पत्तों पर पटर-पटर गिरने लगती थी। जावा के गरम और भाप जैसे वातावरण में, बरसात का सदैव स्वागत था।

बाटाविया में विमानभेदी तोपें नहीं थीं—कम-से-कम मैंने तो उनके बारे में कभी नहीं सुना—और जापानी बमवर्षक दिन के समय कभी भी चले आते थे। कभी-कभी बम शहर में गिरते थे। एक दिन मेरे पिता के दफ्तर के आगेवाली इमारत से एक बम सीधा टकराया और नदी में जा गिरा। उस हमले में आफिस के कई कर्मचारी मारे गए।

एक दिन सोनो ने कहा, 'बम बाटाविया पर गिर रहे हैं, देहात में नहीं। क्यों नहीं हम साइकिलें लें और शहर के बाहर चल पड़ें?'

मुझे उसका सुझाव एकदम भा गया। सुबह जब सबकुछ ठीक-ठाक होने का ध्वनि-संकेत मिला, हम अपनी साइकिलों पर सवार होकर शहर के बाहर की ओर चल पड़े। मेरी साइकिल भाड़े की थी, लेकिन सोनो की साइकिल उसकी अपनी थी, यह साइकिल उसके पास तब से थी, जब वह पाँच साल का बच्चा था और उसकी साइकिल को निरंतर मरम्मत की जरूरत रहती थी।

'इसकी आत्मा निकल गई है।' वह कहा करता था।

हम दोनों के पिता काम पर गए हुए थे। सोनो की माँ खरीदारी के लिए बाहर गई हुई थी। (हवाई हमलों के दौरान वह सर्वाधिक सुविधाजनक शॉप काउंटर के नीचे दुबक जाती) और करीब एक घंटे तक वापस आने वाली नहीं थी। हमने सोचा था कि लंच से पहले लौट आएँगे।

हम जल्दी शहर के बाहर उस सड़क पर आ गए, जो चावल के खेतों, अनन्नास के उद्यानों और सिनकोना बागानों के बीच से होकर जाती थी। हमारे दाहिने तरफ घनी हरित पहाड़ियाँ थीं; बाएँ तरफ नारियल वृक्षों के घने कुंज थे और उनके परे समुद्र था। मर्द एवं स्त्रियाँ मिलकर धान के खेतों में काम कर रहे थे—

घुटनों तक कीचड़ में धँसे हुए। और उन्होंने चौड़े किनारोंवाले हैट पहने हुए थे, जो चमचमाती धूप से उन्हें बचाते थे। यहाँ-वहाँ कोई भैंस मटमैले पानी में डकराती दिख जाती और कोई नंगा लड़का उस पशु की चौड़ी पीठ पर पसरा हुआ होता।

हम ताड़ के वृक्षों के बीच से ऊबड़-खाबड़ रास्ते से गए। उस रास्ते ने हमें समुद्र के किनारे तक पहुँचा दिया। साइकिलों को बजरी पर छोड़कर एक चिकने रेतीले तट की ओर दौड़ गए और फिर उथले पानी में उतर गए।

'पानी में बहुत दूर मत जाना।' सोनो ने खबरदार किया, 'वहाँ आस-पास में शार्क हो सकती है।'

पानी में पत्थरों-चट्टानों के बीच घुसकर हमने सीपियों-शंखों की तलाश की। फिर एक बड़ी चट्टान पर हम बैठ गए और समुद्र को निहारते रहे, जहाँ हमने यात्रा पर निकले एक समुद्री-जहाज को साफ नीले पानी पर शांति से बढ़ते हुए पाया। तब यह कल्पना करना मुश्किल था कि आधी दुनिया में युद्ध चल रहा है और यह कि दो या तीन मील दूर बाटाविया, उसके ठीक बीच में है।'

घर जाते हुए हमने छोटा रास्ता पकड़ने का फैसला किया, जो धान के खेतों से होकर जाता था। लेकिन जल्दी ही हमें पता चल गया कि हमारी साइकिलों के टायर नरम गीली मिट्टी में फँस रहे हैं। इस कारण हमारे लौटने में देर हो गई। और इससे भी बड़ी भूल यह हुई कि हमें सही सड़क का पता नहीं चला और हम शहर के एक ऐसे इलाके में पहुँच गए, जो हमारा जाना-पहचाना नहीं था। हम अभी बाहरी इलाके में ही थे कि सायरन बज गया और उसके तुरंत बाद विमानों की भिनभिनाहट सुनाई देने लगी।

'क्या हम साइकिलों से उतर कहीं ओट में हो जाएँ?' मैंने पुकारा।

'नहीं, हमें जल्दी घर पहुँचना चाहिए!' सोनो चिल्लाया, 'बम यहाँ नहीं गिरेंगे।'

लेकिन वह गलत था। विमान बहुत नीचे थे। एक क्षण के लिए मैंने दृष्टि ऊपर उठाई, देखा कि जापान के एक युद्ध बमवर्षक जंगी विमान ने सूरज को ढक दिया है। हमने तेजी से पैडल मारे; लेकिन अभी हमने मुश्किल से पचास गज का फासला तय किया था कि तभी हमारे दाहिने तरफ एक भीषण विस्फोट हुआ— कुछ मकानों के पीछे। विस्फोट के आघात से हम हवा में उछलकर चक्कर खाते हुए सड़क के दूसरी तरफ जाकर गिरे। हमारी साइकिलें विस्फोट के जोर से दीवार से जाकर टकराईं।

मुझे अपने हाथों और टाँगों में डंक जैसी जलन महसूस हुई, जैसे छोटे-छोटे

कीड़ों ने मुझे काट खाया हो! मेरे शरीर पर यहाँ-वहाँ खून की छोटी-छोटी बूँदें निकल आईं। सोनो चारों खाने चित मेरी बगल में रेंग रहा था। और मैंने देखा कि उसके भी हाथ-पैरों व माथे पर वैसी ही छोटी-छोटी चोटें थीं, जो काँच की उड़ती किरचों से लगी थीं।

हम जल्दी सँभलकर खड़े हो गए और फिर अपने-अपने घरों की ओर सामान्य दिशा में दौड़ पड़े। मुड़ी-तुड़ी साइकिलें सड़क पर ही पड़ी रह गईं।

'सड़क से हट जाओ तुम दोनों!' एक खिड़की से कोई चिल्लाया। लेकिन हम दौड़ना छोड़नेवाले नहीं थे, जब तक कि घर न पहुँच जाएँ। फिर हम और भी तेजी से दौड़ने लगे, इतनी तेजी से हम जिंदगी में कभी नहीं दौड़े थे।

मेरे पिता और सोनो के माता-पिता भी हमें पुकारते हुए सड़क पर दौड़ रहे थे। जब हम बेतहाशा दौड़ते-दौड़ते उन तक पहुँचे और उनकी बाँहों में झूल गए।

'कहाँ गए थे तुम दोनों?'

'क्या हुआ तुमको?'

'ये चोटें कैसे लगीं?'

सब फालतू सवाल; लेकिन उससे पहले कि हम सँभल पाते और अपनी बात कह पाते, हमें उठाकर अपने-अपने घर ले जाया गया। मेरे पिता ने मेरे घावों और खरोंचों को धोया-साफ किया, मेरे चेहरे और टाँगों पर आयोडीन लगाई—मेरी चीख-पुकार की परवाह न करते हुए। और फिर मेरे पूरे चेहरे पर प्लास्टर चिपका दिया।

सोनो और मैं दोनों बहुत डर गए थे और दुबारा घर से निकलकर कहीं दूर नहीं गए।

उस रात मेरे पिता ने कहा, 'मैं सोचता हूँ, हम एक या दो दिन में निकल जाएँगे।'

'क्या कोई दूसरा जहाज आ गया है?'

'नहीं।'

'तब हम कैसे जा रहे हैं? क्या हवाई जहाज से?'

'इंतजार करो और देखो, बच्चे। अभी तक कुछ तय नहीं हो पाया है। हम अपने साथ ज्यादा कुछ नहीं ले जा सकेंगे, बस एक-दो सफरी बैग भरकर ले जा सकेंगे।'

'टिकट संकलन का क्या होगा?' मैंने पूछा।

'मेरा पिता का टिकट संकलन काफी मूल्यवान् था और कई जिल्दों में था।'

'मुझे डर है, हमें उसमें से बहुत कुछ पीछे छोड़ना होगा।' उन्होंने कहा।

'शायद श्री हार्टोनो इसे हमारी खातिर सुरक्षित रखेंगे और जब युद्ध समाप्त हो जाएगा अगर, कभी खत्म हुआ तो, हम इसे लेने वापस आएँगे।'

'लेकिन हम एक या दो अलबम तो अपने साथ ले जा सकते हैं। क्या नहीं ले जा सकते?'

'मैं एक ले चलूँगा। एक के लिए जगह हो जाएगी। फिर अगर बंबई में हमारे पास पैसे कम पड़ गए तो हम टिकटें बेच सकते हैं।'

'बंबई? वह तो भारत में है। मैंने सोचा, हम वापस इंग्लैंड जा रहे हैं।'

'पहले हमें भारत जाना होगा।'

अगली सुबह सोनो मुझे बगीचे में मिला। मेरी तरह उसके भी जगह-जगह प्लास्टर लगा था और एक पैर में पट्टी बँधी थी। लेकिन वह हमेशा की तरह प्रसन्नचित्त था और उसने मुझे अपनी वही बड़ी सी मुसकान दी।

'हम कल जा रहे हैं।' मैंने कहा।

उसके चेहरे से मुसकान गायब हो गई।

'तुम्हारे जाने से मैं उदास हो जाऊँगा।' उसने कहा, 'लेकिन मुझे खुशी भी होगी, क्योंकि तुम जापानियों से बच जाओगे।'

'युद्ध समाप्त हो जाने पर मैं वापस आऊँगा।'

'हाँ, जरूर वापस आना। और फिर जब हम काफी बड़े हो जाएँगे, हम दोनों साथ-साथ दुनिया की सैर करेंगे। मैं इंग्लैंड और अमेरिका तथा अफ्रीका और हिंदुस्तान तथा जापान देखना चाहता हूँ। मैं सब जगह जाना चाहता हूँ।'

'हम हर किसी जगह नहीं जा सकते।'

'हाँ, हम जा सकते हैं। हमें कोई नहीं रोक सकता।'

अगली सुबह हमें जल्दी उठना था। हमने अपने बैग देर रात पैक करके रख दिए थे। हम कुछ कपड़े ले जा रहे थे। कुछ मेरे पिता के व्यवसाय संबंधी कागजात थे। एक जोड़ा दूरबीन, टिकटों की एक अलबम और चॉकलेट। टिकट अलबम और चॉकलेट ले जाने की मुझे खुशी थी, लेकिन मुझे अपनी कई प्यारी चीजें छोड़नी पड़ीं—मेरी मनपसंद पुस्तकें, ग्रामोफोन और रिकॉर्डों का संग्रह, पुरानी समुराई तलवार, रेलगाड़ी का एक सेट और एक डॉर्टबोर्ड। दिलासा की बात यह थी कि ये सारी चीजें सोनो को मिलने वाली थीं, किसी अजनबी को नहीं।

भोर की मद्धिम रोशनी में एक ट्रक हमारे घर के सामने आकर रुका। इस ट्रक को एक डच व्यवसायी श्री हूकिन्स चलाकर लाए थे, जो मेरे पिता के साथ काम करते थे। सोनो पहले ही गेट पर मौजूद था—मुझे 'गुडबाय' कहने के लिए।

'मैं तुम्हें एक भेंट देना चाहता हूँ।' उसने कहा।

वह मुझे हाथ पकड़कर ले गया और कोई एक चिकनी कठोर वस्तु मेरी हथेली में दबा दी। मैंने वह चीज पकड़ ली और उसे ऊपर करके रोशनी में देखा। यह एक छोटा सा खूबसूरत समुद्री घोड़ा था, फीके नीले हरिताश्म को खोदकर बनाया गया।

'यह तुम्हारे लिए शुभ होगा।' सोनो ने कहा।

'धन्यवाद।' मैंने कहा, 'मैं इसे हमेशा अपने साथ रखूँगा।'

और मैंने वह नन्हा समुद्री घोड़ा अपनी जेब में डाल लिया। 'चलो, तुम अंदर जाओ।' मेरे पिता ने कहा और मैं चढ़कर आगे की सीट पर बैठ गया अपने पिता और ट्रक चालक मि. हूकिंस के बीच।

जैसे ही ट्रक चालू हुआ, मैंने मुड़कर देखा, सोनो को हाथ का इशारा करने के लिए। वह अपने बगीचे की दीवार पर बैठा हुआ था और मुसकरा रहा था। उसने मुझे पुकारकर कहा, 'हम हर जगह जाएँगे और हमें कोई नहीं रोक सकता।'

ट्रक जब सड़क के अंत में मोड़ काट रहा था, तब तक वह मुझे हाथ हिला रहा था।

हम बाटाविया की सुनसान, खामोश सड़कों से होकर गुजरे। बीच-बीच में जले पड़े ट्रक और ध्वस्त इमारतें हमने देखीं। फिर हमने निद्रामग्न शहर को बहुत पीछे छोड़ दिया और हमारा ट्रक घने जंगलों से ढकी पहाड़ियों पर चढ़ने लगा। रात के दौरान बरसात हुई थी और जब हरी पहाड़ियों के ऊपर सूरज चमका, उसकी रोशनी बड़ी-बड़ी पत्तियों पर झिलमिलाने लगी। जंगल में रोशनी गहरे हरे रंग से हरिताभ सुनहले रंग में बदल गई। कहीं-कहीं उसमें तुरही की शक्ल के भड़कीले लाल या नांरगी फूल भी नजर आते थे। उन सभी अत्याकर्षक पौधों के नाम जानना संभव नहीं था। घने उष्ण कटिबंधीय वन को काटकर बीच में सड़क बनाई गई थी, जिसके दोनों तरफ घने पेड़ थे, जो धूप की चाह में एक-दूसरे से टकरा रहे थे। लेकिन ऊष्ण कटिबंधीय वन-बेलों और वल्लरियों ने उन्हें आपस में बाँध दिया था और पेड़ों से लिपटी वे लताएँ भी उन्हीं झगड़ते पेड़ों से खाना-पानी पाकर फल-फूल रही थीं।

कभी-कभी कोई जेलारंग—जावा में पाई जानेवाली एक बड़ी गिलहरी—ट्रक की आवाज से चौंककर पेड़ों के अंदर तेजी से फुदककर जंगल की गहराई में गायब हो जाती। हमने अनेक प्रकार के पक्षी देखे—मोर, जंगली मुरगा और एक बार तो मुकुटवाला एक कबूतर सड़क के किनारे बड़ी शान से खड़ा था। वह काफी बड़ा था और उसकी शानदार कलगी दूर से भी बहुत आकर्षक दिखती थी। मि. हूकिन्स

ने गति धीमी कर दी, ताकि हम उस पक्षी को अच्छी तरह देख सकें। उसने अपना सिर झुकाया और उसकी कलगी जमीन से छू गई। फिर उसने मुँह से धीमे स्वर में एक बनावटी आवाज निकाली, जो बत्तख की आवाज से सर्वथा भिन्न थी।

जब हम जंगल के छोटे से खुले स्थान में पहुँचे, हम नाश्ते के लिए रुक गए। उस जगह अनेक रंग की तितलियाँ—काली, हरी और सुनहरी—इधर से उधर उड़ रही थीं। जंगल की खामोशी को सिर्फ युद्धक विमानों, जापानी जीरो विमानों की गरजती आवाज ने तोड़ा, जो एक और हवाई हमला करने के लिए बाटाविया की ओर जा रहे थे। मुझे सोनो की याद आई, सोचा कि इस समय वह घर पर क्या कर रहा होगा! शायद ग्रामोफोन सुन रहा होगा।

हमने उबले अंडे खाए और एक थरमस से चाय पी, फिर हम ट्रक में बैठ गए और आगे की यात्रा पर चल पड़े।

उसके कुछ ही देर बाद मुझे नींद आ गई होगी, क्योंकि मुझे बस इतना याद है कि हम घुमावदार सड़क से तेजी से उतराई पर जा रहे थे और कुछ दूरी पर मुझे एक शांत आसमानी समुद्र ताल दिखाई दे रहा था।

'हम फिर समुद्र के समीप आ गए।' मैंने कहा।

'ठीक बात है।' मेरे पिता ने कहा, 'लेकिन हम बाटाविया से करीब सौ मील दूर हैं—द्वीप-समूह के दूसरे हिस्से में। तुम्हारे सामने सुंडा जलडमरू मध्य दिखाई दे रहा है।'

फिर उन्होंने समुद्र ताल के पानी पर ठहरी हुई एक टिमटिमाती सफेद चीज की ओर इशारा किया।

' वहाँ हमारा विमान है।' उन्होंने कहा।

'समुद्री विमान!' मैंने विस्मय से कहा। 'मैं इसके बारे में सोच भी नहीं पाया। हम इससे कहाँ जाएँगे?'

'मुझे उम्मीद है, हमें यह भारत ले जाएगा। बहुत स्थान नहीं बचे हैं, जहाँ जाया जा सके।'

यह एक बड़ा पुराना समुद्री विमान था, और कोई भी, यहाँ तक कि कैप्टन भी—पायलट को कैप्टन कहा जाता था—निश्चित रूप से यह नहीं कह सकता था कि विमान उड़ पाएगा। मि. हूकिन्स हमारे साथ नहीं आ रहे थे। उसने कहा था कि उसे लेने के लिए विमान अगले दिन वापस आ जाएगा। मेरे पिता और मेरे अलावा चार दूसरे यात्री थे और एक को छोड़कर बाकी सब हॉलैंड के थे। वह अकेला लंदन वासी एक मोटर मिस्त्री था, जो जावा में पीछे छूट गया था, जब उसकी यूनिट को

हटाया जा रहा था। (उसने बाद में हमें बताया कि वह चीनी बस्ती में एक बार में सो गया था और जब वह नींद से जागा, उसकी रेजिमेंट को गए हुए कुछ घंटे बीत चुके थे।)

वह कुछ गंदा-सा लग रहा था। उसकी कमीज का सबसे ऊपर का बटन निकल गया था, लेकिन अपने कॉलर को खुला छोड़ने के बजाय उसने कॉलर को बंद रखने के लिए एक बड़ी पिन लगा रखी थी, जो उसकी चमकीली गुलाबी टाई के पीछे से बाहर निकली हुई थी।

'आपको यहाँ देखकर राहत महसूस हुई गवर्नर।' उसने मेरे पिता से हाथ मिलाते हुए कहा, 'आपको देखते ही मैं समझ गया था कि आप यार्कशायर के हैं। सांग-फ्राइड हैं, जो यह करता है, अगर आप जानते हों कि मेरा क्या अभिप्राय है।' (वह कहना चाहता था—सैंग-फ्रोयड, फ्रैंच में जिसका मतलब है—सौम्य-शांत चेहरा)। और यहाँ मैं था, इन सब छिछोरे विदेशियों के साथ, और एक शब्द भी मेरे पल्ले नहीं पड़ रहा था कि वे किस बारे में बात कर रहे हैं। 'क्या आप सोचते हैं, यह पुराना कंडाल हमें ठीक-ठाक वापस पहुँचा देगा?'

'यह कुछ डाँवाँडोल अवश्य लगता है।' मेरे पिता ने कहा। इसे देखकर लगता है कि वह शुरू-शुरू की उड़न-नौकाओं में से एक है। अगर यह हमें बंबई पहुँचा दे, तब भी काफी है।'

'जांवा से निकलकर कोई भी जगह मेरे लिए पर्याप्त है।' हमारे नए साथी ने कहा। उसका नाम मगरिज है।

'तुमसे मिलकर खुशी हुई मि. मगरिज।' मेरे पिता ने कहा, 'मैं बॉण्ड हूँ। यह मेरा बेटा है।'

मि. मगरिज ने मेरे बालों में हाथ फेरा और एक बड़ी कनखी मारी, अपना स्नेह दरशाने के लिए।

समुद्री विमान का कैप्टन इशारे से हमें एक छोटी नाव में बुला रहा था, जो हमें दूसरे किनारे खड़े समुद्री विमान तक पहुँचाने वाली थी।

'लो, अब चलें हम।' मि. मगरिज ने कहा। 'अपनी-अपनी स्तुति-वंदना कर लें और बाकी सब नियति पर छोड़ दें।'

समुद्री विमान उड़ानें भर-भरकर थक चुका था। अंततः उड़ान भरने से पहले इसे कई बार दौड़ लगानी पड़ी; फिर किसी पियक्कड़ की तरह झोंका खाते हुए यह साफ नीले आकाश में ऊपर उठ चला।

'एक क्षण के लिए तो मैंने सोचा कि हमारा अंत खारे पानी में होने जा रहा

है।' मि. मगरिज ने अपनी कुरसी–पेटी खोलते हुए कहा, 'और जहाँ तब मछली का सवाल है, एक प्लेट मछली और चिप्स तथा एक पिंट बीयर के लिए मैं एक सप्ताह का वेतन देने के लिए तैयार हूँ।'

'आपके लिए मैं कलकत्ता में एक बीयर खरीद दूँगा।' मेरे पिता ने कहा।

'एक अंडा खाइए।' मैंने कहा, क्योंकि मुझे याद आया कि हमारे किसी एक सफरी बैग में अभी भी कुछ उबले अंडे थे।

'धन्यवाद दोस्त।' मि. मगरिज ने कहा, तत्परता से अंडा ग्रहण करते हुए।' 'अंडा भी असली! मैं पिछले छह महीनों से अंडे का चूर्ण खाकर गुजारा कर रहा हूँ। सेना में मुझे वही मिलता है। और मैं आपको बता दूँ, जिस अंडे से वे पाउडर बनाते हैं, मुरगी का अंडा नहीं होता है। यह किसी समुद्री पक्षी या समुद्री कछुए का अंडा होता है।'

'नहीं।' मेरे पिता ने सपाट मुँह से कहा, 'साँप के अंडे होते हैं।'

मि. मगरिज का चेहरा फक पड़ गया; लेकिन उसने जल्दी खुद को सँभाल लिया और करीब एक घंटे तक विभिन्न विषयों पर बातें करता रहा, जिसके दौरान उसने चर्चिल हिटलर, रूजवेल्ट, महात्मा गांधी और बेट्टी ग्रेबल की भी चर्चा की। (अंतिम नाम उस महिला का है, जो अपनी खूबसूरत टाँगों के लिए मशहूर थी।) अगर मौका दिया जाता तो भारत पहुँचने तक वह सारे रास्ते बातें ही करता रहता; लेकिन अचानक उस पुराने विमान में एक सिहरन–सी दौड़ गई और वह दुबारा हिचकोले खाने लगा।

'मुझे लगता है, कोई इंजन गड़बड़ कर रहा है।' मेरे पिता ने कहा।

जब मैंने शीशे की छोटी खिड़की से झाँका तो ऐसा लगा जैसे समुद्र हमसे भेंट करने ऊपर आ रहा हो।

को–पायलट यात्री केबिन में आया और उसने डच भाषा में कुछ कहा। यात्रियों के चेहरे पर हैरानी छा गई और उन्होंने तत्काल अपनी कुरसी–पेटी कसनी शुरू कर दी।

'जो भी हो, उस आततायी ने कहा क्या?' मि. मगरिज ने पूछा।

'मुझे लगता है, वह विमान को समुद्र पर उतारने जा रहा है।' मेरे पिता ने कहा, जो डच भाषा का इतना ज्ञान अवश्य रखते थे कि कही गई बात का निष्कर्ष निकाल सकें।

'सीधे पानी में!' मि. मगरिज ने आश्चर्य से कहा, 'ईश्वर हमारी रक्षा करे। और अभी हम भारत से कितनी दूरी पर हैं?'

‘यही कुछ दो-तीन सौ मील।’ मेरे पिता ने जवाब दिया।

‘क्या तुम्हें तैरना आता है, दोस्त?’ मि. मगरिज ने मेरी ओर देखते हुए पूछा।

‘हाँ।’ मैंने कहा, ‘लेकिन इतना नहीं कि बंबई तक चला जाऊँ। आप कितनी दूर तक तैर सकते हैं?’

‘बाथटब की लंबाई तक।’ उसने कहा।

‘चिंता मत करो।’ मेरे पिता ने कहा, ‘बस यह देख लो कि आपकी जीवन-रक्षक जाकिट ठीक बँधी है या नहीं।’

हमने अपनी-अपनी लाइफ-जाकिट देखी; मेरे पिता ने मेरी जाकिट की दो बार जाँच की और सुनिश्चित किया कि वह ठीक कसी हुई है।

पायलट ने दोनों इंजन अब बंद कर दिए थे और विमान को चक्कर खिलाते हुए नीचे ला रहा था। लेकिन वह गति पर काबू नहीं रख सका और वह एक तरफ बहुत झुक रहा था। ठीक-ठीक पेट के बल उतरने के बजाय, विमान एक ओर इतना झुककर नीचे आया कि सबसे पहले उसके एक पंख का सिरा पानी से लगा, जिसका नतीजा यह हुआ कि विमान तरंगित समुद्र में बुरी तरह घूम गया। विमान ने जैसे ही पानी को छुआ, एक जोर का झटका लगा और अगर हमने कुरसी-पेटी नहीं बाँधी हुई होती तो हम कुरसी से उछलकर दूर जा गिरे होते। कुरसी पेटी के बावजूद मि. मगरिज का सिर सामनेवाली सीट से टकरा गया और अब वह अपनी लहू-लुहान नाक पकड़े हुए था और क़िसी भद्दी भाषा का इस्तेमाल कर रहा था।

विमान के ठहरते ही, मेरे पिता ने मेरी कुरसी-पेटी खोल दी। समय गँवाने की कोई गुंजाइश नहीं थी। केबिन में पानी भरने लगा था। और सभी यात्री केवल एक को छोड़कर, जो गरदन टूट जाने के वजह से अपनी कुरसी में ही जड़ हो गया था—अधखुले दरवाजे से बाहर निकालने के लिए धक्का-मुक्की कर रहे थे। को-पायलट ने एक लीवर खींचा और दरवाजा एकदम़ खिसक गया। सामने समुद्र की ऊँची-ऊँची लहरें थीं, जो चोट खाए विमान को थपेड़े दे रही थीं।

मेरा हाथ पकड़कर मेरे पिता मुझे दरवाजे की ओर ले जा रहे थे।

‘जल्दी करो बच्चे!’ उन्होंने कहा, ‘हम अधिक देर तिरते नहीं रहेंगे।’

‘हमारा हाथ पकड़ो जरा।’ मि. मगरिज ने चिल्लाकर कहा, वह अभी तक अपनी लाइफ जाकिट से जूझ रहा था। पहले तो यह नाक फूट गई और अब कुछ अटक गया लगता है।’

मेरे पिता ने लाइफ जाकिट पहनने में उसकी मदद की, फिर उसे हमारे आगे लाकर दरवाजे से बाहर धक्का दे दिया।

जब हम तैरकर समुद्री-विमान से दूर चले (मि. मगरिज हमारे साथ-साथ अपने हाथ-पाँव चला रहे थे) हमें पता था कि पानी में दूसरे यात्री भी फँसे हुए हैं। उनमें से एक ने डच भाषा में हमसे कहा कि उसके पीछे चले आएँ।

हम उसके पीछे तैरते हुए डोंगी की ओर चले, जिसे उसी समय छोड़ दिया गया था जिस क्षण हम पानी में उतरे। लहरों पर डगमग करती, डूबती-उतराती, पीले रंग की डोंगी को देखकर ऐसा महसूस हुआ, जैसे हमने भूमि के दर्शन किए हों।

विमान छोड़कर आए सभी लोग डोंगी में सवार हो गए। हम कुल मिलाकर सात लोग थे—डोंगी में मुश्किल से समा रहे थे। अभी हम लोग डोंगी के अंदर ठीक से बैठ भी नहीं पाए थे कि मि. मगरिज ने, जो अभी तक अपनी नाक पकड़े हुए था, सबका ध्यान खींचते हुए कहा, 'वह डूब रहा है।' और हमारे देखते-देखते वह समुद्री विमान तेजी से और खामोशी से लहरों के नीचे डूब गया। डोंगी में काफी पानी भर गया था और हर कोई मगों से (डोंगी में कुछ मग थे), हैटों और खाली हाथों से ही पानी निकालने में जुट गया। डोंगी कुछ हलकी हुई और थोड़ी ऊपर उठी, फिर भी थोड़ी-थोड़ी देर बाद लहरों का पानी अंदर आ जाता और आधी डोंगी भर जाती। लेकिन करीब आधा घंटा के भीतर हमने अधिकांश पानी बाहर निकाल दिया। और फिर इतना संभव हो गया कि लोग बारी-बारी से पानी निकालें, यानी दो लोग पानी उलीचें और चार लोग सुस्ताएँ। किसी ने भी मुझसे यह काम करने की अपेक्षा नहीं की, लेकिन मैंने खुद उस काम में हाथ बँटाया और उस प्रयोजन के लिए अपने पिता की सोला-टोपी का उपयोग किया।

'हम कहाँ हैं?' एक यात्री ने पूछा।

'किसी भी स्थान से बहुत दूर।' दूसरे ने जवाब में कहा।

'भारतीय महासागर में कुछ द्वीप समूह तो अवश्य होने चाहिए।'

'लेकिन उनमें से किसी एक के पास पहुँचने से पहले हमें कई दिन समुद्र में बिताने होंगे।'

'दिन या कई सप्ताह।' कैप्टन ने कहा, 'चलो देखें, हमारे खान-पान का कितना सामान है।'

डोंगी में आपातकालीन राशन पर्याप्त था। बिस्कुट, किशमिश, चॉकलेट (हमारा अपना सामान छूट गया था) और एक सप्ताह का पानी भी था। एक प्रथमोपचार बक्सा भी था, जिसका तत्काल प्रयोग किया गया, क्योंकि मि. मगरिज की नाक को तुरंत उपचार की आवश्यकता था। कुछ दूसरों को भी चोटें-खरोंचें लगी हुई थीं। एक

यात्री के सिर पर कोई ठोस चीज लगी थी और उसकी याददाश्त कम हो गई लगती थी। उसे कुछ पता नहीं था कि हम भारतीय महासागर के बीच में क्यों बेमतलब घूम रहे हैं; वह यही सोचे बैठा था कि हम बाटाविया से कुछ मील दूर जहाज पर सैर करने निकले हैं।

उठती-गिरती लहरों के बीच डोंगी जिस तरह हिलती-डुलती डूबती-उतराती चल रही थी, उसकी आदत न होने के कारण सभी को मितली-सी आने लगी। किसी ने भी कुछ नहीं खाया; एक दिन का राशन बच गया।

धूप बहुत तेज थी, लेकिन मेरे पिता ने एक बड़े चित्तीदार रूमाल से मेरा सिर ढक दिया था। उन्हें पीली बिंदियों वाले रंग-बिरंगे रूमाल बहुत पसंद थे और कभी भी दो से कम रूमाल लेकर वे नहीं चलते थे। इसलिए एक रूमाल उनके पास अपने लिए भी था। समुद्र के पानी में अच्छी तरह भीगी सोला-टोपी का इस्तेमाल मि. मगरिज कर रहे थे।

समुद्री यात्रा की मितली से कुछ राहत मिलने पर मुझे उस मूल्यवान् टिकट संग्रह अलबम की याद आई और मैं बैठ गया।

मैंने विस्मय के साथ कहा, 'टिकटें! क्या आप टिकट अलबम लाए थे, डैड?'

उन्होंने पछतावे में सिर हिलाया। 'अब तक तो वह अलबम समुद्र-तल में पहुँच गई होगी।' उन्होंने कहा, 'लेकिन फिक्र मत करो, मैंने कुछ दुर्लभ डाक-टिकटें अपने बटुए में रख ली थीं।' और अपने आपसे खुश होते हुए उन्होंने अपनी बुश-शर्ट की जेब को थपथपाया।

डोंगी सारा दिन घूमती-फिरती रही। किसी को भी अनुमान नहीं था कि यह हमें कहाँ ले जाएगी।

'शायद यह चक्कर लगाते हुए जा रही है।' मि. मगरिज ने निराशा जताते हुए कहा।

न तो कोई कुतुबनुमा था और न ही कोई पाल और पैडल होते, तब भी हम बहुत दूर नहीं गए होते। खुद को धारा की मरजी पर छोड़ने के अलावा कोई उपाय नहीं था। और हम यही उम्मीद कर सकते थे कि यह डोंगी हमें जमीन की ओर ले जाएगी या कम-से-कम किसी जाते जहाज के आस-पास तो पहुँचा ही देगी।

सूरज एक अधिक पके टमाटर की तरह धीरे-धीरे समुद्र में समा गया। हमारे ऊपर अँधेरा उतर आया। यह बिना चाँदनीवाली रात थी और हम लहरों की चोटी पर सिर्फ सफेद भाग देख सकते थे। मैं अपने पिता के कंधे पर सिर रखे लेट गया और ऊपर सितारों को ताकने लगा, जो दूर आकाश में चमक रहे थे।

‘शायद आज रात तुम्हारा दोस्त सोनो भी आसमान में उन्हीं सितारों को देखेगा।’ मेरे पिता ने कहा, ‘आखिरकार दुनिया इतनी बड़ी भी नहीं है।’

‘तिस पर भी हमारे चारों तरफ समुद्र ही समुद्र है।’ मि. मगरिज ने अँधेरे से निकलकर कहा।

सोनो की याद अने पर मैंने अपनी जेब में हाथ डाला और खुद को पुनः आश्वस्त किया कि सोनो का दिया उपहार, वह समुद्री-घोड़ा मेरे पास है।

‘मेरे पास अभी भी सोनो का दिया समुद्री घोड़ा है।’ मैंने अपने पिता को दिखाते हुए कहा।

‘इसे सँभालकर रखो।’ उन्होंने कहा।‘यह हमारे लिए शुभ घड़ी ला सकता है।’

‘क्या समुद्री घोड़े शुभ होते हैं ?’

‘किसे पता! लेकिन उसने यह तुम्हें प्यार से दिया और प्यार एक प्रार्थना जैसा होता है, इसीलिए इसे सँभालकर रखना।’

उस रात मैं अधिक सो नहीं सका। मुझे नहीं लगता, कोई भी सोया होगा। कोई कुछ अधिक बोला भी नहीं, सिर्फ मि. मगरिज को छोड़कर, जो बीच-बीच में ठंडी बीयर और सलामी के बारे में बड़बड़ा रहा था।

अगले दिन मुझे उतनी मितली नहीं लगी। दस बजने तक मुझे काफी भूख लग आई थी। लेकिन ब्रेकफास्ट में केवल दो बिस्कुट, चॉकलेट का एक टुकड़ा और थोड़ा सा पीने का पानी था। यह एक और गरमी भरा दिन था। और हमें जल्दी प्यास सताने लगी। लेकिन सबने स्वीकार किया कि हमें सख्ती से राशन इस्तेमाल करना चाहिए।

दो या तीन लोग अभी भी बेतबियत महसूस कर रहे थे, लेकिन मि. मगरिज समेत दूसरों को भूख लगने लगी थी और वे अपने स्वाभाविक रंग-ढंग में आ गए थे। आपस में यह चर्चा भी हुई कि शायद कोई उनकी मदद के लिए आ जाए!

‘क्या डोंगी में संकट-संकेत देनेवाले कुछ पटाखे हैं ?’ मेरे पिता ने पूछा। ‘अगर हम कोई जहाज या विमान देखते हैं, हम एक रॉकेट में आग लगाकर उसे ऊपर भेज सकते हैं और उम्मीद करते हैं, कोई उसे देख लेगा। अन्यथा इस बात की संभावना कम ही होती है कि दूरी से कोई देख पाए।’

डोंगी में पूरी तलाश ली गई, लेकिन कोई राकेट नहीं मिला।

‘किसी ने पिछले ‘गाई फाक्स दिवस’ पर इस्तेमाल कर लिये होंगे।’ मि. मगरिज ने टिप्पणी की।

‘हॉलैंड में वे गाई फाक्स दिवस नहीं मनाते हैं।’ मेरे पिता ने कहा। ‘गाई

फाक्स एक अंग्रेज था।'

'अहा!' मि. मगरिज ने कहा, बिना हार माने, 'मैंने हमेशा कहा है, अधिकतर महान् पुरुष अंग्रेज हैं। और इस आदमी गाई फाक्स ने क्या किया था?'

'पार्लियामेंट को उड़ाने की कोशिश की।' मेरे पिता ने कहा।

उस दुपहरी हमने पहले-पहल शार्क मछलियाँ देखीं। वे विशालकाय जीव थे और जब वे नौका के नीचे, पीछे और आगे की ओर उछाल मार रही थीं तो लगता था कि वे टक्कर मारकर नौका को कहीं डुबो न दें!

रात में जब मैं अपने पिता की बगल में अधसोया लेटा हुआ था, मुझे लगा मेरे चेहरे पर कुछ बूँदें पड़ी हैं। पहले तो मैंने सोचा, यह समुद्री बौछार होगी; लेकिन जब बूँदों का गिरना जारी रहा, तब मेरी समझ में आया कि हलकी बारिश हो रही है।

'बारिश!' मैं चिल्लाया और उठकर बैठ गया, 'बारिश हो रही है।'

सब लोग जाग गए और उन्होंने मगों, हैटों तथा अन्य चीजों में पानी इकट्ठा करने की पूरी कोशिश की। मि. मगरिज अपना मुँह खोलकर पीठ के बल चित लेट गए, ताकि वृष्टिजल सीधा मुँह में गिरे और वह पी जाएँ।

'इसे इन शब्दों में अधिक अच्छी तरह समझ जा सकता है।' उसने कहा। 'आप दुनिया भर की धूप और रेत रख सकते हैं, मुझे इंग्लैंड में बारिश का एक दिन दे दें।'

किंतु सुबह होते-होते बादल जा चुके थे। और दिन पिछले दिन से भी अधिक गरम हो गया। धूप-ताप से हमारे चेहरे लाल हो गए और त्वचा शुष्क हो गई। दोपहरी होने तक तो मि. मगरिज की बोली भी बंद हो गई। किसी के अंदर भी बात करने की ताकत नहीं रह गई थी।

फिर मेरे पिता ने धीमे से कहा, 'क्या तुम्हें हवाई जहाज की आवाज सुनाई दे रही है, बच्चे?'

मैंने ध्यान से सुना और लहरों की सिसकारी के ऊपर मुझे किसी विमान की दूर से आती गूँज जैसी सुनाई दी। लेकिन यह बहुत दूर रहा होगा, क्योंकि हम उसे देख नहीं सकते थे। शायद वह धूप के अंदर उड़ रहा था और हमारी दुखती आँखों के लिए चमक बहुत तेज थी या शायद हमने आवाज की कल्पना की होगी।

फिर उस हॉलैंडवासी ने, जिसकी याददाश्त चली गई लगती थी, सोचा कि उसने जमीन देखी है और वह क्षितिज की ओर इशारा करता रहा तथा कहता रहा, 'ये बाटाविया है। मैंने आपसे कहा था कि हम तट के करीब हैं!' किसी

दूसरे ने कुछ नहीं देखा। अतः हम बाप-बेटे अकेले नहीं थे, जो तरह-तरह की कल्पनाएँ कर रहे थे।

मेरे पिता ने कहा, 'इस बात से यही पता चलता है कि एक आदमी वही देख सकता है जो वह देखना चाहता है, भले ही वहाँ देखने के लिए कुछ भी न हो।'

शार्क मछलियाँ अभी तक हमारे साथ थीं। मि. मगरिज को उनपर गुस्सा आने लगा। उसने अपना एक जूता उतारा और उसे निकटतम शार्क पर फेंककर मारा; लेकिन उस बड़ी मछली ने उसे अनदेखा कर दिया और हमारा पीछा करने लगी।

'अब मि. मगरिज, अगर आपका पैर उस जूते के अंदर होता तो शार्क उसे कबूल कर लेती।' मेरे पिता ने कहा।

'अपने जूते यूँ ही मत फेंको।' कैप्टन ने कहा। 'हम किसी सुनसान तटवर्ती इलाके में उतर सकते हैं और हो सकता है, हमें सैकड़ों मील पैदल चलना पड़े।'

उस शाम हलकी-हलकी हवा चलने लगी और डोंगी उस तरंगित पानी पर अधिक तेजी से आगे बढ़ने लगी।

'अंततः हम आगे बढ़ रहे हैं।' कैप्टन ने कहा।

'चक्करों में।' मि. मगरिज बोले।

लेकिन मंद बयार ताजगी देनेवाली थी; इसने हमारे जलते बदन को ठंड पहुँचाई और हम कुछ नींद ले सके। आधी रात को मैं उठकर बैठ गया, क्योंकि मुझे बहुत भूख लगी थी।

'क्या तुम ठीक हो?' मेरे पिता ने पूछा। वह जगे हुए थे, बिलकुल भी सोए नहीं थे।

'सिर्फ भूखा हूँ।' मैंने कहा।

'और तुम क्या खाना चाहोगे?'

'संतरे।'

वह हँस पड़े। 'डोंगी पर संतरे नहीं हैं। लेकिन तुम्हारे लिए मैंने एक चॉकलेट रखी हुई है। और वहाँ थोड़ा सा पानी है, अगर तुम्हें प्यास लगी हो।'

मैंने काफी देर तक वह चॉकलेट मुँह में रखे रखी। फिर घूँट भर पानी पी लिया।

'क्या आप भूखे नहीं हैं?' मैंने पूछा।

'बहुत तीव्र भूख लगी है! मैं एक पूरा टर्की (अमेरिकी पक्षी-पीरु) खा सकता हूँ। हम जब कलकत्ता या मद्रास या कोलंबो पहुँच जाएँगे या जहाँ कहीं भी, हम वहाँ के सबसे बढ़िया रेस्तराँ में जाएँगे और खाने पर टूट पड़ेंगे, ऐसे…

'जैसे ध्वस्त पोत के नाविक!' मैंने कहा।

'बिलकुल ठीक।'

'क्या आप सोचते हैं, हम कभी किनारे तक पहुँचेंगे, डैड?'

'मुझे पूरा भरोसा है, हम जरूर पहुँचेंगे। तुम भयभीत तो नहीं हो न?'

'नहीं। तब तक तो नहीं, जब तक आप मेरे साथ हैं।'

अगले दिन सुबह समुद्री पक्षियों को देखकर प्रत्येक के चेहरे पर अत्यंत खुशी चमक उठी। यह इस बात का पक्का संकेत था कि भूमि अब ज्यादा दूर नहीं है; लेकिन एक डोंगी को 30 या 40 मील का सफर तय करने में कई दिन लग सकते थे। पक्षियों ने डोंगी के ऊपर शोर मचाते हुए चक्कर लगाया और आगे बढ़ गए। उन पक्षियों का शोर पहली परिचित आवाज थी, जो तीन दिन और तीन रात बीतने पर हमने सुनी। अन्यथा इस दौरान हमारे कानों में हवा की सनसनाहट तथा समुद्र की लहरों की आवाजें ही टकराती रही या फिर हमारी अपनी थकी आवाजें।

शार्क मछलियाँ अब कहीं दिखाई नहीं दे रही थीं, और वह भी एक संकेत था जिसने हमारी हिम्मत बढ़ा दी। उन्हें पानी पर तेल की चिकनाई का दिखना पसंद नहीं था।

लेकिन फिलहाल समुद्री पंक्षी हमसे दूर चले गए और हमें फिर यह भय सताने लगा कि कहीं हम जमीन से दूर तो नहीं जा रहे हैं।

'चक्कर।' मि. मगरिज ने दोहराया, 'चक्कर।'

हमारे पास समुद्र में एक और सप्ताह बिताने के लिए पर्याप्त भोजन और पानी था; लेकिन कोई समुद्र में एक और सप्ताह बिताने के बारे में सोचना भी नहीं चाहता था।

सूरज आग का गोला बना हुआ था। हमारे पास बचा हुआ पानी हमारी प्यास बुझाने के लिए काफी नहीं था। दोपहर तक हमें अधिक आशा नहीं रही थी और न ही हमारे अंदर ताकत बची थी।

मेरे पिता के मुँह में उनका पाइप था। उनके पास तंबाकू नहीं थी, लेकिन उन्हें अपने दाँतों के बीच पाइप दबाए रखना पसंद था। उनका कहना था कि ऐसा करने से उनका मुँह बहुत सूखता नहीं था।

शार्क मछलियाँ वापस आ गईं।

मि. मगरिज ने अपन दूसरा जूता उतारा और उसे उनपर फेंक दिया।

'इंग्लैंड की बरसाती ग्रीष्म ऋतु का कोई जवाब नहीं।' वह बुदबुदाया।

मैं डोंगी के कूपक में गहरी नींद सो गया, अपने पिता का बड़ा सा रूमाल अपने मुँह पर ढाँपकर। रूमाल पर बनी पीली बुंदकियाँ चक्कर लगाते विशाल सूर्यों

में बदलती दिखने लगीं।

जब मेरी नींद खुली, मैंने एक विशाल छाया को हमारे ऊपर लटके हुए पाया। पहले तो मैंने उसे एक बादल समझा, लेकिन वह छाया जगह बदल रही थी। मेरे पिता ने मेरे चेहरे से रूमाल हटा दिया और कहा, 'अब तुम जाग सकते हो, बच्चे। हम जल्दी घर पहुँच जाएँगे और गीलेपन से छुटकारा पा जाएँगे।'

एक मछुआ नौका हमारी बगल में थी और वह छाया उसके चौड़े फड़फड़ाते पाल से आ रही थी। काँसे जैसे रंग के हँसते, चहकते अनेक मछुआरे अपनी नौका की छत से नीचे हमें ताक रहे थे। हमें बाद में पता चला कि वे बर्मी थे।

कुछ ही दिनों के बाद हम दोनों बाप-बेटे कलकत्ता में थे।

मेरे पिता ने अपनी दुर्लभ डाक टिकटें एक हजार से कुछ अधिक रुपयों में बेच दीं और हम एक आरामदायक होटल में जाकर ठहर गए। मि. मगरिज को विमान द्वारा वापस इंग्लैंड पहुँचा दिया गया। बाद में हमें उनसे एक पोस्टकार्ड मिला, जिसमें उन्होंने लिखा कि इंग्लैंड की बरसात भयंकर होती है।

'और अब हम क्या करने वाले हैं?' मैंने पूछा।

'क्या हम वापस इंग्लैंड नहीं जा रहे हैं।'

'अभी नहीं।' मेरे पिता ने कहा, 'तुम शिमला के एक बोर्डिंग स्कूल में रहोगे, जब तक कि लड़ाई समाप्त न हो जाए।'

'लेकिन मैं आपसे अलग क्यों रहूँ?' मैंने पूछा।

'क्योंकि मैं आर.ए.एफ. में भरती हो गया हूँ।' उन्होंने कहा। 'चिंता मत करो, मेरी तैनाती दिल्ली में होने जा रही है। मैं कभी-कभी तुमसे मिलने आ सकूँगा।'

एक सप्ताह बाद मैं एक छोटी रेलगाड़ी में सवार हो गया, जो पहाड़ी रास्ते पर छुक-छुक करती हुई शिमला जा रही थी। गाड़ी के डिब्बे में कई भारतीय, आंग्ल-भारतीय और अंग्रेजी बच्चे धमा-चौकड़ी मचा रहे थे। उनके बीच मुझे बड़ा अजीब सा महसूस हो रहा था, मानो उनकी शरारतों से मुझे ऊब हो रही हो! लेकिन मैं दुःखी नहीं था। मैं जानता था कि मेरे पिता जल्दी मुझसे मिलने आएँगे। उन्होंने मुझसे वादा किया था कि पहले माह का वेतन मिलते ही वह मेरे लिए कुछ किताबें, एक जोड़ा रोलर स्केट्स और क्रिकेट का एक बल्ला खरीदेंगे।

इस बीच मेरे पास वह नन्हा समुद्री घोड़ा तो था ही, जो सोनो ने मुझे भेंट किया था—और वह आज भी मेरे पास है।

□□□